世界华文文学研究文库第 4 辑

世界华文文学研究文库编委会 编

文学的远行与归途

白杨选集

白杨 著

SPM
南方传媒

花城出版社

中国·广州

图书在版编目（ＣＩＰ）数据

文学的远行与归途：白杨选集 / 白杨著. —— 广州：
花城出版社，2023. 11
（世界华文文学研究文库. 第4辑）
ISBN 978-7-5360-9348-5

Ⅰ. ①文… Ⅱ. ①白… Ⅲ. ①华文文学－文学研究－
世界－文集 Ⅳ. ①I106-53

中国国家版本馆CIP数据核字(2023)第116110号

出 版 人：张　懿
责任编辑：李　谓　杜小烨　李加联
责任校对：衣　然
技术编辑：林佳莹
装帧设计：林露茜

书　　名　文学的远行与归途：白杨选集
　　　　　WENXUE DE YUANXING YU GUITU：BAI YANG XUANJI
出版发行　花城出版社
　　　　　（广州市环市东路水荫路 11 号）
经　　销　全国新华书店
印　　刷　广州市岭美文化科技有限公司
　　　　　（广州市荔湾区花地大道南海南工商贸易区 A 幢）
开　　本　880 毫米×1230 毫米　32 开
印　　张　7　2 插页
字　　数　220,000 字
版　　次　2023 年 11 月第 1 版　2023 年 11 月第 1 次印刷
定　　价　68. 00 元

如发现印装质量问题，请直接与印刷厂联系调换。
购书热线：020 - 37604658　37602954
花城出版社网站：http://www.fcph.com.cn

出版说明

　　有海水的地方就有华人，有华人的地方就有中华文化的流播，也就伴随有华文文学在世界各地绽放奇葩，并由此构成一道趋异与共生的独特风景线。当今世界，中华文化对全球的影响力不断扩大，无疑为我们寻找华文文学创作与研究的世界性坐标，提供了有利的条件和新的机遇。

　　改革开放三十多年来，中国大陆华文文学研究界的老中青学人，回应历经沧桑的世界华文文学创作，孜孜矻矻地进行了由浅入深、由少到多的观察与探悉，取得了相当丰硕的研究成果。为了汇集这一学科领域的创获，为了增进世界格局中中华文化和不同文化之间的交流与对话，为了加强以汉语为载体的华文文学在世界文坛的地位，也为了给予持续发展中的世界华文文学以学理与学术的有力支持，中国世界华文文学学会与花城出版社联手合作，决定编辑出版"世界华文文学研究文库"。

　　这套"文库"，计划用大约五年的时间出版约50种系列图书。

　　"文库"拟分为四个系列：自选集系列、编选集系列、优秀专著系列，博士论文系列。分辑出版，每辑推出 6 至 10 种。其中包括：自选集——当代著名学者选集，入选学者的代表作；编选集——已故学人的精选集，由编委会整理集纳其主要研究成果辑录成册；优秀专著——世界华文文学研究领域的最新学术专著，由编委会评选推出；博士论文——世界华文文学研究的博士论文，由编委会遴选胜出。

"世界华文文学研究文库"将以系统性、权威性的编选形式，成就华文文学研究领域的大典。其意义，一是展示中国世界华文文学研究的整体性学术成果；二是抢救已故学人的研究力作；三是弥补此一研究领域的空缺，以新视界做出新的开拓；四是凸显典藏性，有较高的历史价值与人文价值。

"文库"在编辑过程中，参考并选用了前贤及今人的不少研究成果，在此谨向众多方家深表谢忱。由于时间仓促，遗珠之憾和疏漏错差定然不免，尚祈广大读者多加赐教。

花城出版社

2012 年 10 月

自　序

20 世纪 80 年代中期，在中国改革开放的时代背景中，我进入吉林师范学校中文系读书。从沉闷紧张的高中应试教育中走出来，我们那时才开始体会到学习的乐趣。中文系有多位在 20 世纪六七十年代受政治运动冲击，80 年代初落实政策以后被安置在教学岗位上的老师，他们比年轻的老师多了不少阅历，重要的是大多都很有个性和思想。我们常常感慨，虽然学校并不是名牌大学，但是我们的老师绝不逊色于名牌大学的教授。

至今我还记得一些老师的风采。讲授文学概论的陆学明教授提出"典型理论"，是当时引发争鸣的学术热点问题，给了我们不少启发。韩永丕老师讲明清文学。他上课时喜欢提着一袋子书来，把书和教案仔细地摆在桌角，但他从来没有翻过那些材料。他讲《红楼梦》和《三国演义》是能背诵原文的，每次他一边背诵一边讲析作品时，女同学们都很崇拜地望着这位儒雅的长者。那时还没有"男神"这种称谓，但韩老师就是我们心中的"男神"。孙履芳老师讲授比较文学课程。他高度近视，眼镜片厚得像啤酒瓶的底部一样，所以他上课时不大看向面前的学生，而是看着教室远处的窗户，思绪源源不断地从口中流出来。他讲存在主义、生命哲学、荒诞派，对于年轻的学子来说，这些知识那样新奇又新潮，被很多同学用来作为完成作业的首选理论视角。比较之下，讲授台湾文学研究的张恒春老师外表严肃、不苟言笑，起初让同学们感到有点距离感；相处久了，发现他内心里古道热肠，专注而敬业，学术意识其实是很前卫的。我们上课使用的教材是中国大陆出版的第一部《现代台湾文学史》，他是主编之一。这部厚重的文学史教材在当时的历史环境中具有开拓创新的意义。张老师在讲授中很重视对作品的阅读和分析，还带我们去学校图书馆港台文学资料室借阅原著，这种学术训练为我后来从事科研工作奠定了良好的基础。我的本科毕业论文就以台湾文学中的乡愁叙事为选题，请张老师做指导教师，后来还获评系优秀毕业论文，在冥冥之中我与港台文学研究结下了缘分。

20世纪80年代，至今仍是一个被很多亲历者深情追忆的时代，那种涌动在社会氛围中的开拓、探索的勇气和热情，给那个时代增添了特有的魅力。港台文学研究感应着时代节奏，在20世纪80年代初具规模，学界前辈为这个学科发展付出的辛苦努力，我是到20余年后才知悉的。

1993年我考入吉林大学中文系中国现当代文学专业攻读硕士学位。当时硕士研究生招生指标少，4名学生跟随6位老师学习，我们很幸运地得到每位老师的悉心指导。毕业后我留校任教，张福贵院长一直强调学科的融通和科研对教学的重要意义，我主讲了本科生的中国现代文学史和中国当代文学史，在强化文学史知识的基础上，选择时机插入一些对台湾文学的讲解，学生们表现出兴趣，对我是一种鼓励。2000年师从刘中树教授读博士学位时，老师鼓励我在选题方面要大胆创新，我内心中朦胧地有一个想法，希望可以在港台文学研究方面选择一个课题去做。2002年5月末，中国世界华文文学学会在暨南大学成立，老师收到邀请函，因为我对港台文学感兴趣，就把参会学习的机会给了我。那是我生命中第一次南下，酷热的广州给我留下深刻的印象，更难忘的还有在会上与海内外文友和学者的相识。来自中国香港的汉闻先生和梅子先生，当时正在主编文学杂志，他们热情地鼓励我这个研究队伍中的新人，和我聊了许多香港文坛的故事，并向我约稿。返回吉林以后，我很快就收到他们寄来的期刊和一些书籍。对香港文学的关注使我发现了一个学术研究的新空间，我连续写了几篇论文，渐渐树立了学术信心。我常常想，自己是非常幸运的人。我在成长的过程中，总是在一些重要的关头得到前辈的帮助，这些帮助使我能够获得提升自己的机会。刘中树老师的研究方向是鲁迅研究，弟子原本应该延续老师的方向，可是老师以宽厚的胸怀鼓励了我的探索；汉闻先生和梅子先生与我原是素昧平生，可是匆匆一见之后就结下了长久的友谊，他们还以自己对香港文坛的熟稔和评判，为我推荐了不少书目，使我少走一些弯路；自广州会议之后，中国世界华文文学学会像一个温暖的大家庭，温情地吸纳了像我一样新入行的学人，我此后时常有机会参加学会举办的会议，感受到学会巨大的吸引力，像温暖的阳光一样，走近它就感受到它的光亮和热度。

2007 年，我进入复旦大学中文系博士后流动站，跟随陈思和先生做博士后研究。陈老师提出的"新文学整体观"思路曾影响了中国现当代文学的学科观念，而这个观念不仅仅是对中国内地文学的一种思考，也包括在学术空间上对港澳台地区及海外华人文学的关注。因为我的博士论文是做香港文学研究的，陈老师鼓励我在博士后阶段关注台湾文学，要在学术空间上打开自己的视野。我最后选择做文学社团研究，以 20 世纪五六十年代在台湾文坛引领现代主义风潮的"创世纪"诗社为研究对象，透过一个诗社考察一个时代的文化变迁。2008 年 4 月，我得到许俊雅教授的帮助，加入她的科研项目，到台湾学习交流两个月。其间，我拜访《创世纪》诗刊的前辈张默先生，他为我引荐了很多前辈诗人，又把珍藏的原始期刊给我复印。我跟随诗社成员参加文化讲座、学术会议，听他们笑谈人生沧桑，感受他们率真的性情，体会了诗一样的生活。令我非常感动的是，在我离开台湾前，张默先生特意安排了一次去金门参观的活动，李锡奇先生和古月女士承担了大家的全部费用。他们诗画相助的一世情谊，深深地打动了我。作为一个纯粹是同人组成的文学社团，"创世纪"诗社在 60 余年历程中顽强地生存下来，并以《创世纪》诗刊为园地，成就了洛夫、痖弦、张默、叶维廉、商禽、管管、碧果等诸多在台湾现代诗风潮中受人瞩目的诗人。在每一个光鲜的名字后面，都隐含着一段曲折的生命经历和对于家国原乡的深切情怀。在后来完成的"创世纪"诗社研究著作中，我曾动情地写下一段话："历史的巨轮碾压过无数的小径滚滚向前，那被压抑的、被漠视的声音却顽强地在大历史语焉不详之处发声，那是生命的力量，是历史深处不可忽略的选择可能性。这一切能够被记录、被呈现出来，是因为有太多《创世纪》这样的刊物坚韧地存在着，在某种程度上应该说，它们是历史的书记官，它们同时就是历史。"①

从港台文学到海外华文文学研究，我的研究视野在不断拓展中，吸引我的始终是对文字背后那真挚的情感和历史意识的关切。我陆续完成的一些论文，常常会以历史感、文化传统、社会变迁为关键词，因为我尝试要在对历史的回望中看清文学的来路，也理解当下作为选择结果的必然性。对港台及海外华文文学的研究，为我们打开了一扇了解自身存在以外的生命经验的窗户；在阅读和理解中，我的生命也在成长，这实在是一种难得而可贵的经验。

---

① 白杨：《纸上风云——"创世纪"诗社研究》，武汉出版社 2020 年 8 月版，第 295 页。

目　录

第一辑

传统的重塑：
20世纪70年代台湾现代诗的另类现代性

20世纪五六十年代，台湾现代主义诗歌运动以狂飙突进的态势将汉语新诗带入了新的诗艺发展阶段，但如何处理"传统"与"西化"之间的关系，始终是现代诗发展中争议不断的问题。20世纪70年代以后，随着诗坛内外环境的急剧变化，"回归传统""关注现实"成为时代主流的呼声，现代主义诗人们在近似"四面楚歌"的境遇中，大胆而前卫地阐发着对于"传统"的思考。他们没有被动承受时代的意志，却以探寻新的可能性的勇气赋予现代诗以另类现代性的质素。

"时病"之思：现代诗再出发的历史语境

1972年，关杰明在《中国时报》副刊《人间》上发表了《中国现代诗人的困境》《中国现代诗的幻境》两篇文章，次年又在《龙族》"评论专号"上发表《再谈中国现代诗》一文，连续地批评台湾现代诗运动中的"西化"问题，言辞激烈地认为诗人们"忽视传统的中国文学，只注意现代欧美文学的行为，就是一件愚不可及而且毫无意义的事"①。1973年8月，刚从美国返回中国台湾地区担任台大

---

① 关杰明：《中国现代诗人的困境》，收录在赵知悌编著的《现代文学的考察》，台北远景出版社1978年12月版，第138、139页。转引自孟樊《台湾现代诗的理论与实际》，载《创世纪》1994年9月第100期，第55页。

客座教授的唐文标，也相继发表了三篇火药味极浓的文章：《什么时候什么地方什么人——论现代诗与传统诗》《诗的没落——香港、台湾新诗的历史批判》和《僵毙的现代诗》①，认为台湾现代诗自1956年以后就走上了逃避现实、只重视玩弄花招句法的歧途。他在文章中详细列出现代诗的"六大逃避"特征，如"个人的逃避""思想的逃避""抒情的逃避""集体的逃避"等，并点名批评现代诗运动中具有代表性的三个诗刊《现代诗》《蓝星》《创世纪》及其若干重要诗人。关、唐之文引发了诗坛内外关于现代诗发展道路与影响的论争，也成为台湾现代诗在转折时期历史语境中的标志性事件。

如果将考察的视野向前推进，我们不难发现，关、唐之文提出的质疑，并非是新出现的惊世骇俗之论，早在20世纪50年代纪弦等人倡导现代主义诗歌运动以来就时有出现，无论是围绕纪弦提出的"现代派的信条"展开的争论，还是洛夫与余光中之间因诗作《天狼星》而产生的论争，以及20世纪50年代末现代诗人们对苏雪林、言曦等人诘难现代诗的言论的反驳，对于如何借鉴西方现代主义、究竟何为现代主义，以及盲目西化所造成的创作"时病"等问题的思考，始终都是困扰台湾现代诗发展历程的关键问题。不过，在20世纪五六十年代的历史环境中，现代诗人们以勇士冲刺的心态寻求突破政治禁忌、表达个体生命体验的艺术手法，对现代主义观念和技巧的推崇、执念，使他们中的大多数人难以接受"批评之声"，毕竟那是一个寻求突破比因循守旧更重要的时代。然而，历史行进至20世纪70年代，在国际政治领域发生的一系列事件，包括中华人民共和国恢复联合国合法席位、中美建交以及日本宣布与台湾当局"断绝外交关

---

① 唐文标：《什么时候什么地方什么人——论现代诗与传统诗》，原载于《龙族》1973年7月"评论专号"；《诗的没落——香港、台湾新诗的历史批判》，原载于《文季》季刊1973年第一期；《僵毙的现代诗》，原载于《中外文学》1973年第2卷3期。三篇文章后来皆收录于唐文标著《天国不是我们的》，台湾联经出版事业公司1976年5月版。

系"等，对台湾地区民众特别是年青一代的思想意识和历史定位产生了极大震荡，倡导民族意识和关注台湾现实的呼声成为社会上主流的声音，在文化艺术方面普遍开始出现回归传统、回归现实主义的倾向。在诗歌领域中，年青一代的诗人们纷纷组织标榜现实关怀的诗社诗刊，《龙族》《主流》《大地诗刊》《草根诗月刊》等相继出现，"1972 年前后，台湾现代诗坛就在这样一股年轻诗人如雨后春笋般地源源冒出下，逐渐要走出一条新的路径。对于中年诗人的主张他们也接受也保留，但是对于前辈诗人们盘踞诗坛的倨傲姿态，他们普遍深感不满。……新生代的诗人们必须走出一条属于他们自己的道路出来，而方法就从反叛'中年一代'开始"①。

青年诗人们要开创现代诗发展的新路，那些曾在 20 世纪五六十年代的现代诗创作中引领风潮的诗坛前辈，自然成为他们质疑反叛的对象，叶维廉、洛夫、纪弦、叶珊、张默等人都被点名批评。在 20 世纪 60 年代以"超现实主义"为旗帜而成为现代主义诗潮新的集聚地的《创世纪》诗刊及其诗人群，也成为诗坛论争中受到争议最多的对象。在这样的历史语境中，现代诗人们不能不有所触动和调整，1972 年 9 月，一度因经费困难等原因而休刊三年的《创世纪》诗刊再度起航，洛夫撰写了题为《一颗不死的麦子》的复刊词，阐发了诗社同人对现代诗发展状况的认识及对未来方向的思考。可以说，"不死的麦子"，既是对《创世纪》诗刊顽强生命力的一种形象比拟，也是对现代诗在台湾诗坛存在状态的一种期许。作为台湾现代诗发展中的急先锋，现代诗对于洛夫等这一代诗人而言，不仅仅是意味着某种写作技巧的试验，更与他们的生命体验，以及由此生发的存在之思、历史之间密切相关。因此，洛夫在复刊词中回顾和反思了新诗现代化运动的历程，强调"从反省与警惕中我们更加强了'现代诗必

① 蔡明谚：《龙族诗刊研究——兼论七〇年代台湾现代诗论战》，台湾"清华大学"中国文学系硕士论文 2004 年 4 月第二版，第 87 页。

将继续成长'的信心"①。至于如何保持"继续成长"？他认为应该"在批判与吸收了中西文学传统之后，将努力于一种新的民族风格之塑造，唱出真正属于我们这一时代的声音"②。

对"民族风格之塑造"、唱出"时代声音"问题的强调，契合了当时历史语境中的主流声音，同《创世纪》诗刊20世纪60年代所标榜的"世界性""超现实性"的思路似乎产生了本质性的背离，但在洛夫的思考中，这并不是一种顺应时局的冲动之词。事实上，在此之前的1970年，《创世纪》同人曾与《现代诗》《南北笛》等诗刊的作者合作组成"诗宗社"，创办《诗宗》杂志。"诗宗"的命名即为"洛夫与痖弦交换意见后"确定，"其意乃是标明归宗于中国传统"③。洛夫后来在《中国现代文学大系·诗辑·序》中更明确地阐明："'诗宗社'虽不倡导某一特殊理论或组织特殊派系，但他们仍有其共同的旨趣和信念，例如对现代诗的再认和对中国诗传统的重估就是他们当前的两大目标。"④ 这里不能忽视的问题是，所谓归宗于"传统"，其前提是"对现代诗的再认"和"对中国诗传统的重估"。这个在"诗宗社"时期已经被洛夫等人意识到的问题，在《创世纪》复刊时再次被明确地阐发为未来发展的方向。面对现代诗所承受的种种批评质疑，洛夫希望能以兼收并蓄的立场，重新寻找现代诗与中外文化传统相互促进的途径，对民族风格的重提，其真正的核心立场则是要更新、创造新的民族文化传统！

《创世纪》复刊词表明了洛夫等现代诗人们在时代变迁中对诗歌观念的反思与调整，如果说20世纪60年代他们是以狂飙突进的姿态为现代诗发展拓展空间，进入20世纪70年代以后，他们则开始寻求

---

① ② 洛夫：《一颗不死的麦子》，载《创世纪》1972年9月第30期，第5页。

③ 解昆桦：《台湾现代诗典律的建构与推移》，台湾鹰汉文化企业股份有限公司2004年版，第45页。

④ 洛夫：《中国现代文学大系·诗辑·序》，台湾巨人出版社1974年7月版，第8页。

一种冷静、理性、诗观更具开放性的发展道路。洛夫在其系列诗论中多次谈及对"传统"的看法，认为："传统这个东西，若意味为一种成灰的历史，又何能回归？"因此，现代诗的价值就在于"对古典诗歌美学重新加以审视和评价，使某些具有永恒性的质素，借用现代的语言形式，创造出一种新的美来"①。这种诗歌美学影响了他20世纪70年代以后的创作，也对青年一代诗人起到引领和示范作用。对洛夫而言，背离或回归传统，实际是先锋探索的一体两面，他对现代诗的期待是要在反思的意义上重塑其"另类现代性"。

五四文学传统的发掘与传播

伴随着现代主义诗歌运动的深入发展，现代诗人们回溯自己的创作道路，能够较为客观地面对自我同本民族文化传统、外来文化思潮影响之间的关系。也正是在这个过程中，现代诗人们开始策略性地探讨五四以来的新文学同台湾文学之间的关系，将台湾现代主义诗歌运动置于20世纪中国文学的历史格局中进行评判。

20世纪五六十年代的台湾文坛，在政治因素影响下被迫切断与五四新文学传统的联系，以取火于西方现代主义思潮的方式寻求现代新诗的发展空间。纪弦饱受争议的"横的移植"论，虽不无偏颇，却也是台湾现代主义诗歌运动起步阶段历史环境的影响使然。20世纪70年代以后，在台湾现代诗运动中担当理论译介和创作主力角色的叶维廉，相继出版了《秩序的生长》《叶维廉自选集》等论著，从多角度阐发自己的诗学理念。同洛夫较多谈论现代诗歌同古典诗歌的关系不同，叶维廉在比较研究中外诗学的传承转化基础上，也侧重评述台湾现代诗人同五四以来特别是20世纪三四十年代文学传统的关

---

① 胡亮、洛夫：《台湾诗·修正超现实主义·时病》，载《洛夫谈诗——有关诗美学暨人文哲思之访谈》，江苏凤凰文艺出版社2015年版，第180页。

系。他有意识地将台湾现代诗的发展置于 20 世纪中国新诗的整体格局中进行审视，强调台湾现代诗与新诗传统之间的联系，指出："何其芳对痖弦的诗的意象和句法有影响。洛夫早期的诗吸收了艾青——当然是一九四九年以前的作品——那种叙述性的句法；卞之琳后期的诗，还有辛笛在意象上的处理，都对我有一点启发。"① 在《我和三四十年代的血缘关系》一文中，他详尽地陈述了自己与新文学传统的关系：

> 我猛读五四以来的作品，在十五六岁便开始。我从贫穷的农村流落到香港，忧国思家，那些书最能给我安慰，我曾在《中国现代作家论》后记里记下此事。我约略说，当时我读到的作品，使我作为一个新文学作家的血缘关系未曾中断，在感受上、语言上、思潮上有一种持续的意识，这是我的幸运。②

在他列出的曾阅读的诗人名单中，包括卞之琳、冯至、何其芳、穆旦、梁文星、艾青、臧克家、曹葆华、戴望舒、废名、陈敬容、殷夫、蒲风、袁水拍等等，"其中穆旦、冯至、曹葆华、梁文星是我在台大外文系做学士论文的素材（译为英文）。这些人对我的语态、意象、构思都曾有过相当的影响……熟悉那个时代的诗的读者，即在我脱离了他们的风格以后的诗也可以看出痕迹来"③。

需要注意的是，叶维廉对新诗传统的审视是在一个更开阔的世界视野下进行的。与大多数台湾诗人接触现代主义诗歌的情形不同，叶维廉在香港生活时期开始阅读中外现代主义诗作，由于香港特殊的文

----

① 叶维廉、梁新怡等：《与叶维廉谈现代诗的传统与语言——叶维廉访问记》，载《叶维廉自选集》，台湾黎明文化事业股份有限公司 1975 年版，第 249～250 页。

② 叶维廉：《饮之太和》，台湾时报文化出版事业有限公司 1980 年版，第 356 页。

③ 同上，第 357 页。

化环境，使他能够在私下里品读了大量内地20世纪三四十年代的现代主义诗作，而这些因为政治原因在台湾被禁止传播的文学资源，使他的文化视野能够接续起被中断的五四新文学传统，并成为他对照性审视西方现代主义诗歌发展道路的基础。他分析新诗存在的问题，认为五四新文化运动为了反抗陈腐的社会结构与旧思想，而忽略了传统文字的表意之美，"西洋的现代诗打破他们的传统，吸收中国古诗表达方法的优点。但早期的白话诗却接受了西洋的语言，文字中增加了叙述性和分析性的成分，这条路线发展下来，到了三四十年代的时候，变得越加散文化了"①。及至新月派的一些诗人开始重视"诗味"的营造，到现代派强调语言的精练、意象的呈现等问题，传统与现代的诗艺才具有了融汇的可能。而"卞之琳、何其芳、冯至和曹葆华他们一方面受到象征派和后期象征派的影响，譬如里尔克，在当时已是那么流行，他的诗每一首都几乎是在进入了出神的状态之下来观察事物的纯粹结晶"②；另一方面，中国传统文学中与其相同的玄思、境界又潜移默化地影响了他们的写作，这种中西汇合的写作状态正是叶维廉希望达到的目标。他在此后的创作和理论建构中更着力于中国传统文化的探索，但在中西比较的视野中发现中国传统文化的意蕴，却是他始终坚持的立场。

20世纪六七十年代之交，痖弦在《创世纪》诗刊开辟了"新诗史料掇拾"专栏，意在"有系统地重刊过去有成就诗人的佳作，使大家对我国'新诗遗产'有一份较清晰的认知"③。众所周知，20世纪60年代的《创世纪》一度以大量译介西方现代文学为特色，在理论和创作技巧两方面为超现实主义写作实践提供了可资借鉴的资源。

---

① 叶维廉、梁新怡等：《与叶维廉谈现代诗的传统与语言——叶维廉访问记》，载《叶维廉自选集》，台湾黎明文化事业股份有限公司1975年版，第250～251页。

② 同上，第252～253页。

③ 痖弦：《编后记》，载《创世纪》1966年1月第23期，第60页。

在这样的发展方向中忽然融入了整理中国文学中"新诗遗产"的因素，显示出诗学观念调整的态势。如果说叶维廉是在理论建构和方法论层面为台湾现代主义诗歌拓展空间的话，痖弦对"新诗遗产"的梳理和评介，则恰好以丰富的内容填充了前者搭建的理论框架。从20世纪60年代中期开始到1984年第65期出版，痖弦主持的"新诗史料"专栏着重做了三方面的工作：诗人诗作选注、中华民国成立后出版新诗资料的整理汇编和撰写中国新诗过眼录（主要内容为"1917—1949新诗书刊提要"）。他先后整理选注了废名诗抄、朱湘诗抄、王独清诗抄，评介了孙大雨、辛笛、绿原、李金发、刘半农、戴望舒、刘大白、康白情八位诗人，并为《梦家诗集》《罪恶的黑手》《望舒草》《手掌集》《新月诗选》《十年诗抄》等撰写了提要。

痖弦曾说"战乱使中国新文学的传统产生了前所未有的断层现象"，在台湾，"三四十年代作家的作品与资料极为稀少，年青一代，对那个时代的诗作几乎没有任何的认识，这对我们承继、发扬与创新文学传统的使命而言，并不是件有利的事。因此我以为有把自己多年的珍藏公诸同好的必要"①。在当时的政治历史语境中，"新诗史料掇拾"的传播带有在规范戒律之间走钢丝的风险，但在客观上具有补救台湾现代诗人，尤其是年青一代的知识结构欠缺的效果。被列入"新诗遗产"的研究对象，多倾向于20世纪三四十年代的现代派诗人，如李金发、戴望舒、辛笛、绿原、冯至、何其芳、卞之琳等人，通过对现代主义诗歌在不同历史阶段发展形态的评述，提供一种比较研究层面上的思考。在20世纪三四十年代文学史料极端匮乏的台湾诗坛，这些资料的整理重现独具特色，因此得到诗坛好评，连《创世纪》的论战对手陈芳明也写信表示肯定。

在很大程度上，对五四以来中国新文学资源的发掘和接续，拓展了台湾现代诗人的时空视野，为他们探索现代诗"继续成长"之路

①　痖弦：《中国新诗研究·自序》，转引自龙彼德著《痖弦评传》，台湾三民书局股份有限公司2006年版，第210页。

提供了参考。

传统的新意:《象外象(三题)》、冥想与狂欢式写作

《创世纪》诗刊第 32 期刊登了王润华的诗作《象外象(三题)》和叶维廉的《龙舞》等作品。在意象及情境的描写中都刻意突显了文化传统的特色。洛夫 20 世纪 70 年代以后的诗作中也有意加入了传统的因素,李白、杜甫、李贺等经典诗人形象常常被化用在其诗句中。从诗作的表层结构看,现代主义诗人做出了"回归传统"的姿态,但究其内里的深意,才会发现回归并不是皈依,而是为了发现传统新生的可能性。

《象外象(三题)》的创作灵感源于诗人在美读书期间,师从周策纵教授学习古文字学的经历。他由分析汉字的结构起源而联想到象形文字的意象之美,由此对中国传统文化进行了诗性的书写。诗作以《韩非子·解老篇》中"人希见生象也,而得死象之骨,按其图以想其生也,故诸人之所以意想者,皆谓之象也"① 为题记,对象形文字"河""武""女"三个字展开"意想",再用现代诗形式书写诗人的感悟。诗作采用将象形文字与现代诗歌并举的形式,实际是传达传统与现代对话、互涉的意图,如写"河"的一节:

哗啦啦的江水
以一把浪花
切开我——
　我的声音在右
　　遗体在左

---

① 王润华:《象外象(三题)》,载《创世纪》1973 年 3 月第 32 期,第 14 页。

河岸的行僧

只听见我的呼声

却看不见坠河的我

　　诗思虽然由象形文字的结构形态展开，却切入了具有主体意识的
"我"的声音，是现代的"我"对沉默的"传统"的审视和呼唤。在
这里，传统激活了诗人的文化记忆，而诗人的现代意识又赋予了传统
以超越时空的新异质素。

　　在"回归传统""关注现实"的时代诉求中，前行代诗人们也尝
试书写社会底层的生活状况，如沙穗《卖面——归乡的续稿》一诗，
以近乎写实的笔法记录小吃店老板辛苦的生活，以及对文人沦为小商
贩的境遇的怨愤情绪。不过，洛夫更赞赏那种能在现实的基底上，通
过冥想而达到哲理意味的创作。《创世纪》第41期刊登了年轻诗人
苏绍连的《惊心四首》①，洛夫特意为其写了诗评。《惊心四首》包括
《空气》《盆栽》《七尺布》和《心震》四篇诗作，从日常生活中所
见所感的物象入手，传达诗人的生命感悟或某种非理性的意念，如
《盆栽》感叹被限制的生命，"高高低低的养女们就站在那高处，/临
空生长"，"渐渐地停止长大，/盆里的泥土渐渐地酸化"。而《心震》
则由一次地震引发的崩塌，联想到与权威、传统、血缘乃至亲情等错
综复杂的关系网络有关的问题："广场震动不停，一尊石像崩裂。/后
来，我想起祖父是在石像里面，/父亲在祖父里面，/我在父亲里
面，/我便赶紧往下跑，往下跑……/因为儿子在我的里面，/我不让
他知道我崩溃的地方。"诗人写诗，是为了不断地追问和发现存在的
意义，只有对日常生活的凝望和冥想，才能使这种追问获得震撼人心
的力量。洛夫在给诗人写的短评中高度赞誉了他的"创造力、想象
力、对事物的透视力和对生命的批判力，以及掌握一首诗的气氛与张

---

　　① 　苏绍连：《惊心四首》，载《创世纪》1975年7月第41期，第6页。

力的功夫"①，他反对现代诗人以浅白易懂取悦读者的做法，鼓励苏绍连这样"讲求诗素之浓度、意象之烘托，与形式之创新，以探索人的精神与思想而慑服读者，知音虽少，但将在历史中发出深远的回响"②的创作。应该说，洛夫是在苏绍连身上看到了年轻时桀骜不驯的自己的影子，对这位年轻诗人的肯定，寄寓着他对同时代青年的期望。在青年一代热切投身社会变革的时代，洛夫时常成为青年诗人批判的靶子，但纵然如此，他仍然坚持要在潮流当中葆有思考的意识。

在激流勇进的时代中逐浪前行，洛夫常常会看到社会中荒诞、虚妄的本相。他鼓励年轻人以思考洞见生活的本质，而他自己则以"曾经沧海"的阅历和"狂欢化"的写作策略，为时代的演变留影塑形。在《煮酒四论》③中，他"论英雄""论剑""论诗""论女人"。自古诗酒不分家，醉酒的诗人纵横捭阖、指点江山，他慨叹"浊浪排空，淘尽的千古英雄"；他玩世不恭地调侃，即便壮怀激烈的英雄，在权力面前也"只不过是/这碗蛋花汤中的葱末"，而英雄的豪气仅体现在"只喝酒，/不付钱"（《论英雄》）。当年曾"熟读武当昆仑青城邛崃各种主义/苦练各家不传之秘/朝在长江饮马/暮宿峨眉古槐/某年的野店，我以炯炯目光/在石壁上凿诗一首"的英雄，如今"豪情不如昔/一夕只饮三百杯"（《论剑》）。诗人论诗，有意打破读者将诗句串联思考并赋予意义的思维惯性，以狡黠的语气道："至于诗/不提也罢/无非东山飘雨西山晴/我也猜不透/一行白鹭/上青天去干吗。"（《论诗》）在《借问酒家何处有》④一诗中，他尝试写作诗剧，将阮籍、司马相如、卓文君、李白、杜甫等古代诗人聚集一室，围绕"酒话"展现各人的气质——"酒使人旷，酒使人豪，

---

①② 洛夫短评，见《创世纪》1975 年 7 月第 41 期，第 7 页。

③ 洛夫：《煮酒四论》，载《创世纪》1975 年 7 月第 41 期，第 42 ～ 43 页。

④ 洛夫：《借问酒家何处有》，载《创世纪》1975 年 12 月第 42 期，第 48 ～ 56 页。

酒使人逸，酒使人真……"，但"酒醉后只有一样坏处"——"使人更为清醒"。在时空错乱、意念荒谬的剧情中，诗人却表达了颇为清醒的现世观。文化传统中的人物、意象、典故被他以戏谑的方式重新组合，并释放出新的诗歌张力。洛夫被称为台湾现代诗坛的"诗魔"，在他的诗作中，个体和外部世界总是处在一种紧张的关系中，他以或悲怆，或粗粝，或戏谑的方式捕捉自我同外部世界遭遇、冲突的感受，并提炼出其超越个体存在的意义，无论是 20 世纪 60 年代现代主义试验期的创作，还是 20 世纪 70 年代以后对传统的重新审视，先锋是他的精神实质，自由是其写作的境界。反传统，抑或回归传统，对他而言只有一个目的，即"要创造更新的现代精神与秩序"①。他以其诗歌理论和写作实践，为 20 世纪 70 年代以后"回归传统"声浪中的台湾现代诗赋予了另类现代性的特质。

从新文学整体观的视野考察，无论是"五四"到 20 世纪三四十年代祖国大陆新诗的发展历程，还是 20 世纪 50 年代以后中国台湾现代主义诗歌运动的兴起与转折，以及 20 世纪 80 年代以后朦胧诗、新生代诗歌的出现，中国现代诗在吸收、借鉴中外文学传统的基础上逐渐塑造出自己的诗学观念与美学形态，从传统中脱胎而来，也自成"新的传统"。在这个历史进程中，20 世纪 70 年代中国台湾现代诗在民族与西化问题上的冲突、争议和写作实践中的探索，为中国新诗的发展提供了别具意义的借鉴价值。

（原载《暨南学报》2017 年第 11 期）

---

① 张默、痖弦主编：《六十年代诗选·绪言》，台湾高雄大业书店 1961年 1 月版，第 4 页。

背离与回归："先锋" 探索的一体两面

——20 世纪 70 年代后《创世纪》的诗论建构及其思想意义

经历了 20 世纪 60 年代狂飙突进式的"超现实主义"发展期后，《创世纪》诗刊经过短暂的调整，在复刊号中将未来的发展路向确定为："在批判与吸收了中西文学传统之后，将努力于一种新的民族风格之塑造"①，并在 20 世纪 70 年代后积极倡导"融合现代与传统"的新诗现代性道路。不过，尽管"超现实"时期在《创世纪》60 年的发展史上仅仅占据了六分之一强的比重，而且那也是诗坛内外争议颇多的一个时期，但"超现实"时期的《创世纪》还是以巨大的光环效应使其之前之后的诗艺探索显得黯然失色。值得注意的是，"超现实"显然不能涵括《创世纪》诗人们的全部诗学特质，而且在不同的历史时期中，《创世纪》诗人们也曾不断修正他们的"超现实"观念。那么，在历史视域中重新审视《创世纪》的发展历程，我们究竟应该如何认识"超现实"之后《创世纪》的理论建树及其文化价值，就是一个有必要深入探究的问题，它不仅能够重现历史现场，也在方法论意义上对当下的文化建设具有借鉴价值。

---

① 洛夫：《一颗不死的麦子》，载《创世纪》1972 年 9 月第 30 期，第 5 页。

"超现实"之后：《创世纪》的文学史命运

中国大陆出版的文学史在谈及 20 世纪 50 年代以后中国台湾文学的发展特色时，都会重点评介《现代诗》《蓝星》和《创世纪》在推动现代主义诗歌运动中的诗学主张及其创作实践。讨论重点侧重思潮流派发展脉络的梳理，或是评述相关文学论争的观点、品鉴代表性诗人诗作的特征。与此相应，同《创世纪》相关的部分，大多是浓墨重彩地评介其对超现实主义的接受与写作试验，同时作为诗艺探索发生转折的前提，提及《创世纪》早期"新民族诗型"的口号及其局限，而对其在 20 世纪 70 年代以后的诗论建树及创作转型则语焉不详。比较有代表性的一些文学史著，如白少帆、王玉斌等主编的《现代台湾文学史》，吕正惠、赵遐秋主编的《台湾新文学思潮史纲》①等，都采取依照时序与文类，在某一时期中选取最突出的"文学事件"来描述文学史面貌的写作策略。20 世纪六七十年代的台湾文坛，自然是要由现代主义与乡土文学思潮平分秋色，因此对"超现实"之后《创世纪》诗人的观念转型只能给予少量篇幅的观照，难免给人繁华过后，归于沉寂的印象。

文学史写作近似大浪淘沙，而且受历史观、美学观等因素影响，文学历史的版图不断地被研究者以做"加法"或"减法"的方式进行修正，因此，如此呈现《创世纪》在台湾现代诗发展中的历史位置，也是著述者的一种历史态度。不过，当鲜活饱满的历史样态被挤进历史叙事的轨道，为适应轨迹的需要而不得不做出某些取舍时，我们还是需要对那个塑造过程保持反省的能力，因为"文学史叙述的症结之一就在于常常会将历史事实进行趋于本质化的概括，当我们试

---

① 白少帆、王玉斌、张恒春、武治纯主编：《现代台湾文学史》，辽宁大学出版社 1987 年版；吕正惠、赵遐秋主编：《台湾新文学思潮史纲》，昆仑出版社 2002 年版。

图梳理出一条清晰的历史发展脉络时，注定会因对共性的统筹性考察而忽略或遮蔽了某些个性化的探求"①。针对《创世纪》的研究状况，台湾研究者解昆桦也曾提出如此疑虑："检阅目前数量庞大的《创世纪》研究论述，却可发现其中实'累积'了不少问题"，而其中之一便是"对《创世纪》超现实的刻板印象挥之不去……其中症结点在于论者对《创世纪》70年代以来之诗社史的认识不足"②。他分析问题的起因，认为："这或许是因为创世纪诗社所累积的资料太过庞大，使得相关论者在诗史论述上，往往以对《创世纪》概括式的刻板印象，便宜为之。连带使得当前创世纪诗社的研究，始终难以切中其在七〇年代以后发展的事实。"③这的确是富于洞见的思考。

不过，对于中国大陆研究者来说，很多时候在文学史叙述中的取舍决断却不是因为"资料太过庞大"，而恰恰是受政治因素影响造成的资料短缺。曾有文学史在论及《创世纪》诗人群时，尝试评判《创世纪》20世纪70年代以后的诗学特征，如王晋民主编的《台湾当代文学史》④，列专章概述了"现代主义文学思潮"，并列专节讨论"现代主义的第一个浪潮——现代诗运动"和"对台湾现代主义的历史评价"。考虑到此前文化交流受政治、历史因素影响，在资料信息渠道方面有诸多不便，著者特别详尽地引用了纪弦《现代派信条释义》和洛夫的《超现实主义与中国现代诗》两篇文章，并评价说："《创世纪》初期提倡'新民族诗型'。……但是，从第11期开始，《创世纪》却来了一个一百八十度的大转弯，高高地举起现代主义的

① 白杨：《台湾现代诗风潮中的"痖弦"——论痖弦"新诗史料"整理工作的价值与意义》，载《芒种》2013年第6期，第50页。

②③ 解昆桦：《隐匿的群星：八〇年代后创世纪发展史与1950年世代诗人的新典律性》，载《创世纪》2004年10月第140～141期，第68页。

④ 王晋民主编：《台湾当代文学史》，广西人民出版社、广西教育出版社1994年版。

旗帜，而且青出于蓝胜于蓝，公开地提倡和引进超现实主义。"① 继而从思潮溯源、哲学背景和写作技巧等方面对洛夫的超现实主义诗观进行了详细评价。虽然在讨论 20 世纪 70 年代以后台湾文坛的面貌时，论述重心也转向乡土小说论战，但在后面专论"洛夫诗歌"的一章中，刻意增加了一节，"从'超现实主义'到'回归传统，拥抱现代'——洛夫的诗论"，从"接近自然""学习'静观'""境界"等几个层面，阐述洛夫诗论同传统精神的相通之处，是尝试补充"超现实"之后《创世纪》诗人写作面貌的一种努力，可惜立论主要依据洛夫的《诗人之镜》《超现实主义与中国现代诗》和《回归传统，拥抱现代》等几篇理论文章阐发而成，未能透彻阐明所谓回归以后的"传统"——"已经是在'现代'基础上的传统"② ——究竟提供了哪些新的诗学质素，概因资料受限，未能给阐释者提供更多的考察空间。此外，刘登翰、庄明萱主编的《台湾文学史》③，在评介《创世纪》诗人群时侧重阐述了洛夫、张默、叶维廉等人在 20 世纪 70 年代以后的创作面貌，也表现出完整呈现台湾现代诗发展轨迹的意愿，但在众多需要整合进文学史视野的研究对象面前，仍然无法给予《创世纪》更详尽的论述。

比较而言，中国台湾的一些研究者因为曾见证现代诗的发展历程，在做史论时能够持有历史整体观的视野，如萧萧的文章《创世纪风云——为文学史作证·为现代诗传灯》④，用"'创世纪'年轻时的气质""'新民族诗型'的初议与检讨""'创世纪'的性格""草来初辟，繁花旋生"和"'绿荫时期'的作为""'创世纪'走进80

---

① 王晋民主编：《台湾当代文学史》，广西人民出版社、广西教育出版社 1994 年版，第 53 页。

② 同上，第 536 页。

③ 刘登翰、庄明萱主编：《台湾文学史》，现代教育出版社 2007 年版。

④ 萧萧：《创世纪风云——为文学史作证·为现代诗传灯》，载《创世纪》1984 年 10 月第 65 期，第 44～54 页。

年代"等概述界定《创世纪》不同时期的历史特征,将"超现实"之后的《创世纪》界定为"绿荫时期",是形象并具有历史感的观察;时隔十年之后,他在另一篇文章《"创世纪"风格与理论之演变——"新民族诗型"与"大中国诗观"之检讨》[①] 中,将《创世纪》20 世纪 80 年代以后的诗论观点进行历史脉络的追溯和比较研究,是对此前研究的一种丰富和补充。杨宗翰在《台湾新诗史:书写的构图》一文中,辨析了文学史书写中面临的三个层次(文学实践史、文学史实践、文学史学)之间的关系,强调"任一部文学史(书写)要达到真正的可能,唯有先清理掉以下三个怪兽:民族国家、演化/目的论、起源迷恋"[②],主张"把历史还原为文学本身","入史的准则——1. 创新;2. 典型;3. 影响"[③],据此原则开列的台湾新诗史书写构图中,洛夫等人的创作被分别置于不同的历史时段中,以呈现其创作的变化及动态连续性。如此布局谋篇,当然也是为反拨文学史书写中对作家的评介重前期轻后期、顾此失彼等问题。上述两位研究者都有追踪研究台湾现代诗的经验,所提问题可谓切中肯綮,但要把设想融入具体的文学史写作实践,显然还需要诗歌研究者们做更多的工作。

在阐释中成长的"传统"观

处在被阐释话语场中的《创世纪》诗人,如何评价和定位"超现实"之后的《创世纪》呢?其 20 世纪 70 年代以后所倡导的"现代诗归宗"理念,究竟是浪子回头意义上的迷途知返,还是繁华过

---

① 萧萧:《"创世纪"风格与理论之演变——"新民族诗型"与"大中国诗观"之检讨》,载《创世纪》1994 年 9 月第 100 期。

② 杨宗翰:《台湾新诗史:书写的构图》,载《创世纪》2004 年 10 月第 140~141 期,第 111 页。

③ 同上,第 114 页。

后，重新出发的自主选择？

作为《创世纪》主创人之一和诗刊理论路向的重要阐释者，洛夫曾在不同的文章中谈到他对《创世纪》发展历程的评价。在《台湾现代诗的发展与风格演变》一文中，他这样谈道："70 年代在经过对传统与现代、东方与西方的反思辩证之后，他们（《创世纪》）全力追求一种融合中国人文质素和现代精神的诗歌，但并不放弃创新求变的立场，因而为具有原创力的诗人提供一个创作实验室，历年来培植诗坛新人甚多。"① 在另一篇文章中，他回顾《创世纪》50 年的行进步履，也饱含深情地写道："传统是智慧与时间的累积，实际上传统也就是历史，对一个像《创世纪》这样的诗刊而言，更是一段从走过荆棘，突破困境，响应改革，力主创新，以至渐趋成熟的求索过程。"② 在他的描述中使用了创新求变、渐趋成熟等评价语言，显然并未将"超现实时期"与"超现实"之后做断裂式的理解，对于将生命融入现代诗写作的《创世纪》诗人们来说，在诗艺探索的道路上他们从未停滞，从"新民族诗型"到"超现实主义"，再到"现代诗归宗"，以及建立"大中国诗观"的提出，《创世纪》诗人们更愿意把方向的调整视为是诗歌观念"成长"的一个过程。也正是在这个意义上，我们有必要认真审视"超现实"之后《创世纪》的诗论主张。

如果以二元对立的思维方式看待中外文化的关系，我们很容易将《创世纪》从"超现实主义"到"回归传统"的转型看作是一种对抗关系的变化，而忽略了两者之间相生相克、互为促进的过程。事实上，在 20 世纪 50 年代以后政治集权专制的文化场域中，借鉴西方或依托传统都是现代诗人们处理自身精神诉求与外部世界冲突的方式。标举"传统"的口号，有时并不是"复古"，却恰恰是"先锋"意识

---

① 洛夫：《台湾现代诗的发展与风格演变》，载《台港与海外华文文学评论和研究》1995 年第 1 期，第 15 页。

② 洛夫：《创世纪的传统》，载《创世纪》2004 年 10 月第 140～141 期，第 25 页。

的一种呈现。《创世纪》创刊之初，在理论上尝试建立"新民族诗型"观念，意欲矫正纪弦在《现代派的信条》中提出的"新诗乃是横的移植，而非纵的继承"的偏向。"新民族诗型"强调的是"新"的"民族诗型"①，洛夫以"艺术的——非纯理性之阐发，亦非纯情绪之直陈，而是美学上的直觉的意象的表现"和"中国风，东方味的——运用中国语文之独特性，以表现东方民族生活之特有情趣"等阐发来界定"新民族诗型"的内涵，借以反思当时现代诗创作中出现的"泥古不化的纵的继承"和"移花接木式的横的移植之说"②，实际是表达了一种站在潮流之外的冷静立场。

也是在求"新"的追求中，对当时而言极具先锋色彩的"超现实主义"思潮进入《创世纪》诗人的视野。"新"的"民族诗型"理论重在诗歌艺术形式的探索，而20世纪60年代提出"世界性""超现实""独创性"与"纯粹性"口号，则是寄望在新诗现代化的路程中，超越单纯以抗衡为目的的"破坏"，能够有所建树。洛夫在《六十年代诗选·绪言》中论及对现代主义本质精神及形式技巧等问题的认识时说，"在现代主义实验阶段已渐趋尾声的今天，作为一个前卫艺术家的职责并非仅在消极地反传统，而是要创造更新的现代精神与秩序"，并从现代新诗的特质阐发说："以作为中国现代文学艺术主流的新诗来说，它的胜利并非表现在它本身已获得事实上若干的承认上，而是它已逼着人们日渐对它的需要性加以重视，因它正在提醒人类重新认识自己，并如何使他们与包围他们周遭的外界取得新的适应。"③"我们深信，只要是一个了解自由意志与纯粹性在诗中的重要性的评论家或文学史家，他对于目前现代诗人所做的由破坏到建设

① 洛夫：《创世纪的传统》，载《创世纪》2004年10月第140~141期，第28页。

② 本社：《建立新民族诗型之刍议》，载《创世纪》1956年3月第5期，第3页。该文实际为洛夫执笔。

③ 张默、痖弦主编：《六十年代诗选·绪言》，台湾高雄大业书店1961年1月版，第4页。

的工作，必将予以严密的考察与慎重的评断。"① 不能不承认，当"现代派""蓝星"在现代主义潮流中日渐式微时，是《创世纪》诗人通过对 20 世纪 50 年代以来台湾现代诗的历史性检视，倡导"一种新的、革命的、超传统的现代意义"的新诗路向，将台湾现代诗的"先锋"实验延续了下去。

值得庆幸的是，即便在"超现实主义"创作开展得风生水起之际，《创世纪》诗人们也没有丧失自我反省的能力。《创世纪》第 19 期曾刊发香港同人李英豪的文章《剖论中国现代诗的几个问题》，直陈现代诗的发展状况和症结性问题。他敏锐地意识到"近一年来的现代诗坛，显得有一种拖拖沓沓的现象，好像经过了几百米的赛跑后，已开始暗暗露出些儿'疲态'"②，探究其中的原因，他认为现代诗的"负荷"不是存在于外在，而在于内在本身。他从现代诗人内在的问题入手进行思考，提出一种现象：在追求前卫诗学的实践中，"现代诗人都经过一种无形的嬗变：从'创造的我'嬗变到'以我为中心的自我'"。这种主观意识的嬗变，落实在创作中则导致诗作从表现"创造的情绪"演变为注重表现"野蛮的主观的情绪"，因此导致现代诗"在陷于低潮的过渡期间，蒙受了双重病害的侵寇：一为'情绪至上论'，一为浅薄的知性主义……前者全凭情绪所支配，盲目追求兽性情绪的传达，淹没了取代了'知性'的创造力和诗的直觉的纯粹性。后者重新跌入空洞的结构，由于过重造型的外貌和推理的方法，每使诗变成失去感性的颓败躯体，甚至在文字方面玩把戏，形成堆砌或形式至上"③。事实上，在此前后诗社中的同人商禽和季红都曾质疑过现代诗发展中暴露出来的问题，因此，即便 20 世纪 70

① 张默、痖弦主编：《六十年代诗选·绪言》，台湾高雄大业书店 1961 年 1 月版，第 6 页。

② 李英豪：《剖论中国现代诗的几个问题》，载《创世纪》1963 年 12 月第 19 期，第 24 页。

③ 同上，第 24 页。

年代没有政治历史等外部因素的促动，《创世纪》的诗学转型也必然会发生。

1972 年 9 月，《创世纪》在休刊三年之后复刊。由洛夫执笔的复刊词《一颗不死的麦子》重新提出"将努力于一种新的民族风格之塑造"① 问题。文坛内外多以"回归传统"视之，但何为"传统"，如何"回归"，仍有待进一步的思考。洛夫随后在另一篇文章中表达了自己对"回归性偏误"的反思："严格说来，我们的现代诗今天仍处于一个探索方向，塑造风格的实验与创造时期"，"无论如何，回到民族文学传统的浩浩长河中来，是一个诗人必然的归向"，但是"什么是民族性的诗"？"非写'长安洛阳''古渡夕阳'不足以言中国，凡写登陆月球、巴黎铁塔，或西贡战争，一概目如西化，这是我们批评界最流行而肤浅的看法。这种文学中的狭隘民族意识讲究的是魂游故国，心怀唐宋，尤其重视地域性……但一个诗人的民族意识应是全面的，时空融会、古今贯穿的整体意识。"② 这些气势凌厉的论述显示出他在诗学观念反思中的思考，也呈现出超越同时代更多的泛泛而论的思想深度。他反对挟古语以自持、盲目复古的应景之作，在轰动一时的所谓"复古派"影响下，"某些诗人为了刻意表示继承古典诗的余韵，凡写景必小桥栏杆，写物必风花雪月，写情则不免伤春悲秋，其遣词用句多为陈腔滥调，写出来的都是语体的旧诗，我则直指为'假古典主义'"③。

对洛夫等《创世纪》诗人来说，在探索新诗现代性的进程中，无论是背离传统，还是回归传统，都同他们不肯随同流俗，决意引领时代潮流的先锋意识有关。背离与回归实为先锋探索的一体两面。正

---

① 洛夫：《一颗不死的麦子》，载《创世纪》1972 年 9 月第 30 期，第 4 页。

② 洛夫：《请为中国诗坛保留一份纯净》，载《创世纪》1974 年 7 月第 37 期，第 7～8 页。

③ 洛夫：《创世纪的传统》，载《创世纪》2004 年 10 月第 140～141 期，第 28～29 页。

如有研究者指出的那样："反思的现代性如果能自身包含文化寻根的需求与滋养作用，那么如何有效地开发利用文化之根的资源去为现代社会纠偏补缺，就成为最现实的课题。"① 在大历史走向现代化的进程中，单纯的背离与单纯的回归并无太大意义，问题的关键在于在破坏、消解中的重建。对传统重估，将超现实主义中国化，并探求用"超现实主义手法来表现中国古典诗中'妙悟''无理而妙'的独特美学观念的实验"②，最终为彷徨于前路的台湾现代诗找寻到新的方向。基于此种情况，洛夫曾将《创世纪》对台湾新诗的影响概括为两点："追求诗的独创性，重塑诗语言的秩序"和"对现代汉诗理论和批评的探索与建构"③。关于后者，他特别强调了在民族与西方、现代与传统之间进行调适的必要性，"不错，'民族'是我们的基调，但'新'是指什么？……原来就是长时期地涉足西方现代主义，继而又长时期地对中国古典诗学作深层次的探索，然后通过审慎的选择，进而使两者有机性的调适与整合，终而完成一个现代融合传统、中国接轨西方的全新的诗学建构"④。这一看似刻板中庸的论断，却是台湾现代诗人们在被迫承受文化失根之痛的历史语境中，以大胆的叛逆精神艰苦实践得来的。它不仅对 20 世纪 70 年代以后中国台湾现代诗的发展具有引导作用，对 20 世纪 80 年代以后中国大陆文学面临现代主义与文化寻根思潮激荡中的价值判断也具有启示意义。

"世界"文化格局中民族性转向的价值启示

在很大程度上，取火于西方"超现实主义"的诗学实验，不仅

---

① 叶舒宪：《现代性危机与文化寻根》，山东教育出版社 2009 年版，第 219 页。

②④ 洛夫：《创世纪的传统》，载《创世纪》2004 年 10 月第 140～141 期，第 28 页。

③ 同上，第 25、27 页。

帮助《创世纪》诗人实现了对诗歌"审美现代性"的追求，也在时空观念上打开了诗人的视野，使他们获得了世界性眼光与胸襟。当《创世纪》打出"世界性""超现实""独创性"与"纯粹性"口号时，"世界性"并不仅仅是对应于"民族诗型"的一个概念，更是对文化时空与世界格局的一种体认。

近代以来，被迫承受欧风美雨文化洗礼的现代中国知识分子，时常会陷入东西方文化对峙的困境中，被喻为"世界"的"西方"既是我们图强求变、开启民智的思想溯源地，也常常是造成民族文化被异化乃至处于边缘化境地的罪魁祸首。原本是"世界"之一员的"中国"，却总是让人产生"自外于世界"的感受，因此"走向世界"成为一个具有目标感召力的口号，并且因为恐惧被强大的世界吞噬，反而更固守民族特色，使世界与民族的关系成为难解的问题。应当看到，在政治视野中强调民族与世界的边界是一种客观需要，但在文化领域却恰恰需要突破隔阂，将民族性与世界性有机融合。"在人类文化观之下，没有异己文化，都属于自己的文化，文化的时间性（传统与现代）、文化的空间性（民族与地域），都具有新的意义。"①处在20世纪五六十年代历史场域中的台湾现代诗人，因为政治因素的制约被动地疏离了中国新文学传统，在"别求新声于异邦"的探索中与"超现实主义"相遇，激发了他们诗艺创新的灵感，20世纪60年代的《创世纪》大量刊登译介西方文学思潮的文章，艾略特、里尔克、保罗·梵乐希等人的诗论及创作，为他们示范了如何将个人苦痛提升为对人类命运的思考，他们通过汲取世界文化中的优秀质素而使自己获得了世界性意识。我们注意到，在东西方文化的巡礼中，痖弦由对现实的反思进入具有普泛意义的人类命运的思考，他以内涵复杂的"深渊"意象表达自己的认识，尝试"说出生存期间的一切，世

---

① 张福贵：《"活着"的鲁迅——鲁迅文化选择的当代意义》，社会科学文献出版社2010年版，第180页。

界终极学，爱与死，追求与幻灭，生命的全部悸动、焦虑、空洞和悲哀"①，其诗作在台湾文坛受到普遍好评。张默评价其诗的特点是"有其戏剧性，也有其思想性；有其乡土性，也有其世界性"②，事实上，这也是《创世纪》代表诗人普遍具有的写作特征。"作为一个心理过程、一种特殊的思维方式，文学想象与一个作家内在的生理心理机制有关，也与该作家的人生经历，以及他所处时代的社会现实、社会风尚有关。"③ 在探索现代新诗审美现代性的过程中，尽管存在诸多争议，但《创世纪》诗人还是以引领诗歌风尚的创作，为中国传统诗歌的演进注入了新的富有活力的质素与风格。

在世界格局的意义上审视《创世纪》20 世纪 70 年代以后向"传统"的回归，洛夫对"传统"意涵中包括的"民族意识"有所思考。他反对狭隘的民族意识，强调"一个诗人的民族意识应是全面的，时空融会、古今贯穿的整体意识"④，并在此基础上进一步提出"大中国诗观"与"漂泊的天涯美学"思想。"大中国诗观"意在倡导"消除狭隘的地域性、族群性的意识形态阴影"⑤，使海峡两岸及海外华人的创作既能保留其精神上的独特性，又能在文化中国的意义上整合为完整的文化版图；而"漂泊的天涯美学"则着力于将个体性、民族性经验提升为具有世界意义的哲理境界。洛夫用"悲剧意识"和"宇宙境界"来描述"漂泊的天涯美学"的内涵，他认为："广义地说，每个诗人本质上都是一个精神的浪子、心灵的漂泊者。""我

---

① 痖弦：《诗人手札》，载《创世纪》1960 年 2 月第 14 期，第 14 页。

② 萧萧：《编者导言》，载《诗儒的创造——痖弦诗作评论集》，台湾文史哲出版社 1994 年 9 月初版，第 2 页。

③ 韩春燕：《文字里的村庄》，上海人民出版社 2011 年版，第 37～38 页。

④ 洛夫：《请为中国诗坛保留一份纯净》，载《创世纪》1974 年 7 月第 37 期，第 8 页。

⑤ 沈奇、洛夫：《从"大中国诗观"到"天涯美学"——与洛夫对话录》，载《沈奇诗学论集》，中国社会科学出版社 2005 年版，第 260 页。

们已有很多优美的抒情诗和代表民间性的叙事诗，但诗人较少在捕捉形而上意象这方面去努力，以致他们的作品缺少哲学内涵和知性深度。其中，是否沉溺于当下境遇，尚来不及去关照更大范围及世界性的问题？"① 因此，在创作长诗《漂木》时，他有意识地将其"定性为一种高蹈的、冷门的、富于超现实精神和形而上思维的精神史诗。诗中的'漂泊者'也好，'天涯沦落人'也罢，我要写的是他们那种寻找心灵的原乡而不可得的悲剧经验，所以我也称它为'心灵的奥德赛'"②。真正伟大的作家和作品都是无国界的，正如艾略特所言："任何一位在民族文学发展过程中能够代表一个时代的作家都应具备这两种特性——突发地表现出来的地方色彩和作品的自在的普遍意义。"③ 因为有了世界性的视野，《创世纪》诗人在融会传统与现代的过程中表现出文化自信与主体自觉，而这恰恰是近代以来中国文化在融入世界格局过程中最渴求的一种意识。

有研究者曾痛切地指出："典律的缺席、形式范式机制的缺失，造成百年中国新诗的发展，越来越倚重于诗人个人的影响力和号召性，而非诗歌传统的导引。"④ 考察《创世纪》的诗路历程，至少我们可以说其在 60 年坚韧求新的发展过程中，始终秉持先锋意识，为建构现代诗的典律机制孜孜以求、筚路蓝缕，它的成功与偏误，在世界一体化趋势的今天，都提供了极为重要的参考和示范价值。

（原载《文艺争鸣》2014 年第 9 期）

---

①② 沈奇、洛夫：《从"大中国诗观"到"天涯美学"——与洛夫对话录》，第 262 页。

③ ［英］艾略特：《批评批评家》，载《美国文学和美国语言》，上海译文出版社 2012 年版，第 57 页。

④ 沈奇、洛夫：《从"大中国诗观"到"天涯美学"——与洛夫对话录》，第 268 页。

政治创伤中的 "文化记忆"

——台湾现代诗人笔下 "中国形象" 的历史建构

被政治洪流裹挟到台湾岛上的现代诗人们，在 20 世纪五六十年代的历史场域中开拓现代新诗的生存空间，他们的所思所感常常不约而同地聚焦于三重主题：被迫离开原乡的伤痛绝望情绪、存在的荒谬感、逃离政治禁锢的诉求。站在历史的交叉点上，回顾往昔或瞻望未来，他们的诗句中总是郁结着一种浓重的悲情意识，被放逐的历史境遇使他们开始重新考量时空存在与个体命运的关系，他们在记忆中搜索 "中国" 印记，在现实中捕捉原乡的信息，在诗句中塑造 "中国文化空间"，为反抗生存困境而营造的诗意心灵家园，昭示出特殊历史时期的文化生态及知识者的心路历程，并尝试触及历史与存在的本相。

时代性焦虑与 "浪子归家" 之困

叶维廉在《双重的错位：台湾五六十年代的诗思》一文中回顾现代诗的生成背景，曾经提到被迫离开祖国大陆母体而南渡中国台湾的作家们，"在 '初渡' 之际，顿觉被逐离母体空间及文化，永绝家园，而在 '现在' 与 '未来' 之间焦虑、游疑与彷徨；'现在' 是中国文化可能全面被毁的开始，'未来' 是无可量度的恐惧。五六十年代在台的诗人感到一种解体的废然绝望。他们既承受着 '五四' 以来文化虚位之痛，复伤情于无力把眼前渺无实质支离破碎的空间凝合为一种有意义的整体"①。在一种异质性时空环境中，写诗既是"对付残酷命运的一种报复手段"②，也成为现代诗人们用来确认自我同外部世界关系的重要方式。一些诗人通过自造时间与空间的方式传达出主体对客观世界的异己感受，洛夫笔下的"石室"（《石室之死亡》）、痖弦笔下的"深渊"（《深渊》）、商禽笔下的"天空"（《梦或者黎明》），以及张默《上升的风景》诗集中的"峰顶"意象，都以晦涩的方式书写存在的焦虑。这些坚硬、孤绝、阴暗、暴力的空间意象成为政治动荡时代的"隐喻"，在某种层面上，也以抽象的意义显示出诗人心目中对"中国版图"的主观体认。福柯在其"他者空间"理论的阐释中曾提出"异托邦"（Utopias & Heterotopoas）概念，对空间想象的文化政治意义有颇为独特的阐释。在福柯看来，传统理念中的乌托邦"是没有真实地点的地方"，"它自身展现了一个完美的社会形式，或者一种倒反的社会形式，但不管怎样，乌托邦都是一个非真实的地方"。然而，"在每一种文化或文明中，还有一些地方，与现实完全对立的地方，它们在特定文化中共时性地表现、对比、颠倒了现实。它们作为乌托邦存在，但又是一些真实的地方，切切实实存在，并形成于该社会的基础中"③。他称这样的地方为"异托邦"，并坚信它同乌托邦一样具有质疑、改写现实的镜像功能。借助异托邦镜像实现的自我与他者关系的多重界定，引发出诸多关于文化、政治及哲学问题的探讨，台湾现代诗人们在创作的最初并没有这样的理论自觉，但他们从残酷的战争体验中感悟生命意义，在文化断裂带上寻索沿远的历史记忆，对异己空间的想象、定格最终凝定为具有异托邦

---

① 叶维廉：《双重的错位：台湾五六十年代的诗思》，载《创世纪》2004 年 10 月第 140～141 期合刊，第 58 页。

② 洛夫：《诗人之镜——〈石室之死亡〉自序》，载《创世纪》1964 年 12 月第 21 期，第 2 页。

③ Michel Foucault: Of Other Places, Visual Culture Reader, edited by Nicholas Mirzoeff, Routledge, 1998：239－240. 此处译文转引自周宁《花园：戏曲想象的异托邦》，载《戏剧文学》2004 年第 3 期，第 24 页。

意味的文学世界，他们的诗意创造因此具有了历史文本和文学文本的双重价值。

对现实异托邦的注视、抗拒成为现代诗人们逃离生存困境和政治禁锢的内在精神动力，诗人们常以"浪子"自喻，在中国台湾、中国大陆与自我角色的定位中，现实的中国台湾被想象成生命的囚笼、战场，而往昔的中国大陆生活，虽然并不全是美好的回忆，却因为历史时空的骤然断裂而具有了精神私史的意味，对故国家园的深情回望，即使是酸涩的，也是唯一能够借以对抗历史遗忘的方式。在一般的意义层面上，"浪子"既指四处漂泊、居无定所的人，又代指那些不受风俗惯例和道德规范约束的放荡不羁的人，对台湾现代诗人们而言，这个意象正暗合了他们的现实生命经历和内在的文化选择意识。年少轻狂的浪子在最初离开亲族故园之时，并不曾意识到彼时的分别有可能变成永诀，他们踌躇满志地在世界各地巡游，"在特洛伊城堞的苔藓里倾听金铃子的怨嗟/在圆形剧场的石凳下面，偷闻希腊少女的裙香/在合唱队群童小溪般的声带中，悄然落泪/在莎福克利斯剧作里，悲悼一位英雄的死亡"（痖弦《我的灵魂》）[1]，对西方文明的观看唤起他们强烈的民族意识，"我听见我的民族/我的辉煌的民族在远远地喊我哟"，于是，"我的灵魂要到汨罗去/去看看我的恩师老屈原/问问他认不认得莎孚和但丁"，"我的灵魂要到长江去/去饮陈子昂的泪水/去送孟浩然至广陵"（痖弦《我的灵魂》）。浪子的精神漫游没有使他们迷失于异质文化空间，当秋天的树叶纷纷落下时，倦游的浪子决心归家——"我虽浪子，也该找找我的家"（痖弦《我的灵魂》）。问题是"归家"的路已经迷失在政治风暴中，为了回家，他们经受了身心的折磨，"他设想自己是一把钥匙/如此艰辛如此执着他开启那门"，"在刺痛了自己的脚掌之后他开始/用手行走"（辛郁《捕虹浪子》）；然而历尽艰辛之后，得到的结果也仅仅只是"一滴流

---

① 痖弦：《弦外之音》，台北联经出版事业股份有限公司 2006 年版，第 29 页。

浪天涯的眼泪/怔怔地瞪着一副满面愁容的秋海棠"（张默《时间，我缱绻你》）。"一生苍茫还留下什么呢/除了把落日留给海峡/除了把灯塔留给风浪/除了把回不了头的世纪/留给下不了笔的历史/还留下什么呢，一生苍茫？"（余光中《高楼对海》）台湾学者简政珍评述余光中作品里的放逐书写，敏锐地指出："余氏作品的母题是'归'，但真正的主题是'归不得'，放逐者或诗人似乎不是生存在现实里面，而是现实之间'。"① 事实上，这种"归"与"归不得"的困境并不是余光中一个人的生命体验，而是整整一代人纠结于心的生存悖论。

现实的家园归不得，现代诗人们便退回内心，依托记忆中的碎片形塑"文化中国"的样貌。其中，由童年、少年时的生活记忆铺叙而成的乡土中国形象是一个重要的方面。我们发现，台湾前行代诗人诗作中的"中国形象"很少借用传统文学中约定俗成的公共象征符号，而能以鲜活的个体生命印记编织出独特的历史画面。痖弦写家乡的"红玉米"，说"它就在屋檐下/挂着/好像整个北方/整个北方的忧郁/都挂在那儿"（《红玉米》）。"屋檐下的红玉米"可以说是乡土中国一个永恒的画面，它代表着乡村文化中某些恒定的、常态的因素，想起它便想起乡村生活的日常节奏和淳朴乡情；它也充当着历史的见证者，在斗转星移的时代变迁中，默默地注视乡土文化的消逝，与私塾先生的戒尺、表姐的驴儿、叫哥哥的葫芦（《红玉米》）等相关的个人成长记忆永远消失在时空隧道中了。生活在动荡政局下日益西化的台湾工商社会中，痖弦对乡土文化的注视充满悲情——"你们永远不懂得/那样的红玉米/它挂在那儿的姿态/和它的颜色"（《红玉米》）。对于历经战乱、漂泊之痛的台湾现代诗人们来说，乡土生活中某些记忆深刻的细节常常成为他们抒发乡情乡愁的媒介。梅新有

① 简政珍：《放逐诗学》，台湾联合文学出版社 2003 年版。此处转引自叶维廉《双重的错位：台湾五六十年代的诗思》，载《创世纪》2004 年 10 月第 140～141 期合刊，第 64 页。

一首诗写冬日里漂泊者的心绪，称"取暖的最佳方法/是想家"，"想母亲的一声呼唤/想隔壁邻舍推门借盐来/想天雨的鸡鸭/在长廊上/甩身上的雨水/想童年/望着梁上的燕窝/明年的燕子/还会是/今年的那一只吗……家里的每一件事/都是深冬/拢在棉袄里的火笼/暖在心头/也暖出了/脸上的笑容"①。这首诗的情境与余光中《呼唤》中写的"我""在屋后那一片菜地里/一直玩到天黑/太阳下山汗已吹冷/总似乎听见远远/母亲喊我/吃饭的声音"有异曲同工之妙。商禽 1960 年秋与诗友同游台湾三峡，晚宿临河旅馆，"夜有捣衣声惊梦"，推窗搜寻，见一女子浣衣溪旁，"因忆儿时偕诸姑嫂濯衣河上之欢，水花笑语竟如昨日，不禁戚然"②，于是写下了《无言的衣裳》——"月色一样冷的女子/荻花一样白的女子/在河边默默地槌打/无言的衣裳在水湄"，"无人知晓她的男人飘到度位去了"，"灰蒙蒙的远山总是过后才呼痛"。眼前的现实与怀乡的梦境混融一体，近似实录的节制的诗句与文字背后痛彻心扉的乡愁构成了巨大的张力。现代诗人笔下这些极易被宏大历史叙事所忽略的情境、意象，对身世飘零的个体生命而言却意义重大，"记忆是一种相生相克的东西，它既是一种囚禁，对流离在外的人是一种精神的压力，严重的时候，可以使人彷徨、迷失到精神错乱；但记忆也是一种持护生存意义的力量，发挥到极致时，还可以成为一种解放"③。对被放逐的浪子而言，永诀家园的伤痛正是凭借诗歌想象中的乡土中国形象而得到舒缓、转化的。

个人命运渗透进民族历史的审视中，台湾现代诗人的乡土关怀流露出深切的忧患意识。他们的思考表现为两种向度：纵向上对中国历史的评判、横向上在世界文化格局中对中国文化的反思。"如何面对

---

① 梅新：《取暖的方法》，载洛夫、沈志方主编《创世纪四十年诗选》，台湾创世纪诗杂志社 1994 年版，第 138～139 页。

② 商禽：《无言的衣裳·后记》，载洛夫、沈志方主编《创世纪四十年诗选》，台湾创世纪诗杂志社 1994 年版，第 64 页。

③ 叶维廉：《双重的错位：台湾五六十年代的诗思》，载《创世纪》2004 年 10 月第 140～141 期合刊，第 62～63 页。

民族历史的过去和怎样正视民族的今天，其实是同一问题的两个方面，无论是对过去的反思或是对现实的审视，它们的目的都在提醒民族身份对于每个中国人的重要性。"① 痖弦回顾自己的诗路历程时曾经谈道："战乱使人失去得太多，也得到很多。一路上的流亡生活，见到许多前所未见的，杀戮、抢劫、人性的卑微、国家的危难，以及自己身受的痛苦和委屈。"对战争苦难的反刍形成了他最初的诗思，"这是一股巨大的力量，使我因流亡而麻木的感情复苏，我开始疯狂地写，写，写！写我们苦难的民族，写我们蒙辱的山河，写北方古老的乡村和大野，写战争，写爱情，写我们这一代中国人的悲愤和呐喊！"② 他的名篇《盐》（1958 年），写乡村社会一名普通农妇的悲惨生活，以"盐务大臣""1911 年党人们到了武昌"等词句点明时代背景，那正是近代以来中国历史苦难深重的时期。1911 年的革命并没有带来期待中的社会进步，在乡间严重的灾荒把底层民众逼上了不归之路。"二嬷嬷"在豌豆花盛开的春天里吊死在榆树上，"走进了野狗的呼吸中/ 秃鹰的翅膀里"，她那"盐呀/盐呀/给我一把盐呀"的乞求声飘逝在风中，形成对残酷历史的莫大讽刺。政治历史的巨轮总是无情碾过乡土中国的世界，卑微小民的生命和愿望被忽视、被扼杀似乎是一种历史的必然。痖弦以现代意识质疑历史罪恶，为被湮没的苦难众生发出愤怒的声音，在 20 世纪 50 年代，台湾当局仍然以严酷的政治统治约束个人言论，痖弦以乡土中国为题材的诗作也流露出现实批判的意味。

　　1958 年，痖弦与余光中不约而同地都写下了以《芝加哥》为题的诗作。写诗的时候，痖弦尚未去过美国，因此诗中的所记所感只是一种神游；余光中则因在美国爱荷华大学写作班进修而正处于乡愁情感的煎熬中。有趣的是，两首诗作对代表着西方现代文明的芝加哥全

---

① 赵小琪：《身份冲突中家的建构与功能——余光中诗歌"家"的文化学阐释》，载《江汉论坛》2009 年第 6 期，第 100 页。

② 转引自龙彼德著《痖弦评传》，台湾三民书局 2006 年版，第 33 页。

都进行了否定性的描述：痖弦引用美国诗人桑德堡的诗句"铁肩的都市/他们告诉我你是淫邪的"作为题记，继而书写"在芝加哥我们将用按钮恋爱，乘机器鸟踏青/自广告牌上采雏菊，在铁路桥下/铺设凄凉的文化"；余光中笔下的景象也是"文明的群兽，摩天大楼压我们/以立体的冷淡，以阴险的几何图形/压我，以数字后面的许多零/压我，压我""爵士乐拂来时，街灯簇簇地开了/色斯风打着滚，疯狂的世纪构发了——/罪恶在成熟，夜总会里有蛇和夏娃/而黑人猫叫着，将上帝溺死在杯里"。现代都市快捷、高效的生活原本应该带给来自相对落后地区的诗人以惊喜、向往之情，然而倾泻在诗人笔下的情愫却充满了异己感和排斥感。

我们知道，在20世纪五六十年代的台湾，现代主义思潮作为对"反共文学"的反拨以及台湾社会日益西化的产物，正在思想、艺术实践中搅动起阵阵热潮。痖弦、余光中都曾是这股思潮中的先行者，他们从对西方文化的观看中获得了世界视野，借鉴了阐发生命体验的思想与技巧。令人不解的是，由《芝加哥》这样的诗作提供的"西方形象"却完全是另外一副面孔。事实上，同一时期两位诗人的其他作品中也多充斥着类似的主题，如痖弦的《巴黎》《罗马》，余光中的《新大陆之晨》《我之固体化》《多峰驼上》等。现代诗人们对具有"精神导师"意味的西方文化的回馈，为什么呈现出如此矛盾的状态？从客观状况看，这与20世纪内忧外患的屈辱历史导致华人在异域备受歧视排挤的生存感受有关；在主观意识上，这则与具有了世界视野的知识分子对中国未来的发展方向及中国文化的出路的思虑有关。

从祖国大陆赴台的现代诗人，在民族认同上始终坚定地坚持中国意识，当审视个人命运时，他们的视野所及是台湾与祖国大陆；而当审视中国的命运时，他们思考的出发点就是中国与西方、现代与传统、进步与落后等有关的命题。历经战乱流离之苦的现代诗人们对中国的未来进行着满怀焦虑的思考：痖弦对以芝加哥为代表的西方现代都市的否定，延续了他一贯的对乡土中国在现代侵袭之下走向没落的忧虑；余光中则从现实世界中对中西文化冲突的切身感受走向了艺术的回归之旅。在中国与西方的对视中，"文化中国"的形象逐渐变得饱满起来，从痖弦《芝加哥》中那只"孤立在草坡上"的"狐"、余光中笔下那只"来自亚热带的难以消化的金甲虫"（《芝加哥》），越来越具体地凝聚为诸如狂歌痛饮的李白（余光中《寻李白》）、铮铮傲骨的屈原（痖弦《屈原祭》）、落拓不羁的李贺（洛夫《与李贺共饮》）、吓退单于的飞将军（余光中《五陵少年》）等形象。台湾现代诗中出现了大量借中国神话、传说、民间故事及古典文学作品与人物来抒情的诗作。值得注意的是，现代诗人们对古代文人形象的书写，并不是简单地顶礼膜拜，而普遍选择精神对话的方式重塑古代人文精神，洛夫与李贺"共饮"，看重的是两人在抗拒流俗上的人格共鸣；余光中祭悼屈原，也是敬佩其"永不屈服是正则的脊椎"而引为同道，"你是鲑鱼，逆泳才有生机/孤注一跃才会有了断/如你，我也曾少壮便去国/《乡愁》虽短，其愁不短于《离骚》"（《秭归祭屈原》）。对民族传统文化的深情回眸既抒发了诗人心中的乡愁，也寄寓了他们对中华文化走向世界的理性思考。痖弦说："我一直主张带着故乡去旅行，带着自己的文化去碰撞别人的文化，那才有立场，才知道比较与选汰，文化归根、浪子回家才是向西方学习、礼巡的最终目的。"[1] 正是在这个意义上，台湾现代诗中的"文化中国"形象超越了乡愁文学的局限，创作出既有现代感又不脱离民族传统的现代汉语诗歌的新范式。

从"近乡情怯"到生命之痛的诗性超越

1976 年 11 月末，由羊令野、洛夫、张默、罗门、辛郁、商禽、

① 王伟明：《诗成笑傲凌神州——痖弦笔访录》，载香港《诗》双月刊1998 年 12 月版。转引自龙彼德著《痖弦评传》，台湾三民书局 2006 年版，第 130 页。

方心豫、菩提等人组成的"现代诗人访问团"，应韩国笔会邀请赴韩交流，其间的行程之一是参观板门店。这个因 1953 年《朝鲜停战协定》在此签订而扬名于世的地方，意外地搅动起台湾现代诗人们复杂的心绪。作为政治角力的标志，板门店同台湾海峡有太多的相似之处。已届不惑之年的诗人们触景生情，久被压抑的怀乡之情瞬间爆发出来。《创世纪》诗刊后来刊发了"访韩作品小辑"，其中，张默的诗作《板门店再记》以近乎实录的方式抒写了这些漂泊浪子隔空望乡的情态：辛郁要掬一把这里的泥土"带回台北去/这里的泥土是离故乡最近的/我要慢慢地嚼一嚼/它的真正的味道"，羊令野吟诵起"两岸猿声啼不住，轻舟已过万重山"的诗句，洛夫"仰天长啸/一声湖南式的长啸"①……20 世纪 70 年代，海峡两岸政治对峙的状态仍然没有改变，以往只能在诗歌中回想的家园忽然间仿佛可以触摸得到，他们下意识地忽略了那还隔着遥远空间的距离而有了近乡情怯的冲动。被压抑的情感一旦找到释放的渠道，就如溃坝的洪水再也难以约束。20 世纪 70 年代以后，从对"文化中国"的想象演变为对"现实中国"的凝视，成为现代诗人笔下一个突出的主题。

　　洛夫 1979 年途经香港，由余光中陪同去远望内地，写下了脍炙人口的《边界望乡》：

　　　　说着说着
　　　　我们就到了落马洲

　　　　雾正升起，我们在茫然中勒马四顾
　　　　手掌开始生汗
　　　　望远镜中扩大数十倍的乡愁
　　　　乱如风中的散发

---

　　① 张默：《板门店再记》，载《创世纪》1977 年 3 月第 45 期，第 18～19 页。

当距离调整到令人心跳的程度
一座远山迎面飞来
把我撞成了
严重的内伤
…………

惊蛰之后是春分
清明时节该不远了
我居然也听懂了广东的乡音
当雨水把莽莽大地
译成青色的语言
喏！你说，福田村再过去就是水围
故园的泥土，伸手可及
但我抓回来的仍是一掌冷雾

　　对故乡的凝视使诗人"血脉偾张"，借助调试望远镜而压抑着的
内心躁动，终于没能抵挡住故国风物的冲击。"迎面飞来"的"远
山"、仿佛"伸手可及"的"故园的泥土"，跨越了漫长的时间鸿沟
将过去与现在对接在一起。乡音已近，曾经只能在梦中魂兮归来的家
乡近在咫尺，可是政治的壁垒兀自伫立着，归乡的欲望依旧变成了可
望而不可即的梦。"当距离调整到令人心跳的程度"，倦游浪子再一
次把自己撞成了"严重的内伤"。比较而言，同样是抒发怀乡之情，
洛夫的《边界望乡》比余光中早年的名篇《乡愁》在情感的表达上
更为粗粝、急切，由政治阻隔而导致的焦虑心态也更为突出。类似的
情绪在同代诗人中普遍存在：沙穗写下了《走在中国的地图上》，以
在地图上返乡的"超现实旅程"超越了政治集权的限制；张默因为
得知在祖国大陆76岁老母健在的音讯而创作出《家信》《白发吟》
《苞谷上的眼睛》《饮那绺苍发——遥念母亲》等大量的乡愁诗，"含
着热泪，振笔疾书的张默，好像是用诗在发难，用大量的创作来扑救

政治创伤中的「文化记忆」

他这场心灵的火灾"①。

耐人寻味的是，饱含着现代诗人生命记忆与现实诉求的"中国想象"，随着 20 世纪 80 年代中期台湾当局宣布"解严"，海峡两岸正式开始展开交流的政局变化而找到了现实的依托。少年离家的浪子们迫不及待地返回故乡，他们犹如饕餮之徒，急切地渴望了解故国家园的一切。亲人团聚的热泪犹在脸颊，他们已经整理行囊踏上饱览祖国山河的旅途，去游历当年诗歌中想象了无数次的文化圣地——汉代的洛阳、唐代的长安、宋代的杭州，去杜甫的草堂、屈原的故乡采风，循着李白当年游仙的足迹体验古今对话的豪情。回乡的诗人们创作了一系列旅行诗篇，如张默的《黄昏访寒山寺》《不如归去，黄鹤楼》《长安三帖》《杜甫铜像偶拾》《天桥——庐山一景》《西藏采风三帖》《昂首侧耳听巫峡》，洛夫的《再别衡阳车站》《登峨眉寻李白不遇》《出三峡记》《杜甫草堂》《金龙禅寺》，大荒的《寒山寺》《剪取富春半江水》等。文化想象落实在真实的人文地理版图上，他们尝试重新整合曾被政治暴力割断的文化记忆，为漂泊了半个多世纪的心灵寻找宁静的港湾。然而，对 20 世纪的中国人来说，政治就像如影随形的妖怪，抗拒政治的结果可能恰好被政治规训，个体无可逃遁，只能被动地承受。身负历史创伤的游子们经过短暂的归乡狂喜之后，隐隐地感受到某些难以言喻的苦闷。张堃在《初抵广州》一诗中写初抵故乡时的陌生感："甫出广州车站/故乡便迎我/以汹涌的人潮/以简体字/以社会主义的标语/以茫然"，"我不禁疑惑起来"，"疑惑中我叹了口气/唉，四十年返乡的路/只不过一声/短叹"。故园向往被政治教化烙下的印记深深困扰，归乡的喜悦中夹杂了些许幻灭的阴影。张默的《许久，未曾》也流露出对自身游离身份的困惑："许久未曾在屋后的池塘　脱光身子/跳进去　痛痛快快游它个够/可是今天

---

① 痖弦：《为永恒服役——张默的诗与人》，载《聚散花序》，台北洪范书店 2004 年版，第 83 页。

我虽然脱了又脱/洗了又洗 就是抹不掉这一身愈积愈厚的灰尘"①。
"灰尘"隐喻着某种外在力量施加的压力，它可能是政治意识影响留下的印记，也可能是游子在漂泊中形成的某些个性、心态和情感，无论如何期待，被打乱的生命轨迹都不能回复原初的面貌，诗人似乎回到了故乡，又似乎永远也回不了故乡。

1996 年，年近七旬的洛夫因为有感于"台湾内部政治恶斗与社会环境日趋恶化"②，移居到了加拿大，他称这一次的远走海外是"二度流放"。相比于 1949 年那一次被时势胁迫、孑然一身去往异乡的经历，这一回的远走，自我选择的因素多于被迫的因素。大半生都被政治暴力有意无意地干扰、困顿的诗人，采用了一种超然的态度维护内心的宁静。新世纪之初，他向诗坛贡献了 3000 行的长诗——《漂木》，用他那一代人的心路历程诠释着"天涯美学"的内涵。《漂木》既是现实，又是现实的镜像，它触及形而下的社会状况，又导入形而上的思考。作为漂泊意涵的直接载体，漂木意象蕴含着诸多相生相克、虚实辩证的意义，简政珍阐述其诗句背后的哲学意识，特别精当地指出："漂泊或是放逐就是一个表象离心，而底层向心的现象。放逐者或是流放者本身就是离心和向心复杂的化身。离心是对故乡因为有所期盼而有所失望，而失望后又因为远离，而有潜在的自责。自责可能变成更大的期盼和牵挂。"③ 因此，放逐者的话语里总是夹杂着悲喜两重立场，他选择"远离故土腾出空间的距离，使观照富于冷静的智慧。但空间的距离也使表象抽离的情感更加暗潮汹涌"④。

① 转引自解昆桦：《早期创世纪诗人的语境焦虑及开解——以张默为主的讨论》，载傅天虹编《狂饮时间的星粒——台湾著名诗人张默评论集》，作家出版社 2007 年版，第 123 页。

② 王伟明：《煮三分禅意酿酒——洛夫访谈录》，载方明主编《大河的对话——洛夫访谈录》，台湾兰台出版社 2010 年 4 月版，第 157 页。

③ 简政珍：《意象"离心"的向心力——论洛夫的长诗〈漂木〉》，载洛夫：《漂木·序》，国际文化出版公司 2006 年 9 月版，第 4 页。

④ 同上，第 5 页。

在一定意义上，漂木是诗人自己的化身，它流过祖国大陆的山水，对正在追求现代化而显得有些怪异的社会生态进行点评；它也流过它的第二故乡——中国台湾，为那里虽然"林木葱郁"却在"内部藏着日趋膨胀的情欲，和/大量贪婪的沉淀物"而感到啼笑皆非，诗作中的"中国"成了令抒情主人公又向往又疏离的存在！

追溯诗人的写作历程，我们发现，此前时常出现在其诗作中的带有温情的故国家园图景淡化了，对现实中国的理性审视显露出犀利的态度，这种叙事立场只有在追忆母亲时才会变得一如既往的柔和。在漂泊者与故乡之间的时空定位中，洛夫的情感经历了由回归到超越的演变。对于这种变化，洛夫以"天涯美学"思想加以阐发，他认为："所谓'伟大作品'通常都具备两项因素：一是悲剧意识，它往往是个人悲剧经验与民族悲剧精神的结合；一是宇宙境界，漂泊心境最易超越时空的限域，一个人唯有在大寂寞大失落之中才能真正体验到人与大自然的和谐关系。"[1] 在很大程度上可以说，是困境激发了生存的自觉，而生存的自觉又引导诗人摆脱了对日常生活的关怀而走向对生命终极意义的叩问。在半个多世纪的坎坷路程中，台湾现代诗人们以独特的生命体验和文化感悟重塑新诗典范，并因他们的努力而使汉语新诗在人类文化史上留下了绚丽动人的光影。

（原载《安徽大学学报》2011 年第 3 期）

---

[1]　李岱松：《抱着梦幻飞行的宇宙游客——洛夫访谈录》，载方明主编《大河的对话——洛夫访谈录》，台湾兰台出版社 2010 年 4 月版，第 182 页。

先锋与自由

——新世纪以来旅加诗人洛夫的创作及其文学史意义

　　2017 年 6 月，89 岁高龄的旅加诗人洛夫偕妻子陈琼芳女士，告别了他们在温哥华的寓所"雪楼"，重返台湾。从 1996 年 4 月抵达温哥华，洛夫共在加拿大生活了 21 年。在个体的生命历程中，21 年，特别是对夕阳向晚的老人而言，堪称一段非常重要的经历。洛夫曾在诗作中写有这样的诗句："我们唯一的敌人是时间/还来不及做完一场梦/生命的周期又到了"①。但他并不自甘沉寂于"生命的周期"的限制，在时间之流中，他以一支智性磅礴的诗笔逆流挺立，旅加期间，他创作了 3000 余行的长诗《漂木》，出版了诗集《背向大海》，还创作了《掌中之沙》《如此岁月》等多篇诗作。这段流寓时光的写作，使他的生命再度绽放出浑厚瑰丽的色彩。

　　应该说，如果没有旅加之行，并不影响洛夫在汉语诗坛的经典诗人地位；但因为有了这段独特的经历，他的诗歌世界获得了丰富和提升。龙彼德曾借用艾略特在《叶芝》一文中的观点评价洛夫。艾略特在该文中指出："一个有能力体验生活的人，在一生中的不同阶段，会发现自己身处于不同的世界；由于他用不同的眼睛去观察，他的艺术材料就会不断地更新。但事实上，只有很少几个诗人才有能力

---

① 洛夫：《漂木》，载《洛夫诗全集》，江苏文艺出版社 2013 年版，第 294 页。

先锋与自由

适应岁月的嬗变。确实，需要一种超常的诚实和勇气才能面对这一变化。"① 龙彼德认为洛夫堪称是这"很少几个诗人"中的一个，这并不是过誉之词。在洛夫的创作生涯中，他表现出了旺盛的创造力，生活际遇的改变，成为促发其艺术灵感的契机。以长诗《漂木》为代表，新世纪以来洛夫的诗歌创作标示了海外汉语新诗的突出成就，由思想观念、写作意识的先锋性所形成的创作的自由挥洒状态，其纵横捭阖、笔力覆盖海内外的气韵，其对天涯美学的诗性阐释，无疑使这部作品成为汉语文学版图中的一部经典之作。

漂木与鲑鱼之喻："出走"与"回归"的意象化表达

洛夫曾多次在访谈中谈及自己移居加拿大的缘由，称自己把"这次移居异域称为'第二度流放'"。"第一度流放是在 1949 年，为时势所逼，孑然一身来到异乡的台湾，由混乱而安定"，但 20 世纪 80 年代末期以后面对台湾"日益恶化的政治生态，突萌重做选择的想法，希望在这地球上找到一个既可安度晚年，又能在写作上再创佳绩的一方净土"，因此"这次二度流放到温哥华，自我选择的意图远大于被迫的因素"。但临老去国，远奔天涯，割断了与两岸的地缘和政治的联系，却割不断生命记忆中那些血脉相连的情愫。"秋日黄昏时，独立在北美辽阔而苍茫的天空下，我强烈地意识到自我的存在，却又发现自我的定位是如此的暧昧而虚空"，"这种空荡荡的茫然乃缘于我已失去了祖国的地平线，失去了生命中最重要的认同对象"②。叶维廉曾用"郁结"一词形容历史创伤给他们那一代离乱中求存的知识分子的心理影响，对外在社会动荡的无奈，内心中"剪不断，理

---

① 王恩衷编译《艾略特诗学文集》，北京国际文化出版公司 1989 年版，第 169 页。转引自龙彼德《洛夫的意义》，载《诗探索》2010 年第三辑。

② 白杨：《生命空间与诗的美学之思——"诗魔"洛夫访谈录》，载《穿越时间之河》，吉林大学出版社 2013 年版，第 276 页。

还乱"的离愁，使他们在内心体验中总是处于一种矛盾纠结的状态，这种"郁结"的情愫投射到文字中，为他们找到了一个暂时的释放渠道。长诗《漂木》也是洛夫疏解心中"郁结"之情的产物。

在《漂木》中，"漂木"与"鲑鱼"，作为一组具有互为映衬关系的意象，以一体两面的特质建构起立体的海外游子的形象。"漂木"侧重展现"离散"的经验，在历史洪流中既不得不被动地承受来自外力的各种冲击，又孤寂而坚韧地从现实中超离出来，追索存在、宇宙、宗教等形而上的思考；"鲑鱼"则着重突显其"回归"的意义。"鲑鱼"的出走与洄游，艺术化地展示了游子内在情感中与故土的复杂扭结关系，这是一种孕育更多主动性选择、貌离神合的过程，其出走是为了成全生命的成熟和丰富，其回归则源于一种根性的呼唤和自觉的使命意识。在《鲑，垂死的逼视》一章中，抒情主人公以鲑鱼的视角展开叙述，这是一个决绝的，具有怀疑、叛逆精神的形象："我们不能放弃怀疑/我们不能/只靠昨天的腥味/来辨识今天行进的方向/不能因/满嘴的泡沫/就说自己/是一个极端的虚无论者"，"革命，首先要推翻自己/彻底消灭自己的影子/不能寄望牙齿有一天会成为化石的一部分"。因为怀疑与叛逆，鲑鱼成为"流浪者"，流浪是它们的宿命，更是它们的选择！同第一章的"漂木"意象相比，鲑鱼的形象气质中包含着更多主动选择、主动承担的意味，它们历尽千难万险，以"全生命的投资/参与一个新秩序的建构/一个季节之外的太和"。然而，在生命即将终结之时，它们"不吃不喝游过数千里的旅程"去"寻找原来的家"，为的是在那里产卵，"完成绵延后嗣的伟大目的，然后无牵无挂、无声无息，却无比庄严地死去"。诗人在鲑鱼的生命轨迹中，感受到同自己以及更多海外游子相通的经历：虽然不知"生命周期的终点"，尽管"回家的路上尽是血迹"，但回归故园，留下新生命的愿望从来不曾动摇过。

洛夫曾说："我相信诗是一种有意义的美，而这种美必须透过一个富于创意的意象系统来呈现。我既重视诗中语言的纯真性，同时也追求诗的意义：一种意境，一种与生命息息相关的实质内涵。"① 从创作伊始，他就非常重视意象的塑造，在其笔下曾塑造出众多内涵丰富、个性突出的意象，而"漂木"与"鲑鱼"则是他新世纪以来贡献给汉语新诗的又一组典型意象，独特而且意味深长。

"诗人之思"："漂木"的物性与超验性

洛夫的很多诗作都有对亲情、友情的描写，或对日常生活中器物、景观、经历等的描摹。前者如《血的再版》《给琼芳》《赠大哥》《致商禽》等，后者如《镜子》《悬棺》《看云》《夜宿寒山寺》《再回金门》等。这些由生活中取材的诗思，体现了他对日常生活的亲近感，是具有物性意义的抒写。这构成了洛夫诗歌的一个层面的特点。洛夫曾自述："其实我内心是十分真诚而谦卑的……我以悲悯情怀写过不少一向被人类鄙视厌恶的小动物。早晨看到太阳升起，内心便充满了感恩，黄昏看到落日便心存敬畏。"② 对日常生活的关切和省思，构成其诗歌创作中富于理趣和情致的风格。如《背向大海》集中的《苍蝇》一诗，透过苍蝇与人类的关系，表达一种生态思考。

然而，诗人一生中经历了太多痛苦的遭遇，战争、逃难、流放、漂泊，"在战火中、在死亡边缘，最容易引起对生命的逼视、审问和形而上的思考"③，因此，洛夫认为："写诗不只是一种写作行为，更是一种价值的创造，包括人生境界的创造、生命内涵的创造、精神高度的创造，尤其是语言的创造。"④ 因此，他在其作品中对生命进行观照，对时代与历史的病症和痼疾进行质问与批判，并由怀疑与反思上升为"行而上"的思辨，他渴望追问那些具有超验性的思想。

---

① 洛夫：《镜中之象的背后》，载《洛夫诗全集》，江苏文艺出版社2013年版，第9页。

②③ 同上，第12页。

④ 同上，第7页。

在《漂木》中，抒情主人公与时间对话，与历史上著名的中外诗人对谈，并对诸神发出责问："洪水滔滔/风雨以铰链勒死这个城市/方舟在水涡中急遽地打转/诺亚抱着自己的尸体登岸而去/神啊，这时你在哪里？"在质疑、求索的过程中，诗人颠覆既往的成规和理念，建构起具有主体意识的现代精神："我是万物中的一/独立于/你眷顾你掌控你威逼之外的/一个由钢筋水泥支撑的/个体"，"我不必从书本中找到信仰/不必从读经、祈祷、声泪俱下中/找到爱"，我是一个"无限小/也无限大的宇宙"。海德格尔说："语言，是存在者对存在本身的威胁。"洛夫用诗去探寻存在的本质、疑虑和悖谬之处，对他而言，"语言只是手段，诗使它成了目的"①，并因而"创造了稳定和永恒之美。诗是一个来自内在的平衡力量。诗是他的一种特殊思考方式"②。

洛夫说，诗人的终极信念是在扮演时间、生命与神这三者交通的使者。因为他的存在，海外汉语诗歌显示出它的高度与硬度，并成为20世纪汉语文学版图中不能忽视的一翼。

先锋与自由：天涯美学的"前世今生"

《漂木》中有一个独特的设计，每一章前面都有一个近似音乐前奏的"序诗"。它们以互文性的存在方式，既引导出后面诗行的意义，也打破时空的界限，将洛夫以往作品中的某些段落与当下的思绪对接，从而形成了一个立体的、浑然交融的网络。

第一章《漂木》，前序是屈原的《哀郢》；第二章《鲑，垂死的逼视》，则以其早期超现实主义诗作《石室之死亡》第十一节为序；第三章《浮瓶中的书札》，交替使用了诗人自己的作品《血的再版》

---

① 洛夫：《漂木》，载《洛夫诗全集》，江苏文艺出版社2013年版，第327页。

② 同上，第330页。

节选，及海德格尔、尼采等人的言论；第四章《向废墟致敬》，以《金刚般若波罗蜜经》为序。前序言简意深地表达了诗人的思想观念，而其内涵则容纳古今、中外、传统与现代。这种书写方式大胆、前卫，在一种极富包容性的格局中展示出通达的文化立场。

研究者们经常会提及的一个问题是：20 世纪 50 年代由洛夫、张默和痖弦创办的台湾现代诗刊《创世纪》，在 20 世纪 60 年代以后曾以"超现实主义"为旗帜，带动了台湾现代主义诗歌运动；但在 20 世纪 70 年代以后台湾社会整体性的回归传统、关注现实潮流中，放弃了其现代主义追求，回归传统。如果宏观地描述社会思潮的演变轨迹，这种概括有一定的道理。但无法忽略的弊病是，在现代与传统之间采取简单的二元对立思维，绝对化地评价历史现象，时常会暴露出片面性的问题。洛夫曾明确地表述："如果从我整体的创作图谱来看，我早期的大幅度倾斜于西方现代主义，与日后回眸传统，反思古典诗歌美学，两者不但不矛盾，反而更产生了相辅相成的作用。我这一心路历程，绝不可以二分法来切割，说我是由某个阶段的迷失而转回到另一个阶段的清醒，而这两个阶段的我是对立的、互不相容的。其实在我当下的作品中，谁又能分辨出哪个是西化的，哪个是中国的、传统的？至于现代化，乃是我终生不变的追求……对我来说，现代化只有一个含义，那就是创造。"[1] 洛夫用他的诗歌创作证明，他是一个不想被定型化的诗人。

对现代与传统关系的反思，使他获得了一种世界性视野。他进一步提出了"大中国诗观"和"漂泊的天涯美学"的观点，在 20 世纪 60 年代曾引领台湾现代主义诗潮之后，再度以先锋意识拓展了汉语新诗的文学版图。

从 20 世纪 80 年代中期开始，洛夫在其一些诗论和访谈中提出了"大中国诗观"的观点。他强调"这一主张乃企图整合中国新诗的历

---

[1]　洛夫：《镜中之象的背后》，载《洛夫诗全集》，江苏文艺出版社 2013 年版，第 9～10 页。

史版图"，借此消除"因历史原因所形成的海峡两岸和海外各自为政、各以自我为中心而造成的尴尬和困扰"①。作为从青年时代就被迫流寓异地，在生命中经历了两度流放的诗人，洛夫对局限于狭隘的地域性、族群性意识形态而给文化艺术造成的伤害深感失望，他认为真正伟大的诗人应该是"民族的精神象征，是世界人类的良心，他超越一切界限而独立于宇宙万物之中，中心与边缘之争确属无谓"②。对他而言，"大中国诗观"是与"世界文学"相呼应的美学定位，在此基础上，他在长诗《漂木》问世时，进一步提出了"漂泊的天涯美学"的概念，着力探求将个体性、民族性经验提升为具有世界意义的哲理境界的方法。何谓"漂泊的天涯美学"？洛夫用"悲剧意识"和"宇宙境界"来描述其内涵。他认为："广义地说，每个诗人本质上都是一个精神的浪子、心灵的漂泊者。"因此，在创作长诗《漂木》时，他有意识地要将其"定性为一种高蹈的、冷门的，富于超现实精神和形而上思维的精神史诗"。"诗中的'漂泊者'也好，'天涯沦落人'也罢，我要写的是他们那种寻找心灵的原乡而不可得的悲剧经验"③，对悲剧经验的书写和对个体生命意识的悲剧性体认，使其作品获得了超越文化版图限制的世界性意义，"汉语性的'天涯美学'与全球性的'天涯美学'是一体的两面，汉语性是它的根，全球性则是它的翅翼、它的飞翔、它的梦幻、它的理想"④。洛夫强调："文学的特性本来就是个人风格的特殊性与世界观的共通性二者的有机结合，而个人风格又无不是建立在他民族语言的特色上，这两点可说是所有伟大作品的基础。"⑤ 在世界性视野中思考中国文学的现代性转化问题，洛夫力求创造一种基于民族根性而又超越了狭隘的

---

① 沈奇、洛夫：《从"大中国诗观"到"天涯美学"——与洛夫对话录》，载《沈奇诗学论集Ⅰ》，中国社会科学出版社2005年版，第258页。

② 同上，第259页。

③ 同上，第262页。

④⑤ 同上，第263页。

民族意识的诗歌美学。

在洛夫的诗歌世界中，主体同其置身其中的外部世界之间似乎总是处于一种紧张的关系中，他注目、审视、拷问存在的困境及其意义，抒发一个痛苦的灵魂在上下求索中所捕获的哲理之思。在其诗歌美学的建构中，他获得了写作的自由，这是一种不受既定的陈规戒律限制，而渴望以先锋性探求拓展汉语现代诗的思想境界、艺术秩序的写作状态，他的生命意识在写作中得到延伸，并示范性地带动了同时代中同道者的写作，这是他对于中国现代诗史的独特贡献。

（原载《华夏文化论坛》2018 年第 1 期）

异质文化的互渗与交融

——叶维廉与 20 世纪五六十年代台湾现代诗运动

20 世纪五六十年代的台湾文坛，在政治因素影响下被迫切断与"五四"新文学传统的联系，现代诗人们以取火于西方现代思潮的方式寻求文学发展空间，开启了现代诗运动的帷幕。然而，在众声喧哗的历史语境中也潜藏着发展的危机，借鉴的价值在于能够"化解影响"并最终形成新的文学资源，因此，如何在冲击中形成有效的"对流"就成为现代诗人们必须要面对的问题。叶维廉是较早意识到这个问题的现代诗人，他在进行前卫创作的同时开始思考异质文化争战过程中传统文化的嬗变与转化等问题，在喧嚣的现代诗运动中，他承担起一个"校正者"和"文化桥梁"的角色，并因此成为观照台湾现代诗歌史无法绕过的关键人物。

"秀才遇见兵"：《创世纪》诗人群中的叶维廉

痖弦曾用"草莽加学院，秀才遇见兵"来描述《创世纪》批评性格的形成特色。《创世纪》在第 11 期以前发表的评论文章，"大多是诗人创作之余对表现技法的一种模糊的理论试探"，第 11 期以后，"学院派文学逐渐出现，不少秀才（如叶维廉）跑到兵的阵营中来，他们把西方现代文学的批评观念，整本大套地搬进《创世纪》，自此，《创世纪》的国际视野扩大了，批评的体质改变了。草莽学院两路人马共振互动的结果，产生了一种前所未有的、具有新特色的批评风格"①。言辞之间对叶维廉在创世纪诗社的作用给予了很高的评价。

叶维廉1961年3月正式加入创世纪诗社，在此之前他已经是活跃在港台两地现代诗坛的代表性人物，不仅参与了香港《新思潮》《诗朵》的创办，还是台大《文学杂志》与《现代文学》的作者。对现代主义文学思潮的广泛介入，为他在创世纪诗社发挥实质性的影响作用奠定了基础。创刊于1954年的《创世纪》诗杂志，初期作者队伍主要是军旅中的诗人，故此有"草莽出诗人"的提法，虽然创作中亦有引人注目之处，但理论建树并没有同期的《现代诗》和"蓝星"社影响大。1959年《创世纪》第11期出版时开始提倡诗的"世界性""超现实""独创性"与"纯粹性"②，进入其狂飙突进的发展时期，叶维廉此时入社不但以学院派诗人、研究者身份丰富了《创世纪》诗人群的知识谱系结构，而且也在理论的选取、译介及对外交流等方面多有贡献。

创世纪诗社前行代诗人辛郁曾谈到20世纪60年代借鉴超现实主义的情况："据我之了解，当时商禽、洛夫在外语上仍不算太好，他们的超现实主义理论的理解是十分浅薄的，还是从祖国大陆已有过的翻译的作品而吸收营养，真正的理解未必够得上。同时，由于当时的状况，无法对文学流派做一比较深入之探讨研究，因而，他们发展的并非西方的真正的超现实主义，而是事物的超现实性。"③他道出了20世纪五六十年代《创世纪》诗人群在知识背景方面的缺憾对他们进行诗学探索造成的限制，创世纪诗社始终都注意寻找时机弥补这种缺憾，前期季红、叶泥的加入，和刊物在理论阐释方面对他们的倚重都显示出这种意愿。洛夫在《第二阶段》的社论中回顾现代诗前10

---

① 痖弦：《创世纪的批评性格》，载《创世纪》1994年9月第100期，第214页。

② 张默：《〈创世纪〉的发展路线及其检讨》，原载《现代文学》1972年3月第46期；后收入《创世纪》1984年10月第65期，第72页。

③ 辛郁：《〈创世纪〉的发展轨迹》，载《创世纪》1984年10月第65期，第80页。

年的发展历程，也特别谈道："目前可喜的是，他们的努力和实验就其整体性而言，已渐为学人——如梁实秋教授和虞君质教授——所首肯，并为众多的读者所接受。"又谈及刊物今后的发展路向，他呼吁说："理论上深入的探索与求证、真正批评之建立与阐扬，以及那可名之为'文化交流'的国际诗坛之译介与国内优秀诗作者和作品向外介绍等，我们都虔诚地希望一切学者和读作者与我们合作。因为这些工作正关系着读作者双方在欣赏和创作能力上之更充实与此一独立艺术之更普及，更繁荣。"① 作为一个立意在"中国未来的文学，至少是诗的部分，必将在《创世纪》印刷机的滚筒下滚出来"的诗刊，《创世纪》的主办者们对学院研究者在文学史建构中的作用具有清醒的认识，他们一方面积极补充完善自己，如洛夫和痖弦、季红等人都曾进学院进修学习；另一方面也努力吸收学院派研究者进入诗社，使二者形成相得益彰的优势。无论是从知识背景考虑，还是从诗歌创作的成绩考察，叶维廉都是一个极其符合《创世纪》期待的人选。他加入了创世纪诗社，不仅以个人的诗学造诣提升了诗社的形象，而且如洛夫所期望的那样，在创作实践、理论阐扬以及台湾岛内和国际文化交流中都发挥了积极的作用。

《创世纪》从第 15 期（1960 年 5 月出版）开始发表叶维廉的诗作，此后他笔耕不辍，陆续有作品出现，自第 15 期到第 65 期（创刊 30 周年号，1984 年 10 月出版）之间，他共计在《创世纪》发表诗作 44 首，诗论、译作、书简等 12 篇，其现代诗实验期的重要诗作、诗论几乎都发表在这里了。1964 年 6 月出版的《创世纪》第 20 期中，曾公布"《创世纪》发刊十周年诗创作奖"结果，叶维廉以其发表在第 17 期上的诗作《降临》而获奖。此外，译作《T. S. 艾略特〈荒原〉全译》以及诗论《诗的再认》《诗人的窘境——〈艾略特方法论序说〉》《中国现代艺术特辑前言》《静止的中国花瓶》等，围绕他在台求学期间的研究课题，思考中西诗学在美学向度上的差异，为其以

① 本社：《第二阶段》，载《创世纪》1960 年 2 月第 14 期，第 4 页。

后进一步探索"中西语言哲学、观物感悟形态、表意策略的基本差异"等问题做了必要的学术准备，同时也"曾对中生代发生了一些激荡作用"①。

他在港台两地走动的特殊身份，带动了两地文坛之间的交流互动。香港的现代主义文学在 20 世纪 50 年代中期开始兴起，其倡导者如李英豪、昆南、王无邪等人同叶维廉交往甚密，事实上他成为两地现代文坛沟通联络的文化桥梁，不仅将香港文坛关注的西方文学信息介绍到台湾，后来更引荐香港诗人直接撰写诗论、译作。《创世纪》曾译介的保罗·梵乐希、里尔克、艾略特、圣约翰·濮斯等的作品，都体现出与香港文坛的互动情形，并且从第 18 期开始，李英豪和昆南也被列入《创世纪》编辑委员的名单中；在香港方面，则是促成了《创世纪》诗人对香港的现代文学美术协会活动的积极参与。

1963 年 2 月，叶维廉应邀赴美"国际作家工作坊"研究一年。其间除了写诗，他做的另一个重要工作是翻译《中国现代诗选》，向西方读者介绍中国现代诗运动在港台两地的发展轨迹及其代表诗人。这是洛夫在《创世纪》改版以后的社论《第二阶段》中曾经热切期待过的事情。这项工作的意义不仅在于沟通港台两地现代诗坛的信息，而且是将《创世纪》诗人群推向国际文坛的重要举措。诗选的英译工作并不容易，从 1963 年到 1965 年间，叶维廉同洛夫、痖弦在通信中时常讨论作品选定及出版事宜，如 1964 年 9 月 8 日写给洛夫的信中提到，"年来要专一的事太多了，大部分时间都在《中国现代诗选》上，例如序文，我整整花了三个月，其间我还要做苦工度日，可谓伤身伤神"②。这部被寄予了厚望的《中国现代诗选》，最终在 1970 年 11 月出版，前有安格尔的序和叶维廉的序，依次选入商禽、

---

① 叶维廉：《中国诗学·增订版序》，人民文学出版社 2006 年 7 月版，第 6、7 页。

② 张默主编：《现代诗人书简集》，台湾普天出版社 1969 年 12 月版，第 92、95 页。

郑愁予、洛夫、叶珊、痖弦、叶维廉、周梦蝶、余光中等20家的作品约200首。《创世纪》"大事记"记载了此事，称该书"对中国现代诗的演变史实，剖述至详。出版以来，颇受美国诗界之重视"①。此外，在美求学期间，叶维廉也利用一些时机将洛夫、痖弦、商禽、郑愁予等人的诗作推介给美国文坛。1964年3月13日他写给洛夫、商禽、痖弦的信中提到："痖弦的《深渊》将刊出……同时刊出的计有《盐》及商禽的《长颈鹿》、愁予的《骑机器脚踏车的男子》。"②又在1965年3月5日给洛夫的信中谈道："从这封复印的信中你可以看见此间对你的诗的反应。他们认为你最佳。这是出版以后最早的反应。其他的反应想会陆续传来。"③叶维廉推介台湾现代诗的行为，显然对提升《创世纪》诗刊及优秀诗人的国际声誉产生了积极影响。20世纪60年代中后期，《创世纪》编后记中常常提到与国际文坛的交流信息，并在第28期刊登了一组"中国现代诗英译专辑"。张默在《编辑后记》中说："自本期起，本刊有一重大创举，即是将'中国现代诗'择优英译，向欧美诗读者做一有系统性的展示。"④ 这一期登载了痖弦、叶维廉、季红、叶珊、洛夫、林绿六位的诗作译文，都是由作者本人进行翻译的。要增加台湾现代诗的英译版本，对本地及香港的诗人并没有特别的意义，其目的显然是为了进入国际文坛，"向欧美诗读者做一有系统性的展示"，这样做的前提当然是对国际市场有一个乐观的预期。不过因为受到客观条件（主要是诗人外语水平和翻译中一些难以解决的语言问题等）的限制，"中国现代诗英译专辑"后来没能坚持办下去，即便如此，《创世纪》在20世纪60年代现代诗潮流中的勃勃雄心与实践经验，也足以为那个时代的文化

———————————

　　① 参见张默、张汉良主编的《创世纪四十年总目（1954—1994）》中"大事记"，台湾创世纪诗杂志社1994年9月版，第259页。

　　②③ 张默主编：《现代诗人书简集》，台湾普天出版社1969年12月版，第93页。

　　④ 《创世纪》1968年5月第28期。

记忆留下浓重的一笔了。

"诗的再认"：站在传统之外的审视

20世纪五六十年代的台湾现代诗运动在其发轫之初即不断面对诗歌发展道路的质疑，如何处理传统与现代、东方与西方之间的关系，是现代诗人们无法回避的难题。在政治禁锢中寻求新诗的突围之路，"现代派"发起人纪弦以《现代派的信条》一文宣示了一种备受争议的诗学主张："我们认为新诗乃是横的移植，而非纵的继承。这是一个总的看法，一个基本的出发点，无论是理论的建立或创作的实践。"① 创世纪诗社虽然没有直接参与诗坛同纪弦之间的论争，但由洛夫执笔的社论《建立新民族诗型之刍议》②，在理论上尝试树立"新民族诗型"观念以凸显自己的特色，实际是迂回地表达了批评之意。

值得注意的是，在当时的历史环境中，不论是强调"横的移植"，还是标举"新民族诗型"理念，急于破旧立新的现代诗人们事实上并没有形成清晰的思路，因此在一段时期内他们的表述难免呈现出自相矛盾的状况。20世纪50年代末，《创世纪》以改版为标志，放弃了对"中国风、东方味"的追求，转而倡导"世界性""超现实性"，成为"比现代派更现代派"的诗社；纪弦却在对现代诗运动的反省中走向了批评者的立场，他质疑"法国超现实派"是"西洋旧货"，认为："那些一个劲儿地死跟在早没落了的法国超现实派屁股后头跑的，那些中国的艾略特、中国的什么什么的，那些贩卖西洋旧

---

① 纪弦：《在顶点与高潮——纪弦回忆录（第二部）》，台湾联合文学出版社有限公司2001年12月版，第70页。

② 本社：《建立新民族诗型之刍议》，载《创世纪》1956年3月第5

期，第2页。

货到中国市场上来冒充新出品的，皆不足以言诗。"① 他甚至在 1962 年宣布"取消"现代诗，对"现代派"的态度已经发生了逆转性的变化。

叶维廉此时的诗论中对现代诗运动所面临的困境有比较理性的分析，他写了《诗的再认》一文，开篇即提出："在一切事物逐渐趋于专门化的现代世界中，诗评人的出现有时是件颇为危险的事；他们要在艺术家与群众之间做一个'万应的中人'，一面要为艺术定路向，一面要立规条，放诸四海而皆准。但结果往往是：它们极易引起误导的作用。"② 他列举的几种诗评偏误现象，包括"卫道者的批评唯'道'是诗""时代特色的批评中有时当然可以有助于某些诗骨骼之了解，但这些特色'转生'的艺术处理的微妙过程则时被忽略""传统的批评家只供出来源而不能打开'尚未诞生的世界'""美学的批评家对于诗人的世界有美丽的文字的再造，但不见诗中的'原人'"等。他尝试寻求一种融会贯通的方式，避免这些各自为是的分析所造成的限制，并最终形成了他的在异质对应基础上重建中国现代诗歌美学的诗观。

虽然在事后的回忆中，叶维廉用以描述青年时代生命体验的概念大多是"沉重的年代"、"郁结"的心情、"孤绝禁锢感"等这样一些词语，但也恰恰是那些在战争中流离失所、在异域文化的挤迫中感受民族文化危机的日子，促成了他最初的诗学思考。与大多数台湾诗人接触现代主义诗歌的情形不同，叶维廉在香港生活时期开始阅读中外现代主义诗作，香港特殊的文化环境，使他能够在私下里品读了大量内地 20 世纪三四十年代的现代主义诗作，而这些因为政治原因在台湾被禁止传播的文学资源，使他的文化视野能够接续起被中断的

---

① 纪弦：《槟榔树丙集·自序》，转引自台湾大学中国文学研究所刘正忠的博士论文《军旅诗人的异端性格——以五六十年代的洛夫、商禽、痖弦为主》，2001 年 6 月，第 179 页。

② 叶维廉：《诗的再认》，载《创世纪》1962 年 8 月第 17 期，第 1 页。

"五四"新文学传统，并成为他对照性审视西方现代主义诗歌发展道路的基础。他后来自述说，因为和王无邪、昆南等人的接触，得以广泛阅读了波德莱尔、马拉美、艾略特等人的现代诗作，并接触到了白略东等人的超现实主义作品，"从这些诗人的作品里逐渐提升出来一些语言的策略，可以帮我在香港特殊现代性激荡的经验里找到一种抗衡的起点。简单地说，西方现代诗为抗拒'分化而治'和知识、人性的异化、工具化、隔离化、减缩单面化的现行社会，为了要从文化工业解放出来，并设法保持一种活泼、未变形的、未被玷污的诗，他们要找回一种未被工具化的含蓄着灵性、多重暗示性和意义疑决性浓缩的语言。这正是我们面临的危机所需要的激发点"①。而内地五四新文学以来的现代诗艺探索，则为他提供了将西方文学经验进行本土化的借鉴，他将20世纪三四十年代的现代主义诗歌探索和新文学初期的白话新诗进行比较，认为初期白话诗呈现出来的过于欧化、"充满了分析性的运作"等问题，皆与背离了中国传统诗歌的语言策略有关，而20世纪三四十年代的现代主义诗歌已经体现出要"以中国古典传统的美学来调整西方现代主义的策略，想达成一种新的融合作为现代主义更广的网络"②。可惜内忧外患的现实处境使这种有益的探索没能继续下去，因此在20世纪五六十年代的台湾现代诗运动中，叶维廉尝试要建构的就是能够入乎传统之内而又超越传统之外的"另类现代性"或者"返本开新的现代性"③ 诗论，其基本思想是在

---

① 叶维廉：《走过沉重的年代》，载《叶维廉诗歌创作研讨会论文集》2008年版，第213页。

② 叶维廉：《走过沉重的年代》，载《叶维廉诗歌创作研讨会论文集》2008年版，第229页。该文段谈20世纪三四十年代现代主义诗歌与传统的关系，在当时对他影响较大的包括吴兴华等人注重中西古典文学修养的诗歌风格。

③ "另类现代性""返本开新的现代性"提法出自张松建讨论吴兴华诗歌的文章《新传统的奠基石——吴兴华、新诗、另类现代性》，此处转引自北塔《通过翻译：为中国现代主义诗歌鼓与呼——论叶维廉对中国现代主义新诗的英译》，载《华文文学》2012年第5期，第81页。

对话意义上建立融会中西诗学的新的批评。这种诗歌观念突出地体现在他的翻译实践中，他自述说："在我的中翻英的著作里，有二者对峙中的语言的抢滩之战和协调下的新生，在我的英文诗里亦然，而在我的白话诗的创作里的重新发明牵涉得甚多……"① 在20世纪五六十年代的台湾现代诗运动中，叶维廉堪称是非常活跃也极具影响力的人物之一，除了参与《创世纪》社的活动，他还在《现代文学》《笔汇》《文季》《幼狮文艺》等期刊上陆续译介了"欧洲后象征主义时期的现代诗人和一些拉丁美洲的现代诗重镇"②。在他的文学观念中，翻译与创作是处于一种"相峙"且"互补"的关系中，"翻译有时是填补一个重大的空缺，如《荒原》，在当时确曾让读者通过它了解到现代性中城市化下的人性的削减；有时是激发创作；有时是提供新境"③。他的文学实践影响了同辈以及后辈的诗人，台湾诗人陈义芝曾经评论说："他的'赋格'创作、'纯诗'实验，拓宽了诗的音乐之路，将西诗中译，中诗西译，则丰繁了诗的表现方法。"④

作为台湾现代诗风潮中的一个重要阵地，《创世纪》诗刊在20世纪60年代以对"世界性""超现实性""独创性""纯粹性"口号的倡导而成为诗坛关注重心，进入其为人所瞩目的"超现实主义时期"，有关文学史的叙述大都注意到它在这个时期的特点。值得注意的是，历史演进过程中对某些细节的过度关注有时会遮蔽另一方面的努力，翻阅这个时期的《创世纪》诗刊，我们发现，即使在台湾现代诗运动最为狂飙突进的时期，在现代诗人内部也同时存在着诗学阐述的不同声音，其中尤以叶维廉的诗论、诗评为代表。作为《创世

---

① 叶维廉：《走过沉重的年代》，载《叶维廉诗歌创作研讨会论文集》2008年版，第230页。

② 叶维廉：《翻译：神思的机遇（增订版代序）》，载叶维廉译《众树歌唱——欧美现代诗100首》，人民文学出版社2009年12月版，第6页。

③ 同上，第6页。

④ 参见叶维廉译：《众树歌唱——欧美现代诗100首》封底介绍，人民文学出版社2009年12月版。

异质文化的互渗与交融

纪》的同人，叶维廉曾介入许多与诗社、诗刊有关的活动，他最初的比较诗学研究论文及一些现代诗作也都发表在《创世纪》上，他的诗学理念表现出要将西方现代文学思潮同中国传统文化相融会的思路。在现代诗坛遍布欧风美雨的文化语境中，他试图要对矫枉过正的新诗路径进行"校正"，他的尝试有一种要重建现代诗学理论体系的意味，这种努力经过历史的沉淀之后日益显示出思想的魅力，但在当时却并没有受到足够的重视。文学史叙述的症结之一就在于常常会将历史事实进行趋于本质化的概括，当我们试图梳理出一条清晰的历史发展脉络时，注定会因对共性的统筹性考察而忽略或遮蔽了某些个性化的探求。在这个意义上，我们有必要对叶维廉在台湾现代诗风潮中的意义进行重新考察。

（原载《华夏文化论坛》2012 年）

朦胧诗在台湾现代诗坛的回响

——兼论 20 世纪 80 年代海峡两岸的诗歌交流情况

对许多经历了 20 世纪 80 年代前期那个朦胧诗热潮时期的人来说，当年的激情、理想与蕴含着矛盾困惑的文学探求意识，都已经化作美好的文化记忆留存在生命体验当中。在当下这个诗歌越来越变成"小众化"圈子中"产品"的时代，朦胧诗当年所受到的社会关注，及其对思想转型潮流的深度介入，都颇为耐人寻味。值得一提的是，当朦胧诗在祖国大陆陷入重重争议的时候，港台地区及海外的一些研究者和诗人也曾注意到这股诗歌潮流，并以他们的评判准则进行讨论，朦胧诗因此得以超越时空而参与到 20 世纪现代汉语诗歌版图的建构中。本文重点考察祖国大陆朦胧诗在台湾的传播和评价情况，及其对之后两岸诗坛交流所起到的积极影响。在一定意义上，当海峡两岸尚未开始政治层面的沟通互动时，文学率先开始了融冰之旅，其间体现出来的思想观念、文学传统的关联都值得探讨。

台湾版的祖国大陆"朦胧诗特辑"

1984 年 6 月，被誉为台湾"元老级"诗刊之一的《创世纪》杂志出版了它的第 64 期刊物，让很多人意外的是，这一期登载的是祖国大陆的"朦胧诗特辑"。这一年距离蒋经国宣布解除两岸戒严状态，开放对祖国大陆探亲的政策尚有 3 年之隔①，距离两岸文坛因政治、历史的原因断绝交流则有 35 年的间隔了。时空的阻隔，使台湾文坛与祖国大陆当前的文学思潮的这一次密切接触别具意味，而它的操作过程也殊为不易。

在内地，朦胧诗从地下写作走向权威诗刊的领地，到陷入"三个崛起"及其反对者的论争旋涡，可谓常常处于风口浪尖之上。20 世纪 80 年代前期关于朦胧诗的种种争论，显示出那个特定历史时期中思想文化语境的某些特征，而朦胧诗及其倡导者的微妙处境也使现代汉语新诗的艺术探索进入了一个暧昧难明的阶段。香港的一些报纸杂志得地利之便，率先开始发表评介内地朦胧诗现象的文章，透过这个"窗口"，中国台湾及海外的文化界也逐渐了解到内地这股诗歌潮流的一些信息。从现有的资料来看，当年中国港台地区及海外最早关注并对朦胧诗给予较高艺术评介的研究者是叶维廉②。从 20 世纪 50 年代中期开始，叶维廉就是港台两地诗坛的活跃人物，从现代诗创作到理论探讨，再到对西方诗歌思潮的译介评述，他的文章经常出现在港台两地的诗歌刊物上，其诗学理念及理论建树受到两地诗坛的重视，他因此也成为创世纪诗社中的重要一员。叶维廉首次在《创世纪》发表诗作是 1960 年，这一年 5 月出版的第 15 期刊物中发表了叶氏的作品《追》《逸》《元旦》三首，到 1961 年 1 月出版第 16 期刊物时，他已经被列入编辑委员的名册，此后频繁地在《创世纪》上发表诗论和诗作。1984 年 2 月，《创世纪》第 63 期预告即将推出"朦胧诗特辑"。

事实上，后来出版的"朦胧诗特辑"并没能按照预告的内容发

①　1949 年 5 月 19 日，退守台湾的国民党当局为抵抗共产党军队南下，宣布在台湾地区实施戒严。直到 1987 年 7 月 14 日，台湾"新闻局"局长邵玉铭在记者会上宣布，经蒋经国批示，正式解除长达 38 年的戒严令，允许人民到祖国大陆探亲。

②　参见李乃清：《叶维廉　台湾文坛甜甜的、浅浅的》，载《南方人物周刊》专访，2009 年 4 月 27 日。

表，原因是资料的接收遇到问题。据编辑张默回忆，当时叶维廉将搜集整理的资料从美国用挂号邮寄的方式邮给时任台湾《联合报副刊》主编的痖弦。选择邮寄给痖弦，有两重考虑：其一，《联合报副刊》在20世纪80年代的台湾文化场域中扮演了重要的角色，其影响力波及海外华人领域，对外的联络往来较多，在信函的接收方面应当不会受到当局检查部门的过多干涉；其二，痖弦是《创世纪》诗社的创社"三驾马车"之一，亦是诗刊的主要编委。然而，不可思议的是，这一次邮寄的资料竟如石沉大海，杳无音讯；再次邮寄，结果依旧。既然有了要办这个专辑的想法，作为主编的张默不肯轻易放弃，1984年4月上旬，他报名参加了赴泰国的旅游团，途中在香港停留一天，便抓紧时间去书店搜购有关书籍，终于"在香港三联书店觅得一本璧华等人编著的《崛起的诗群——中国当代朦胧诗与诗论选集》，偷偷把它藏在烟酒袋中携回，使这个特辑得以出版"[①]。

这一期的"朦胧诗特辑"由3个板块组成，首先是港台及海外诗人的论评，由叶维廉《危机文学的理路——大陆朦胧诗的生变》、璧华《一股不可抗拒的诗歌洪流》、蓝海文《大陆新一代诗人的崛起》和洛夫《对大陆诗变的探索》4篇评论文章组成[②]；然后是朦胧诗选，共收入22家的诗作；最后是诗论选刊三篇及青年诗人的笔谈一篇，具体包括谢冕的《在新的崛起面前》、孙绍振的《新的美学原则在崛起》、徐敬亚的《崛起的诗群》（片段）和张学梦的《请听听我们的声音（八位青年诗人笔谈）》。在评介规模和编排体例上，这是台湾文坛第一次系统全面地介绍祖国大陆的朦胧诗。有创作，有评论，特别是"三个崛起"和青年诗人创作谈的选用，将第一手资料

---

① 信息来自笔者对张默先生的访谈。《崛起的诗群——中国当代朦胧诗与诗论选集》，系由璧华、杨零合编，香港当代文学研究社1984年1月版。

② 4位作者中，叶维廉当时居住在美国，璧华和蓝海文是中国香港的评论者，洛夫则是中国台湾诗坛的著名诗人。

呈现给研究者，在信息渠道并不顺畅的当时自是意义重大。不过，受客观条件所限，除了叶维廉、蓝海文、洛夫的文章是编者的组稿以外，其他内容均由璧华等编著的那本书中借用而来。今天看来，璧华等人的编著在诗人及诗作的选取上不够准确，如将流沙河《就是那一只蟋蟀》、李瑛《北京：历史的回声》、卞之琳《飞临台湾上空》等诗作都列入朦胧诗创作谱系，当是一种误读。《创世纪》在文化隔绝的情势下辗转借用，自然无法规避资料上的失误，然而从海峡两岸文学交流的历史脉络考察，这个专辑的出现仍然具有标志性的意义。

《创世纪》与现代主义诗歌思潮的渊源

从诗歌观念的倡导和实践考察，《创世纪》对祖国大陆朦胧诗的关注有其内在的文化渊源。1954 年 10 月 10 日，《创世纪》创刊于台湾高雄的左营军中，最初的发起者是张默、洛夫，第二年又有痖弦加入，自此奠定《创世纪》"铁三角"长达半个多世纪的诗缘。在其成立之前，由纪弦创办的《现代诗》杂志（1953 年 2 月）和由覃子豪、余光中、钟鼎文、夏菁等组成的"蓝星诗社"（1954 年 3 月）已经开始倡导台湾现代诗运动。尤为引人注目的是，纪弦 1956 年 1 月宣布成立"现代诗社"，发布《现代派公告》，宣称"新诗乃横的移植，而非纵的继承"，并标榜以"领导新诗再革命""实现新诗现代化"[①]的全盘西化观念，将台湾诗坛引入了持续论争的境况中。《创世纪》在台湾岛内风云激荡的现代诗潮流中产生，最初的立意却是要同《现代诗》的西化路线相抗衡，因此在其前 10 期的试验探索期，力主"新民族诗型"理论，倡导写作具有"中国风""东方味""民族性"与"生活化"的诗歌，本质上追求的是一种介入现实的写实主义诗歌理念。不过，直到 20 世纪 50 年代末期，《创世纪》在理论阐发与

---

①　参见吕正惠、赵遐秋主编：《台湾新文学思潮史纲》，昆仑出版社 2002 年 1 月版，第 212～213 页。

诗歌实践方面的努力都没有取得突破性的进展，而且由于发起人和主要诗作者多是从祖国大陆赴台的军人，军事当局的思想掌控和他们主动贴近现实的诗歌观念，不可避免地使他们早期的作品中显示出较强的政治色彩，这种状况到20世纪60年代以后才有改变。

《创世纪》从第11期开始改版。耐人寻味的是，不仅扩大了版面，而且也改变了诗歌的主张，从"新民族诗型"的提倡转向了"超现实主义"的实践。有研究者谈道："一至十期的《创世纪》走了四个年头（1954年10月至1958年4月），这个时期的《创世纪》是时势造英雄，《创世纪》的所作所论，只不过是配合了那个时代。十一至二十九期的《创世纪》则走了十个年头（1959年4月至1969年元月），这个时期的《创世纪》才是英雄造时势。台湾现代诗的发展史，不能不提创世纪，是因为这一段的历史。"① 进入20世纪60年代以后的《创世纪》，开始大力提倡现代派诗歌，在篇幅上着重增加了西方诗歌理论的翻译分量，并策划了系列的西方代表性诗人专号，如梵乐希、里尔克、波德莱尔等等。同时由本社诗人创作的相当前卫的诗歌开始在诗坛受到重视，洛夫的《石室之死亡》、痖弦的《深渊》、商禽的《长颈鹿》等名篇都出现于这个时期。洛夫回顾当年诗刊转型的状况，曾经提到：

> 这一改变几乎是飞跃式的，精神上等于脱胎换骨。据张默说，促使我们重新调整路线，也是基于一项客观因素，即当时"现代诗"狂飙时期已过，而"蓝星"也暗淡得仅以薄薄的"诗页"支撑局面，整个诗坛处于一种真空状态。重振现代诗雄风，舍我其谁！这种想法现在看来或许有点幼稚狂妄，但也显示出年轻人的朝气。……我们虽没有唱出"新诗再革命"的口号，却都有着烈士冲刺的剽悍。那时许多杰出的诗人如郑愁予、商禽、

① 萧萧：《〈创世纪〉风格与理论之演变——"新民族诗型"与"大中国诗观"之检讨》，载《创世纪》1994年9月第100期，第41页。

叶珊、叶维廉、管管、白萩、大荒，都先后进入了《创世纪》的阵容，且都担任过编委。①

　　台湾文坛也普遍认同 20 世纪 60 年代是《创世纪》发展历程中的辉煌时期。同前一阶段相比，这个时期的理论阐述相对减少，但以"超现实主义"为追求的创作呈现出一种新的诗歌美学面貌，似有要用西方的、现代的诗歌取代"中国风""东方味"的诗歌创作的态势。《创世纪》也因此陷入各种批评、争议的声浪之中，直到 20 世纪 70 年代仍常常要面对来自各种阵营的论争。当时所受批评的指向主要包括两个方面：一是内容上脱离台湾的现实，片面追求西化；二是语言晦涩，过分放任和混乱地使用意象，造成诗歌语言的恶化。这些批评尺度的使用很容易令我们想到祖国大陆朦胧诗争论中的情形。《创世纪》的几位代表诗人在当时及后来的诗歌史梳理中，总是不遗余力地为当年的现代主义实践辩护和重新定位，从规避政治意识的束缚和新诗观念创新的角度为当年的艺术探索寻求合理性阐释。② 在一定程度上可以说，正是曾经的这种"遭遇"，使他们 20 世纪 80 年代初对祖国大陆朦胧诗的境遇投射了较多的关注，并对其诗艺的探索给予了较为积极的评价。

　　专辑中出现的四篇诗论评，璧华的文章侧重梳理朦胧诗发生、发

---

　　①　洛夫：《诗坛春秋三十年——创世纪与超现实主义》，载《创世纪》1984 年 10 月第 65 期，第 77 页。

　　②　20 世纪 80 年代初，痖弦在《新诗运动一甲子》一文中还强调："事实上，《创世纪》并非一个标榜超现实主义的诗社，洛夫和笔者也非超现实主义的信徒，更非有些人所说的是法国超现实主义在中国的传人。早年，我们确曾将超现实主义的技巧作为探触中国现代新诗的可能方式之一，而加以创作实验；但对超现实主义，特别是法国布鲁东等人所提倡的超现实主义，我们一开始便有所保留并加以修正。记得笔者曾经主张过'制约的超现实'，而洛夫则更进一层从中国古典诗词中找寻属于中国自己的超现实传统，把超现实技巧中国化。"原载《当代中国新文学大系·诗卷序》，台湾天视出版公司 1980 年 4 月版。转引自《创世纪》1984 年 10 月第 65 期，第 75 页。

展的过程和其现实处境，以对政治性和社会性的否定为考察基点探讨朦胧诗出现的背景，及其对新诗传统的评判。文章对事件脉络的梳理较为清楚，但政治意味浓厚，并不是侧重诗学流变的研究。蓝海文的文章虽侧重诗人诗作点评，却依然沿用社会政治学的批评方法，将顾城、舒婷等人的作品与现实政治事件相联系，把朦胧诗的艺术探索界定为是"现实主义的复活"，因过于突出其社会功能而使立论不够恰切。比较而言，叶维廉和洛夫作为台湾现代诗的积极践行者，更注重从中国现代诗传统的内在延续，以及诗歌美学的再创造的角度评判朦胧诗的思想艺术特质，将朦胧诗人视为诗歌创作上的同路人来进行探讨，因此多学理性见解，有较为客观、准确的分析。洛夫从现代诗传统延续的角度考察朦胧诗在观念性、艺术性等方面的特征，以对"内在现实"的探索与表达为切入点，点评朦胧诗同台湾现代诗在艺术实践中的差异，也指出朦胧诗人们"由于环境的闭塞、吸收外来影响的困难，他们并未积极地介入世界性的现代文学潮流"[1] 的问题，这在当时是一种客观的评价。叶文更具理论色彩，从文化语境到诗艺探索都有细致的剖析。文章指出，"所谓'朦胧'，所谓'难懂'，对一般的读者而言，根本不能算难懂。这些诗被批判的主要原因是：他们用了多重意义、多重指涉的意象和隐喻"，但这"不是'表达策略'上的问题，而是'阅读与诠释习惯'上的问题"[2]。事实上，在意象选择、情感表达、主题呈现与文化心态等方面，朦胧诗都表现出同台湾 20 世纪五六十年代的现代主义诗歌追求相似的特征。20 世纪 80 年代的祖国大陆与 20 世纪 50 年代的台湾，虽然政治制度存在差异，但由历史转型所带来的对个体内心的剧烈冲击，表现在诗歌创作领域却有某些相似性和内在的延续性。概略看来，在被迫承受

---

① 洛夫：《对大陆诗变的探索——朦胧诗的真相》，载《创世纪》1984 年 6 月第 64 期，第 33 页。

② 叶维廉：《危机文学的理路——大陆朦胧诗的生变》，载《创世纪》1984 年 6 月第 64 期，第 12 页。

文化错位与认同危机的时代，两代诗人们都采取了以向内心的求索去反省现实，寻找一个"新的'存在理由'"的方式；所不同的是，"朦胧诗人比较直接地倾出他们焦虑犹疑之情，台湾的现代诗人却将之隐藏在复杂的比喻与结构里。因此，后者比较有意地讲求艺术性，而事实上，他们企图创造一个美学的世界来抗衡正在解体的现实……前者，由于几近绝望，诗中呈现一种急迫性，使得他们无法细心关切美学上的问题（如紧凑的结构、准确的意象、黏合的律动等）……他们这种倾出的方式，是急切要与读者取得直接感契，争取他们的同情和希望引起行动"①。由历史语境的观照而深入艺术形态的分析，又超越了简单的政治性评议，叶文的存在提升了这个"特辑"的文学性水准。

由抗衡走向携手的两岸诗学交流

"朦胧诗特辑"出版不久，适逢《文讯》杂志在台北"文苑"举办"首届现代诗学研讨会"，张默将这一期刊物带到会上，受到一些与会者的好评。② 后来也有其他的文学期刊陆续开始评介朦胧诗，这个专辑也被列入一些学校现当代文学作品选读的参考书目中。在《创世纪》的发展历程中，这个专辑的出版不仅再次使它成为台湾文坛的一个关注点，而且也具有一种转折性的意义。

作为一个主要由祖国大陆赴台军人创办的诗歌刊物，《创世纪》在几十年风雨行程中，始终处于政治规范与艺术创新、文化疏离与在地认同等矛盾冲突的扭结中。20 世纪 60 年代以后，虽然标榜"世界性""超现实主义"的口号，诗刊的编辑理念却同时重视对中国现代诗史料的搜集和整理。《创世纪》从第 23 期（1966 年 1 月）开始开

---

① 叶维廉：《危机文学的理路——大陆朦胧诗的生变》，载《创世纪》1984 年 6 月第 64 期，第 17 页。

② 信息来自笔者对张默先生的访谈。

辟了《新诗史料》专栏，由痖弦主笔，先后选注了废名、朱湘、王独清的诗抄；从第31期（1972年12月）开始又以"诗论评"的方式，由痖弦撰写了包括辛笛、绿原、李金发、刘半农、戴望舒、刘大白、康白情、何其芳、李广田、卞之琳等人在内的现代诗人评述或创作年表。在当时的历史环境中做这样的资料整理并不容易，也不是完全没有风险的。20世纪50年代，同当时倡导的"战斗的反共文艺"思想相配合，国民党曾采取一系列政治措施以实现对社会文化意识的有效控制，其中包括正式下令要求凡投靠共产党以及留在祖国大陆的学者、文人的著作"一概禁绝"。"这种空前绝后的'否决'历史与文化的举动，以最实际、最有力的方式宣告了五四文化在台湾的死亡。"①《创世纪》20世纪60年代以后进行的现代诗资料整理，多少有一点在政治与文学之间走钢丝的意味，同时也潜在地显示出编者们希望在文学传统的延续中对自身的诗探索进行规范和定位的意识。

对汉语现代诗发展流变的关注也自然地延伸到对当下诗歌动态的考察。《创世纪》第60期"诗坛扫描"栏目中出现了一则信息——"青年诗人争阅台湾现代诗集"，其中描述由执教香港某大学的一位人士将台湾出版的《剪成碧玉叶层层——现代女诗人选集》和《感月吟风多少事——现代百家诗选》②寄赠青年诗人顾城以后的反响。"不多久，顾城给他回了一封信，大意是这样的：台湾的现代诗选编得太好了，他接触这些选集的第一印象是，仿佛面对一桌从来也没有品尝过的佳肴。他想狼吞虎咽，可是又怕不消化，于是他决定要慢慢地嚼，慢慢地品，很多年轻诗人听说顾城那儿有台湾现代诗选，他们心灵的眼睛都亮了，于是一个传一个。最后顾城请大家签名排队，来传阅这几本台湾出的现代诗选。"编者并且说"当笔者辗转从编辑丘

---

① 吕正惠：《现代主义在台湾——从文艺社会学的角度来考察》，载《战后台湾文学经验》，台湾新地文学出版社1995年版，第10页。

② 这两本诗集均由张默编选，由台北尔雅出版社分别于1981年6月、1982年9月出版。

彦明小姐的口中得知上情时，真是感动得不能自已，青年诗人太渴盼精神食粮了"①。上述两本诗选集均是由张默编选的，在刊物中详述祖国大陆青年诗人的评价，当然是有意欲提升刊物文化影响力的考虑。顾城当初是否有如此的通信，目前尚无法查证，不过在一定意义上也可以说，这个信息算得上是《创世纪》与朦胧诗的一次潜在接触。值得注意的是编者的评述态度，喜逢知音的喜悦以外也暗含着对祖国大陆政治局势的不甚了解，这是由政治历史造成的问题。接下来，《创世纪》第62期的"诗坛扫描"栏目中再次出现了"诗人艾青序介的《台湾诗选》（二）出版"的信息，编者详细列举了入选诗人的名字，并针对艾青的序言和该书的编辑次序进行点评，基于政治立场差异而形成的抗衡心态就表露得较为明显了。其中特别提到："一般诗选的编辑次序，大致区分以笔名笔画多寡为序，或者以作者年龄长幼为序。而这本《台湾诗选》，前面十三位作者，则不按笔画，后面七十七位作者自上官予到罗门，则按笔画序。究其缘由，盖前面十三家作品，都是充满浓郁的乡愁，后面的内容则涵盖性稍广。这样的编法，也显得十分不伦不类，编辑人的用心与企图，于此也暴露无遗。"② 到第64期的"诗坛扫描"中，再次出现了祖国大陆诗讯的信息，点评的是流沙河编著的《台湾诗人十二家》（重庆出版社1983年8月出版），评述其"基本上编者是介绍台湾诗人的作品，实则批判多于分析，诙谐多于肯定"，并说："该书编者在序言中曾经强调：'海峡那边，想来不乏卓识之士，也该有人写写文章介绍当代大陆诗人，比方说，也印一本《大陆诗人十二家》吧，以便互相认识，交流诗艺。'现在我们愿意明告流沙河先生，本期《创世纪》出刊的'朦胧诗特辑'，共选了廿二家的诗以及大陆年轻一代的谈诗文字，这能不能算是一种回敬呢？"③ 批评所述的内容未必不正确，但

---

① 《创世纪》1983年1月第60期，第4页。
② 《创世纪》1983年10月第62期，第6页。
③ 《创世纪》1984年6月第64期，第9页。

由历史隔绝所造成的文化心态上的抗衡意识，也体现出两岸文学交流之初的时代局限。

研究者沈奇在文章中回顾祖国大陆文坛最初评介台湾诗歌时的情况，曾经提到："由于长达40多年的隔膜、不了解，一旦真的要谈对接，确是一个复杂艰巨的'诗歌工程'。""最早全面介绍是由人民文学出版社1980年4月出版的《台湾诗选》（一、二册），初成影响。1982年，《星星》诗刊连载由流沙河主撰的《台湾诗人十二家》专栏，颇受欢迎。次年成书出版，一时传为佳谈（流沙河后又于1987年出版《台湾中年诗人十二家》。此后从报刊到出版，介绍渐多，至1987、1988两年达到一个高潮——据不完全统计，这两年间仅结集出版的各类介绍台湾诗的选本，就多达10余部。其中由湖南文艺出版社出版的厚厚两大部《当代台湾诗萃》，收入280余人千余首作品，连同1990年再版数，前后发行数万套。此选集之编选虽不算上乘，但如此大面积、大容量的介绍，确使祖国大陆诗界对台湾现代诗有了一个较完整的粗略认知。1991年2月，张默主编的《台湾青年诗选》，选录32位年青一代的诗，由人民文学出版社出版，也是一次相当亮丽的展出。与此同时，台湾一些著名诗人的个人精选诗集也渐次在祖国大陆出版。一些文学研究部门和部分高等院校也先后成立了一批台湾文学研究学会或相应机构，大量论文专著发表出版，以及大批台湾诗人来祖国大陆访问讲学，渐成诗坛盛事。"① 值得一提的是，在海峡两岸的文学交流中，《创世纪》起到了积极的推动作用。自第64期刊载"朦胧诗特辑"以后，又在第71期（1987年8月）刊载了"大陆诗人邵长武作品专辑"，在第72期（1987年12月）刊载"大陆名诗人作品一百二十首"，在第73、74期合刊（1988年8月）登载了"两岸诗论专号"；并且从第75期（1989年4月）开始开辟了"大陆诗页"，同时专门刊载了诗社同人的"故国之旅诗抄"。从"朦

---

① 沈奇：《世纪之创：对接与整合》，载《创世纪》1994年9月第100期，第211～212页。

胧诗特辑"开始,《创世纪》对祖国大陆诗坛的关注急剧增多,评判的态度也由抗衡变得缓和。1988 年两岸开放探亲,《创世纪》六诗人(张堃、碧果、辛郁、洛夫、管管、张默)结伴前往祖国大陆采风,他们的乡愁、乡情终于超越了政治的阻隔而融化在故国的土地上。此后,《创世纪》与祖国大陆文坛的交流更加密切,1990 年 10 月出版的第 80、81 期合刊,在同人名单中赫然列出了"大陆同人"四人,他们是:任洪渊、李元洛、吕进、刘登翰。第 82 期又增加了白桦、舒婷、谢冕、欧阳江河四人,第 83 期再增加了龙彼德。同时,第 82、83 期分两次刊载了"大陆第三代诗人特展"。对祖国大陆学者评述《创世纪》同人诗作的文字也开始大量引进,两岸诗人、诗学研究者往来的密切程度由此可见一斑。20 世纪 80 年代以后,台湾的《秋水诗刊》《葡萄园诗刊》也逐渐采取了类似的举措同祖国大陆文坛进行交流。

被列入《创世纪》同人名录中的诗人,身份和对诗社的义务不尽相同。在台湾,20 世纪 50 年代以来,根据刊物的资金来源、性质背景等差异,大体可以将文学刊物划分为官办的和民营的两类。民营杂志没有经费支持,维持生存主要靠同人定期交纳的会费和不定期募得的赞助。《创世纪》同人原则上规定每年交纳的会费为 6000 新台币,但对祖国大陆的同人不做此要求。两岸之间的携手更多是情义上的,谢冕谈自己与《创世纪》的诗缘时,就特别提到:"我和《创世纪》的友谊始于 80 年代初期。那时朦胧诗运动方兴未艾而处境甚为困难。《创世纪》从海峡彼岸投来了理解和同情的目光。生活在不同的空间里的诗友,凭借这诗的共鸣而拥有了友情的温暖。后来,《创世纪》一个庞大的代表团来到了北京大学,北大学生对这些他们敬重的诗人毫不陌生,他们以热烈的、友善的和坦率的态度和来自远方的诗人进行了诗艺的切磋。从那时起,我确认《创世纪》乃是一位可信赖的朋友,而且,对我来说,更是一位一见如故的朋友。"① 他

① 谢冕:《一见如故的朋友——〈创世纪〉》,载《创世纪》1994 年 9 月第 100 期,第 116 页。

认为《创世纪》"在中国新诗的发展中，始终珍贵的品质在于，它在传统与现代的夹缝中是前驱的，而非退守的；是变革的，而非凝固的"。"包括《创世纪》在内的台湾诗运对失衡的中国新诗起了有效的充填和调节的作用"①，从"新文学整体观"②的视野考察，应该看到，20世纪五六十年代，当内地诗歌更多呈现为泛政治化特征时，港台等地的现代主义诗歌思潮却在诗艺探讨和人性关怀等层面进行了有益的尝试，其先锋性试验中的得与失对此后汉语新诗的发展流变都具有借鉴意义。

（原载于《文艺争鸣》2009 年第 8 期）

---

① 谢冕：《一见如故的朋友——〈创世纪〉》，载《创世纪》1994 年 9 月第 100 期，第 116 页。

② 参见陈思和著《中国新文学整体观》第一章，上海文艺出版社 2001 年版。

第二辑

继承与超越：从《酒徒》的创作意识看香港20世纪60年代现代派小说的思想资源

1963年10月，刘以鬯的长篇小说《酒徒》在香港以单行本的形式发行，这部被誉为"中国第一部意识流小说"①的作品，后来成为作者众多创作中最受评论者重视的一部。在一定意义上应该说，这部小说的产生具有文学史的意义，正是由于《酒徒》和同期其他作家的现代主义文学实验，才使20世纪60年代的香港文学在进入内地学界视野时成为一个有意义的存在。

现代派文学的实践在中国新文学发展史上曾留下短暂而耀眼的轨迹，但无论是历史文化还是现实语境都没能给它提供充分的发展空间。20世纪50年代以后中国特殊的政治形势彻底断绝了内地现代派文学发展的可能性，倒是港台地区文坛因为其政治、经济环境催生了新一轮的现代派文学创作思潮，并孕育、推动了此后文学的多元形态，记录下特定时空中人文知识分子的心路历程。遗憾的是，受传统文学观念及研究视野的限制，20世纪80年代以前，内地学界对港台现代派文学的发展状况基本是漠视的，而在文学观念日益走向开放、

---

① 以笔者见到的资料看，最早提出这种见解的是香港的振明：《解剖〈酒徒〉》一文，原载香港《中国学生周报》1968年8月30日，收入《〈酒徒〉评论选集》，香港获益编辑部1995年版，第28页。学界一般研究文章都沿用这种评价，但刘以鬯本人并没有首肯这一提法，笔者亦认为可以商榷，因中国现代文学史上废名等人的创作已经借鉴了意识流小说技巧，所以称"中国当代第一部意识流小说"更严谨一些。

多元的今天，对港台现代派文学的描述也仍有许多有待深入讨论的方面，比如一般的研究都注意到政治、经济形势对港台现代派文学思潮的促动作用，或者更多从外来文化影响的角度考察文学思潮的特征，而对文学内在传统的延续与人文知识分子精神传承的关系语焉不详。事实上，后者才具有更重要的影响意义，无论是作为思想资源，还是现实的情感抒发方式，中国新文学传统及其主体精神对港台现代派文学的潜在影响都不可忽视。

在香港新文学的发展历程中，20 世纪五六十年代的现代主义文学思潮通常被视为香港文学摆脱现实束缚、走向艺术自觉的一次展示。它为"早已奄奄一息于'绿背文化'与'殖民主义'双重压抑下的香港文学，带来一丝生气、一线生机"[①]。1955 年昆南与王无邪、叶维廉等人创办诗刊《诗朵》，发出了"香港现代主义文学的先声"，但大规模的思潮推介是从 1956 年 2 月《文艺新潮》的创刊出现的。比较而言，在译介世界现代文学（特别是现代主义作品）方面，《文艺新潮》的视野遥遥领先于同期的内地和台湾。1956 年的第二期翻译了英国诗人史提芬·史宾德（Stephen Spender）分析西方现代主义的论文《现代主义运动的消沉》，同时译介了受超现实主义影响的当代墨西哥现代派诗人渥大维奥·帕斯（Octavio Paz，1990 年诺贝尔文学奖得主）、战后美国戏剧家亚瑟·米勒、法国存在主义文学家萨特、日本感官派小说家谷崎润一郎、瑞典表现主义小说家及诗人拉盖克维斯特（Par Lagerkvist）；第三期译介了英国现代主义诗人艾略特、希腊现代主义诗派奠基者沙伐利斯（George Seferis，1963 年诺贝尔文学奖得主）、巴西现代小说家马查多（Machado）和将西班牙戏剧推入 20 世纪的贝那凡特（Jacinto Benavente）；第四期法国文学专号，选译了 20 世纪的法国诗歌和小说，包括纪德的中篇《德秀斯》和萨特

---

　　① 羁魂：《香港新诗五十年》，载《诗双月刊》1997 年 1 月第 32 期。

的《墙》，都是战后名作。① 昆南后来曾说："《文艺新潮》出现了，我认为，这才是香港文坛的一座永远矗立不倒的里程碑。它的出现后，五四运动的'幽灵'不得不匿在一角，因为它带领大家首次认识一九五〇年至一九五五年的世界文坛的面目，这是一个空白，由《文艺新潮》的拓垦者填补了。"② 虽然言辞不免狂傲之气，但对现代主义文学思潮的定位还是较为客观的。

　　20世纪五六十年代的香港社会正处在从传统商埠向现代都市转变的过程中，既有的价值观念不断受到冲击，世界冷战格局造成的香港社会的政治对垒也使香港人备感困扰。此外，殖民体制通过利诱、安抚、麻痹等手段，借助物化、商品化、世俗化等价值观念的培养，逐渐地制造了一种新的"文化工业"，在香港，"专制的家庭、势利的思想、在双重的官僚制度（中国的和英国的）构成社会下的拜金拜物主义、封建的残渣、僵化的思想架构与价值指标，似更牢固。支持有心人去抗衡殖民文化工业的力量在哪里呢"③？当时的文化人选择的参照目标是具有反叛性的西方现代主义，他们看重的是现代主义对西方既定传统、规范的冲击力和破坏力，形式的创新反而只是一种手段了。李维陵在《文艺新潮》第七期发表《现代人·现代生活·现代文艺》一文，提出西方现代主义消沉的原因是"对现代人的本质缺乏理解，对现代生活急剧的变动无所措手足，对人和外界关系惘然不知适当的处理之道，对价值标准的建立失去了正视的勇气和信心"。昆南在《现代文学美术协会宣言》中，也发出这样的呼吁：

　　　我们年青的一群决不能安于鸵鸟式的生活……中华民族的精

---

　　① 郑树森、黄继持、卢玮銮编：《香港新文学年表（1950—1969）序》，香港天地图书有限公司2000年版，第25页。

　　② 昆南：《我的回顾》，参见小思《香港故事》，香港牛津大学出版社2002年版，第128页。

　　③ 叶维廉：《自觉之旅：由裸灵到死——初论昆南》，载陈炳良编《香港文学探赏》，三联书店香港有限公司1991年版，第165页。

魂的确已在我们耳边呼唤着我们的责任，鞭策着我们的良知。我们的确不忍是一块块铺筑在路上的顽石，服从可悲的沉默，为另一种民族所践踏。（巨人中国啊，你当年不曾傲视过一个战后的世界吗？）我们的确不忍在醒觉与瘫痪间，不忍在仇恨与遗忘里，不忍在信念与怀疑下，不忍在不安与苟安中，不忍在一代的断桥上走着；呵，我们的确不忍如此走着，不忍如此走入高大的建筑物里，作为机器的一轮；不忍如此走入女人和酒和歌里，化为附属的零件……①

　　在这种意念的宣示中，我们看到了他们文学观念上的某些悖论，他们选择西方现代主义原本是为了规避政治意识的束缚，却不自觉地主动投入新的政治意识抗争中了。以往有些内地或台湾的"香港论述"常常指责香港文学缺乏对殖民性的反省，典型的代表如台湾作家尉天聪，他在 1978 年发表了《为香港〈罗盘〉诗刊而作》一文，其中写道：

　　香港是帝国主义从中国抢走的一块土地，然后它不仅利用这块土地推展对中国和亚洲的侵略，而且还把它培育成罪恶的渊薮。……我们相信这绝不是由于居住在那里的大多数中国人都自私、低能、命里注定要当次一等的公民，而是有人透过高楼大厦、灯红酒绿、燕瘦环肥、赌狗赛马……不知不觉中散布了比鸦片更令人瘫痪的麻醉剂。于是，一些人上一时刻还沾沾自得于香港的街景，下一时刻已在各种有形无形的麻醉中萎靡下来。……诗人啊，你应该写些什么呢？你是用一整页的篇幅去讨论散文中该不该多用引号，在忘却中国是什么样子的情况下卖弄廉价的乡愁？还是用血泪写下被侮辱的香港，为中国历史作下亚洲人奋斗

---

　　① 叶维廉：《自觉之旅：由裸灵到死——初论昆南》，载陈炳良编《香港文学探赏》，三联书店香港有限公司 1991 年版，第 166 页。

的记录？①

尉天聪以外来者的身份审视香港文化的特质与内容，他发现了一些症结问题，难以自抑地发出警醒之声，自有客观的意义；不过文中简约化地以"声色犬马"概括香港的文化形态，也令一些香港文化人感到不快。事实上，20世纪五六十年代的香港现代主义实践者在主观意念上并不缺少民族关怀，在一定意义上应该说，这一次的艺术创新是作家的家国情怀与艺术形式较为圆满的一次结合。

港台现代主义文学运动都兴起于20世纪50年代，值得注意的是，在以往的研究中，台湾20世纪五六十年代的现代主义文学思潮常常被人谈起，而同一时期香港的现代主义文学却少有人关注。事实上以小说而论，香港的现代主义运动并不晚于台湾，追溯史实我们发现：对台湾现代主义小说的兴起有重要贡献的刊物有两个，分别是夏济安创办于1956年9月的《文学杂志》和欧阳子、白先勇、王文兴等人1960年3月创办的《现代文学》；而香港最初倡导现代主义文学运动的刊物《文艺新潮》，由马朗创刊于1956年2月，比台湾的《文学杂志》早7个月，由刘以鬯主编的《香港时报》文艺副刊《浅水湾》创办于1960年2月，也比台湾《现代文学》早一个月。马朗曾经谈到，20世纪50年代由于政治原因，香港文坛左右两派纷争激烈，《文艺新潮》因没有政治倾向而受到双向排挤，初期在台湾不能公开发行，但却以地下手抄本的形式在作家群之间流传，《创世纪》《现代诗》等的成员如纪弦、痖弦、叶维廉等人都传抄过。"如果是没用的，为什么要用手抄，而手抄的全是已成名的诗人、艺术家、作家等人？"② 此外，20世纪60年代在香港的现代派文艺刊物上发表文

① 参见陈国球：《文学史书写形态与文化政治》，北京大学出版社2004年版，第297页。

② 杜家祁、马朗对谈：《为什么是现代主义？》，载香港《香港文学》2003年6期，第27页。

章的作家，除本港作家以外，"台湾现代主义作家的头面人物如纪弦、白先勇、王文兴、陈若曦等均在香港发表作品。如果说香港的现代主义文学运动影响了台湾文坛，那是毫不夸张的"①。那么，是什么原因造成了文学研究者关注视野的有意遗忘呢？

"香港是文化沙漠"的传统偏见应该是导致这种遗忘的内在心理动因之一。20世纪50年代以后政治、历史的隔绝使内地、香港形成完全不同的社会制度与文化形态，当现实提供了可以进行对话和互视空间的时候，处在两种话语系统中的人文知识分子不可能不感到沟通的困难与尴尬。内地研究者以政治社会学体制下培养的文学观念和知识结构审视商业文化语境中的香港文学，许多现象都无法对位阐释。因文化时空的错位而产生的异质文学要求建构新的话语体系与审视立场，然而事实是一些研究者采取了武断、随意的做法，以中心与边缘、高雅与低俗对立的思维方式，将香港文学判定为充斥着色情、浅俗内容的商品，完全无视那些坚守精神阵地的知识分子艰难的抗争，其间流露出的"大中原心态"与话语霸权的确需要反思。

在很大程度上，香港现代主义运动的产生与内地20世纪30年代的现代主义思潮有直接的承继关系，但前者包含更多的悲情意味。主创者及其支持者都不仅是单纯为了尝试一种艺术方向，在特定的文化语境中，这种艺术追求还具有对抗流俗、挽救文化衰颓的意愿，体现出知识分子自觉的精英角色定位。《文艺新潮》发刊词题为《人类灵魂的工程师，到我们的旗下来!》，文中呼吁创作者在动荡的时代背景下担负起"在废墟中重新建设"的任务，并提出"理性、良知、缅怀、追寻和创造的使命"②，突破禁忌、干预现实的意识非常明显。与同期台湾现代主义运动倡导新诗乃是向西方进行"横的移植，而

① 赵稀方：《小说香港》，生活·读书·新知三联书店2003年版，第197页。

② 也斯：《香港小说与西方现代文学的关系》，参见《香港文化空间与文学》，香港青文书屋1996年版，第103页。

非纵的继承"，以及小说创作"处处避免正面评议当前社会的政治问题，转向个人内心的探索"① 比较，可以看到港台在接受西方现代文学方面，虽然互有影响，但从一开始就有不同的取向。在 20 世纪五六十年代的港台文坛，对西方现代主义文学思潮的理解至少包含着两个层面的意义：作为意识观念的现代主义和作为艺术技巧的现代主义。就香港的创作情况而言，早期的实践者多是在理论译介方面偏重意识观念的介绍，而在创作实践中则更多倾向技巧的借鉴，新颖特异的表现形式与急切悲愤的现实批判融会在一起，形成了东方特色的现代主义文学。《酒徒》就是最早进行这种艺术实践的作品之一。

小说讲述了一位具有很高艺术素养和进取心的作家，在香港的社会现实中屡屡碰壁，最终不得不放弃对艺术的执着追求，以写武侠小说和色情文学维持生活，却又在精神上备受谴责，最终沦为借助酒精麻痹神经的"酒徒"的故事。小说的主人公十四岁开始"从事严肃的文艺工作，编过纯文艺副刊，编过文艺丛书，又搞过颇具规模的出版社，出了一些'五四'以来的最优秀的文学作品"，他对"五四"以来的中国现代文学、西方现代文学及电影、绘画、出版都有独特的见解，对文学艺术的现实参与功能有充满理想激情的信仰。可是他的文化积累在移居香港后变得百无一用。香港是商业文化占主导的社会，文学创作被纳入现代商业社会的生产、分配机制当中。与内地现代文学的产生语境和发展形态不同，商业文化追求利益、回报，能够被大众接受和消费的东西就是好的商品，不考虑精神价值及艺术趋向。在这样的文化氛围中，"艺术性越高的作品，越不容易找到发表的地方；相反，那些含有毒素的武侠小说与黄色小说却变成了你争我夺的对象。""价值越高的杂志，寿命越短，反之，那些专刊哥哥妹妹之类的消闲杂志，以及那些有彩色封面而内容贫乏到极点的刊物，却能赚大钱。"文化界充斥着一些不学无术的冬烘先生，对"二十世

---

① 白先勇：《流浪的中国人——台湾小说的放逐主题》，载《白先勇自选集》，花城出版社 2006 年版，第 409 页。

纪最具影响力的作家詹姆斯·乔伊斯"一无所知，却代表本港的中国作家参加世界文学会议。"酒徒"写的严肃作品无人问津，写武侠小说又因"动作"没有别人的多而遭腰斩，他愤怒、焦虑、矛盾，最终陷于堕落、颓废，成为清醒时苦闷、醉酒时放纵的人格分裂者。香港的文化空气越来越稀薄，"这是一个苦闷的时代"，"每一个有良知的知识分子都会产生窒息的感觉"。

小说创作于 1962 年，初始在《星岛晚报》连载，1963 年由香港海滨图书公司出版单行本。这本书的出现在当时给文化界以耳目一新的感觉，它的新主要源自两个方面：首先是内容上对香港的关注。20世纪 50 年代充斥香港文坛的是武侠、言情类大众文学和具有政治背景的"绿背文学"，香港为各类文学提供了生存、发展的空间，却又在各类文学的叙述视野中"缺席"。本土的作家尚未成熟，左右两翼的文人又多爱回望故土，香港成了"借来的时空"，是桥梁，是手段，但不是最终的目的地。在这样的文学语境中，《酒徒》将全部的关注投射到香港，无论爱与恨，传达的都是香港的现实与情绪，成为较早以香港本土生活为叙写对象的代表作品。其次是艺术形式的创新。刘以鬯在 1960—1961 年主编《香港时报》的文艺副刊《浅水湾》期间，即致力于推介西方现代文学，《酒徒》是他有意识地进行现代派艺术实验的成果。小说巧妙地融会了意识流与心理分析手法，结合隐喻、梦幻、时空倒错，以及诗化、散文化的情节结构方式和戏剧式的对白、台词，营造出一个迥异于传统现实主义文学的多元艺术空间，对香港 20 世纪五六十年代的整体社会状况与文化困境有直率、贴切的分析。对小说的创作动机与设想，刘以鬯在初版本的序言中有所介绍。他强调之所以用意识流的技巧手法来写这部小说，是因为要挽救小说，使之免于死亡。电影与电视事业高度发展已经逐渐取代了小说原有的地位，小说若再不寻求创新，依然像 19 世纪的小说家满足于"自根至叶""单线叙述"的手法，"只写表面，忽略树轮"，既"缺乏深度"，又"极不科学"，根本"不能完全地表现更错综复杂的现代社会与现代人"，读者市场必将被影视文化抢去。"小说家必须开辟新路",必须进一步去"探求内在真实","有勇气创造并试验新的技巧和表现方法,以期追上时代,甚至超越时代"①。当时及后来的研究者都注意到作家表述的以"内在真实"为艺术哲学的意识流实验,由此对小说的艺术创新给予高度评价。然而,一种艺术新作的过分绚丽往往会压抑接受者对文本其他特征的关注,对《酒徒》的评价有一个症结性问题值得商榷:《酒徒》的创作究竟是内容服务于形式,还是形式服务于内容?

严格意义上文本的内容与形式不应截然分开,但为了彰显某些被遮蔽的创作意识,我们姑且将二者间的关系进行一下剥离和辨析。我们首先注意到作者运用意识流技巧的动机有非常强烈的现实参与目的——艺术形式的自觉,最终是要争夺文化市场,是寄望于文化艺术对现实问题的干预、转化和提升。形式的"求变",根源于作家内心深处的文化忧虑与焦灼感受。在这种观念背后,我们看到了"五四"新文学传统的精神传承,也理解了小说中多次提到"五四"文学创作实绩的心理动因。一个在阅读中容易引起的困惑是,小说初始在报刊连载,面对的是作者深感失望的商业社会的大众读者,可是常常连篇累牍地抒发作者对"五四"以来中国文学及外国现代文学的认识,开出长长的书单,内中包括鲁迅、茅盾、张天翼、萧红、端木蕻良、沈从文、张爱玲、罗淑、穆时英以及詹姆斯·乔伊斯、弗吉尼亚·伍尔夫、海明威、福克纳、普鲁斯特、帕索斯等作家的作品,一般的大众读者会对这样的内容感兴趣吗?20世纪30年代施蛰存曾在其小说《魔道》中有类似的情节描述,有论者指出"其意义不主要在互文上,它应被视为文化资本的一个索引"②。刘以鬯显然也是在提供一个文化资本的索引,确切地说是提供一种思想资源。20世纪三四十

① 刘以鬯:《酒徒·初版序》,载《刘以鬯研究专集》,四川大学出版社1987年版,第63页。

② 纪一新:《毋庸说:论坡的哥特小说和施蛰存》,参见李欧梵《上海摩登》,北京大学出版社2002年版,第191页。

年代在内地参与的文化活动培养了他的文学价值观，当他面对商业文化的冲击时，他选择的突围方式依然是精英立场的文化启蒙。遗憾的是，时空环境的错位使作家的精英意识遭遇尴尬，刘以鬯不能不在现实的约束下有所妥协，他让笔下的酒徒最终走向沉沦，正是最具现实批判性的一笔。

再看作家对"内在真实"的阐释。刘以鬯强调，传统现实主义尽管标榜"真实"，但事实上却不能做到真正的"写实"，"现实主义的单方面发展，绝对无法把握全面的生活"，"现代小说家必须探求人类的内在真实"①，因为处在这个"苦闷的时代"，"人生变成了'善与恶的战场'，潜意识对每个人思想和行动所产生的影响，较外在环境所能给予他的大得多"。因此，"探求个人心灵的飘忽，心理的幻变，描写积累在人们内心深处而又不断地涌现到人们意识表层的各种印象，不仅是真正的'真实'，也是小说的长处"②。酒徒在醉与醒之间的意识变化，的确恰到好处地印证了"人生在善与恶的战场"上的搏斗，急遽的意识流动、超现实的画面、庞杂的信息积聚、变幻无定的文体形式，都体现出这部小说不同以往的艺术新质。但有一个关键的问题是，酒徒身处的荒诞世界并没有促使他产生西方现代主义那种对抗现实、非理性、错乱、虚无的哲学追问，他始终关注现实人生，无论希望还是绝望都没有脱离形而下的现实评判。因此，尽管意识流技巧的运用极大地开阔了小说的叙事空间，读者仍能清晰地把握到小说的叙述线索，《酒徒》最终没有走向纯粹的西方现代主义，而体现出"东方意识流"的特色。"内在真实"并不是对现实主义的悖逆，而成了一种有效的补充、完善，在这个意义上我们说"刘以鬯的创作观念基本上还是站在现实主义的立场上的；或者应该说，他试图

①　刘以鬯：《酒徒·初版序》，载《刘以鬯研究专集》，四川大学出版社1987年版，第63页。

②　刘以鬯：《酒徒》，载《刘以鬯实验小说》，中国人民大学出版社1994年版，第98~99页。

在寻找一条可以利用西方新的写作技巧来丰富现实主义的表现可能性的道路"①。有研究者指出，说《酒徒》是中国意识流小说的"第一"，并不能全面地体现它的"审美价值和它在香港文学史上的突出地位。倒是成功的移植，把西方的意识流技巧恰到好处地运用在对香港的现代都市生活的表现中，才给香港的现代派文学实验放上了一个重重的砝码"②。20世纪60年代香港诗人贝娜苔曾撰文反省《浅水湾》登载的现代主义小说"多数侧重于形式的标新立异，以致忽略了内容"，《酒徒》则是成功地将形式与内容完美结合以反映香港现实的小说。

米兰·昆德拉曾说"对于小说家有三种基本的可能性：他讲述一个故事，他描述一个故事，他思考一个故事"③。决定这三种可能性的因素与小说家所处的时代以及与此相关的个人阅历、趣味、才情和思想有关。在20世纪60年代的中国文坛上，对充斥着泛政治化色彩的内地文坛而言，《酒徒》的艺术手法称得上是空谷足音，但它的文学史意义并未局限于此，同样具有重要意义的是小说对人文知识分子精神历程的讲述与思考，接续了中国现代文学同类题材的传统，又在特定时空中显示出迥异于传统的质素，对20世纪80年代以后的中国文学具有示范和前导意义。

从文学母题的角度看，小说讲述的是一个典型的"知识分子的堕落"的故事，这样的人物原型我们能够在中外文学史上找到很多，西方典型的如浮士德，俄罗斯作家笔下的多余人，中国现代文学史上则如鲁迅笔下的魏连殳、郁达夫笔下的零余者、钱钟书笔下的方鸿渐、穆时英笔下的潘鹤龄，等等。这组人物系列面临相似的生存困

---

① 刘登翰：《香港文学史》，人民文学出版社1999年版，第255页。

② 同上，第256页。

③ ［捷克］米兰·昆德拉：《六十三个词·沉思》，《小说的智慧》，参见范智红《世变缘常：四十年代小说论》，人民文学出版社2002年版，第88页。

境，对现实的生命体验有比常人更敏感的认知和更决绝的抗争欲望，但具有超前意味的思想和行动最终在现实中受挫，只能陷入更加苦闷、矛盾的境遇中。同样是表现人文知识分子的幻灭、动摇与追求，中外作家在进行阐释的时候会表现出思维方式上的差异，简略地说，西方作家更倾向于拷问人物的灵魂，对人性中某些隐秘的因素导致人走向歧途进行探索；而中国现代作家更注重借一个"好人"被迫走向堕落的故事来进行社会批判与文化批判。如果说西方同类小说的价值追求是内省性的，那么中国现代作家则是寻求济世、载道的现实意义的。这里包含哲学、宗教背景的差异，也有文学传统的内在制约。

在价值判断与思维方式上，《酒徒》体现出对现代文学传统的自觉承袭。小说设计了几个人物来代表不同的社会力量或观念，酒徒是困顿于现实与理想冲突中的知识分子，"引诱他为恶的张丽丽代表着'欲'，被迫沦落风尘的杨露代表着'情'，鼓励他振作起来办纯文学刊物的麦荷门代表着'理想'，把性行为当游戏的十七岁少女司马莉折射着黄色文字的祸害，因失子而精神失常并把他误认为亲子的房东雷老太太则反映着乡土社会的伦理"①。商业社会为各种文化观念提供了滋生、泛滥的空间，酒徒挣扎于理想与生存、道德与情欲、追求与失落、堕落与自省的矛盾冲突中，他试图把持住自己的价值信念，但很多时候他不能不怀疑自己的立场而有所迷失。他的生活和心理都呈现出互为悖谬的两重性：一方面他坚拒房东女儿司马莉的色诱，体现出知识分子清高孤傲的个性特征；另一方面他又会在极度苦闷的时候主动寻找妓女，以放浪形骸来舒缓内心的压力。对乡土社会的人伦亲情他有潜意识的渴望，因此对雷老太太给予他的关爱、照顾心存感激；可是商业社会人际关系的疏离与冷酷又使他本能地抗拒人伦亲情的束缚，他醉酒后对雷老太的顶撞与直言相告，最终要了那位善良老人的性命。他讨厌张丽丽的贪婪与世俗，但在生计艰难的时候也不由

---

① 杨义：《刘以鬯小说艺术综论》，载《酒徒评论选集》，香港获益文丛 1995 年版，第 238 页。

自主地充当她的同党，干起所谓"捉黄脚鸡"的勾当，企图敲诈纱厂老板。他向往理性、正直、纯净的生活，但又总是在现实中妥协、迷失，坠入痛苦的深渊。在一定程度上，物质生活的打击给他造成了精神上的创伤，但还未使他彻底失败，他在卑微的生活中依然坚守着一点灵魂的高贵；然而创作中遭遇的困境与屈服则最终使他对现实社会产生了荒诞感和异己感，他放逐了自己的灵魂，成为"有家归不得的人，只想购买麻痹"。

在《酒徒》以前，中国现代文学对知识分子精神历程的探讨主要围绕政治、历史展开，造成他们人生蹉跎的因素总是与政治体制、意识形态或革命斗争有关，在不同的历史阶段，知识分子话语的表述因受到来自政治意识形态的压抑、排斥而有所变化，我们由此能够获取社会生活转型的信息。到《酒徒》出现，这个人物系列中出现了新的矛盾与内涵，酒徒面对的是带有异质文化色彩的商业文化的冲击。这种文化形态在传统上受到农耕文化的压抑没能获取充分的发展空间，在新中国成立以后的三十多年中受到政治意识形态的排斥同样没能得到发展的机会。可是在香港，背负传统价值理念的人文知识分子无可回避地遭遇了商业文化的挑战，他们以传统的精英意识抗拒被边缘化的命运，其间经历的困惑、迷失、蜕变，相信当下的人文知识分子都有感同身受的体验。酒徒在文学观念中对大众文化及这些消费品背后所代表的势利风气有强烈的排斥感："有时候，想到自己可以凭借黄色小说获得生活的保障时，产生了安全感。有时候，重读报纸刊登出来的'潘金莲做包租婆'与'刁刘氏的世界'，难免不接受良知上的谴责……一个文艺爱好者忽然放弃了严肃的文艺工作去撰写黄色文字，等于一个良家妇女忽然背弃道德观念到外边去做了一年不可告人的事情。"这里对流行文学的审视包含明显的道德批判意味，尽管是为了生计才写作通俗文学的，作家本人仍然对这种沉沦无法释怀，于是我们也看到这样的情节：当麦荷门为纯文学刊物《前卫文学》的事务向酒徒请教时，酒徒受了他的精神感召，自告奋勇要为其写一个短篇创作。可是他为四家报纸写黄色连载的经历令麦荷门犹豫，酒徒因此说了一段意味深长的话：

> 福克纳在写作《喧哗与愤激》（内地通译为《喧哗和骚动》——编者注）之前，也曾写过几部通俗小说，浪费很多精力，企图迎合一般读者的趣味。等到他发现自己的才具并不属于流行作家那一派时，他发表了《喧哗与愤激》。结果赢得批评界的一致叫好，并荣获诺贝尔文学奖奖金。此外，当年的穆时英，也曾以同一个笔名同时发表两种风格绝然不同的小说：一种是通俗形式的《南北极》；一种是用感觉派手法撰写的《公墓》与《白金的女体塑像》。至于张天翼，早期也曾写过不少鸳鸯蝴蝶派小说。[①]

以酒徒的桀骜不驯而能如此卑微地进行沟通，与其说意在说服麦荷门，不如说主要是在劝慰自己。酒徒提到的几位作家，都是他极为尊崇的，用这样的方式令自己获得精神上的解脱，作家内心的压力与恐惧都可以体会得到。

刘以鬯早年的生活经历与酒徒相似，20世纪50年代定居香港以后，面对新异的商业文化语境产生极度的不适应感，他以在内地时接受的文学观念和道德标准去抗衡大众社会的流行价值观，在今天看来体现出一定的历史局限性，但《酒徒》的意义也正由此呈现出来。在中国现代文学的发展过程中，他较早而且成功地记录了传统文化观念在遭遇现代商业文化冲击时表现出来的困惑、紧张与迷失，为知识分子的精神发展之旅添上了意味深长的一笔。

（原载《香江文坛》2005年第8期）

---

① 刘以鬯：《酒徒》，载《刘以鬯实验小说》，中国人民大学出版社1994年版，第148页。

叙述、 想象与身份探寻

——20世纪60年代香港文学中的"自我形象"表达

在以往的研究中，20世纪五六十年代的香港新文学常被列入"在香港的文学"[①]，意指其对香港社会生活的隔膜。将"香港性"等同于文学主体性时，研究者大多直接关注20世纪70年代，强调经济的快速发展，以及1949年后内地文化对香港影响的急剧减少，对香港确立现代都市主体身份的意义。这是一个有效的考察角度，但据此断定香港文学主体意识即产生于此时，却有与史实不尽符合之处：毕竟主体意识的生成不能一蹴而就，对"自我"与"他者"关系的认证大体要经历混同、括除、否定及重构等复杂的过程，其中那些关键环节的意义不应被忽视。也正是在这个意义上，发生在香港文坛20世纪60年代的一些文学现象才得以重新进入我们的审视视野。

出生于20世纪60年代后期的香港新生代作家董启章曾这样描述自己的生活经验及历史认识："我们这一辈对香港历史的认识近乎零，只知道一九六七年无线电视开台播放以后的事情……世界上大概没有比我们对自己长大的地方了解得更少的人了，但这不能怪我们……走向终结的时候，我们忽然醒觉到自己脑袋的空白，急于追认自

---

① 黄继持在《香港文学主体性的发展》中有"在香港的文学"与"属香港的文学"的提法，由此区分文学与香港本土生活的关系。参见黄继持、卢玮銮、郑树森合著《追迹香港文学》，香港牛津大学出版社1998年版，第91页。

己的身份，但却发现，除了小说，除了虚构，我们别无其他的依仗。"① 对他那一代香港人来说，这是一种典型的生命体验。王德威认为："小说之类的虚构模式，往往是我们想象、叙述'中国'的开端。国家的建立与成长，少不了鲜血兵戎或常态的政治律动。但谈到国魂的召唤、国体的凝聚、国格的塑造，乃至国史的编纂，我们不能不说叙述之必要、想象之必要、小说（虚构！）之必要。"② 在后现代的历史视野中，从来不存在所谓客观的历史，只有历史的叙述。本尼狄克特·安德森用"想象的共同体"观念来解释现代民族国家"认同感"的形成，他特别强调以"大众文学"为标志的"印刷资本主义"，在以想象性的方式建构"共同体"时发挥了至关重要的作用。这个论述角度为我们观照香港文化时空中文化身份认知的演变提供了启示，我们由此要探讨的问题是：在电子媒体尚不发达的 20 世纪六七十年代，香港的期刊、报纸以及专著中的文学写作究竟提供了怎样的"文本经验"？这些"文本经验"如何与接受者的"现实经验"产生映照、对接、抗衡与转化，并最终以超越于现实的文化想象方式，帮助受众发展出了一套处理自身现实问题的立场和方法论，又进一步塑造了城市的"自我形象"？

　　香港的城市发展始于 20 世纪 50 年代。都市化进程给传统的乡土文学注入了新的经验与文学形象，"与农村的平缓相比，都市化以其特有的景象、声音、气味带给人更多的刺激，人们被迫对事物作出区分、组织与规划，都市人由此变得工于心计"③。都市人人性的扭曲尤其体现在与金钱的关系中："金钱具有一种适用于世间万物的共性：它要求交换价值。它把所有的人格和品质都简化为一个问题：

---

① 董启章：《永盛街兴衰史》，载《香港短篇小说选·九十年代》，黎海华编，香港天地图书有限公司 1997 年版，第 306 页。

② 王德威：《小说中国》，载《想象中国的方法——历史·小说·叙事》，生活·读书·新知三联书店 2003 年版，第 1 页。

③ 参见赵稀方：《小说香港》，生活·读书·新知三联书店 2003 年版，第 199 页。

'值多少钱？'"① 我们在舒巷城、昆南等本土作家的创作中，看到商业竞争与金钱驱动导致的文化迷失等因素正在改变社会整体的文化氛围，在历史理性与价值理性的碰撞中，他们不无忧虑地将肯定性判断投射给价值理性，对都市的现代性追求进行了负面意义的观照。与此形成鲜明对照的是，大众传媒对都市化进程采取了欢欣鼓舞的迎接姿态。1964 年，《中国学生周报》登出了陆蛮《广告里面做文章》、陆离《香港电影院巡礼》等文章，或者从日常熟悉的广告入手，反映出一个商品势力昂扬的都市面貌；或者详细介绍香港电影院的内部设置、大堂门口的装饰设计，乃至食物部等，以给都市人提供消闲去处的资料为宗旨。还有一篇是华盖的《弥敦道抒情》，非常细致地描画了弥敦道的声色，作者说那肉欲而瑰丽的面影，令他怦然心动。②

都市化对香港人文化心态的重要影响还体现在自我意识的消解与重构中。20 世纪 60 年代以前，港英政府的统治策略并未在意培养市民的归属感，加之地理位置与内地紧密关联，使香港在 20 世纪前期的历次重大事件中都与内地保持同步，因此，香港民众的国族认同感是稳定的、一致的。即便在"美元文化"时代，文化领域的分歧也仅是政治立场的冲突，并不涉及国族认同。这种情况在 20 世纪 60 年代以后开始发生微妙的变化，都市化进程给社会面貌带来的明显改变、同期内地正在进行的政治运动带给个体命运的冲击，潜移默化地使一些香港民众的家国认同感发生了动摇。他们开始思考一个原本不是问题的问题：香港究竟是个什么地方？我们该做些什么？我们是什么身份？对于主体意识发生变化的原因，叶维廉提出的一种分析是，"香港虽然在殖民主义的支配下，但在当时中国动乱、危机四伏的情

① 康少邦、张宁编译：《都市社会学》，浙江人民出版社 1986 年版。转引自赵稀方《小说香港》，生活・读书・新知三联书店 2003 年版，第 199 页。

② 参见小思：《重读〈中国学生周报〉手记》，载《香港故事》，香港牛津大学出版社 2002 年版，第 115 页。

形来说，竟然成为一个苟安的避风港"①，这确是一个外在的动因，但无法贴切地阐释 20 世纪 70 年代以后香港社会身份诉求的变化。事实上更重要的影响因素应该是都市化进程。学界通常以西西写于 20 世纪 70 年代的小说《我城》作为香港社会主体意识变迁的标志，其实真正的开端要早得多。香港天地图书有限公司出版的《香港短篇小说选·六十年代》中有两篇小说引起了我的注意，一篇是昆南写于 1963 年的《携风的姑娘》，一篇是绿骑士写于 1968 年的《礼物》。如果和西西写于 1974 年的《我城》放在一起讨论，恰好可以呈现香港文学中国族认同的变迁轨迹。

昆南作为香港早期现代主义运动的倡导者之一，20 世纪 50 年代曾写下不少反抗港英政府统治的诗文，代表性的如《穷巷里的呼声》：

> 为什么我们要有两个祖国？／为什么我们在异族的统治下才肯驯服地过活？／为什么单为了死板的主义，我们要左手劈右手？／为什么我们不团结一起，反分别依赖别国的力量？／为什么硬把锦绣河山、民间的艺术涂上政治的色彩，作独裁者的偏见、野心的幌子？／为什么拿人民的骨和肉做桥基，或者是埋于异国的战地？／为什么这张嘴说民主，而另一条腿把百姓踢出"门"外？为什么七年来老说着一套什么"救国高于一切"，而事实上关着"门"打盹？
>
> ……………
>
> 我们不是有五千年的文化吗？……／我们的帝尧帝舜到哪里去了？／我们的圣哲……到哪里去了？真是"微汀烟水来鸿沓，故国河山只梦通！……怕闻商女秦淮调，忍听离人易水声，夜读岳王词一阕，寒潮咽海恨难平！……破国未完人老大，旧巢无复

---

① 叶维廉：《自觉之旅：由裸灵到死——初论昆南》，载陈炳良编《香港文学探赏》，三联书店香港有限公司 1991 年版，第 165 页。

燕归来。……老橑黄林藏息鸟，几时振翮上南枝？"……我想在这岛上的百万人都不时这样问自己，一个分不出和找不到真正的祖国的民族，是万分沉痛的！①

然而 1963 年他在《好望角》上发表的小说《携风的姑娘》② 中，却开始出现了不那么坚定的人物和有些模糊、矛盾的情感。小说的主人公李是一个流落异域的铁匠，他心中始终涌动着一个关于中国的梦。这个梦源自父亲临终的教诲——"孩子，我毕生受白鬼欺凌，有机会你必须离开此地，中国才是属于你的。无论它将来变成什么样子，它是你的血肉。"对于李，中国是个伟大的传统或辉煌的历史，当自己投回它的怀抱，将属于光荣的某一部分，他感到生为中国人的骄傲。白兰船长雇他出海，回归祖国的梦想很快就可以实现了，小说写他拼命连续锤击几下手中的铁棒，"他觉得发红的火棒正是他那炽烈的心"。但临行前夜的变故动摇了他的归国之心，他心仪已久的印度女孩儿达兰妮邀他共赴险地看望母亲，去那里是因为她遇到一个意大利诗人的求婚，需要征得母亲的允诺；请求他同去，是因为路途艰险而亚洲人才可以信赖。风雨同行的路途中，他的情欲战胜了理智，他渴望得到达兰妮，甚至宁愿由她选择生活在中国或是印度，可是他被无情地拒绝了，小说的结尾如是说："再没有气概。再没有海。再没有中国。"

这篇小说不以铺排情节为主，没有具体的地域背景，只有强烈的感情抒写，具有明显的寓言化特征。作者要探讨的是"中国想象"的问题。在父子两代之间，"中国想象"已经不易觉察地发生了变化，对父辈来说是血脉相连的祖国，在子辈看来只是一个遥远的象征；在情欲与现实的冲突中，祖国变成了一个遥不可及的符号，他的

---

① 昆南：《穷巷里的呼声》，载香港《文艺新潮》1957 年 11 月第 7 期，第 38～41 页。

② 昆南：《携风的姑娘》，载香港《好望角》1963 年 4 月 20 日第 4 期。

向往要面对现实与情欲的考验，而考验的结果竟是失落！分布世界各地的华侨、华人在融入当地社会时多会遇到此类问题，但由 20 世纪 60 年代的香港作家写出这样的作品还是有点奇怪。当时香港虽为英国所强占，但人口的构成主要是华人，对他们来说并不存在外来文化融入本土文化的冲突与困惑，那么作家为什么要写出这样的作品？考虑到作品中故意模糊的地域背景和有意突出的寓言化特征，我们似乎可以认定这是在隐喻生活中出现的某种迹象，但作者的思想观念和价值取向都令他在面对这个问题时感到矛盾，20 世纪 60 年代初的社会语境也没给讨论这样的问题以足够开放的空间，他最终以"写在家国以外"的角度淡化了内心的冲突。

20 世纪 60 年代中期，香港社会受世界性革命风潮的影响，出现了一系列的政治事件：1965 年的银行挤提、1966 年天星小轮加价引发的骚动、1967 年的反英暴动……此后港英政府开始策划以经济成长和住宅为中心的"公共政策"，"本地的生活方式急速偏离台湾和内地……人们关心的目标转向生活水平逐渐上升等物质利益方面。而本地出生的第一代对充斥新传媒的西方模式产生憧憬。……利用'市民''社群''归属感'等用语做大规模的反宣传是一九六七年以后的事。……到六十年代末，'社群'已经不再是和大部分人没有关系的概念了。与官方言论一起，相当含糊的本土意识开始在香港抬头。……在这个过程中，人种言论（不管是对'国民'还是本地族群的感情）被更富弹性、意味含糊、更富包容性的通俗本土文化意识所取代了"[1]。

在这样的时代里，家国想象与现实抉择在文学作品中亦表现出新的形态，从目前可见的材料看，绿骑士的小说《礼物》[2] 是较早探讨

---

① 藤井省三：《小说为何与如何让人"记忆"香港——李碧华〈胭脂扣〉与香港意识》，载陈国球编《文学香港与李碧华》，台湾麦田出版社 2000 年版，第 91 页。

　　② 绿骑士：《礼物》，载香港《盘古》1968 年 12 月 25 日第 20 期。

这个问题的。故事从三个女孩在商店里买纪念品给一位即将移民他去的朋友开始，让她们感到苦恼的是：她们希望能买点"中国式"的东西去留住民族记忆，可什么才是"中国"的呢？天鹅绒上金铸的"福""寿"就是中国吗？龙吐珠的银色胸针就是中国吗？小说的叙述者比较倾向其中一个女子若莹的角度，于是处处从她内心活动的角度落笔。若莹在购物过程中一直有点神不守舍，眼前的一事一物都令她回忆到为了"理想"返回内地的轩远——他们曾经相爱，而今却是咫尺天涯。若莹的家国情怀充满矛盾，有时候她能对轩远的民族感情产生共鸣，于是不满眼前两位"普通的香港女学生"形式化地图解民族记忆，不自觉地轻视和厌倦她们；可是她也无法认同轩远，她觉得："澎湃的感情巨浪般卷了他去，但能真正解决了什么吗？"叙述者一再提出二元对立的问题让若莹去选择，有时是历史记忆与现实体验的矛盾，有时是文化政治与身份认同的冲突，有时是现实问题的直接感受……她最后下意识地坐上通向内地的火车，可是在边境忽然意识到自己并没有"回港证"，"跨过一寸土地也要证明的"，香港人是中国人，可是在有些时候，又似乎不是"中国人"。生活在香港的年轻人不得不面临两难的选择："一些使人窒息的却又捉摸不着的对家国的盼望，而根本却又是两面都不属于……她实在不忍选择……她只想奔啊奔，奔到一个地方，可以骄傲庄严地说：'这是我的。'不然的话，更远一点，去一个根本没有所谓'属于'或'不属于'的年代……"若莹的悲哀是她不能认同任何一种人：去国的、回乡的、留在香港的……"寻根"的行动最终得到的结果是发现了"无根"。在叙述模式与文化观念上，《礼物》表达的是华文文学中常见的放逐主题，但与以往不同的是，放逐母题中常见的家国眷恋及对传统文化的坚守，在这里都发生了游移、转变。昆南在20世纪50年代中期曾愤怒地宣称"找不到真正的祖国的民族，是万分沉痛的"[①]，可是十

---

① 昆南：《穷巷里的呼声》，载香港《文艺新潮》1957年11月第7期，第39页。

年之后，香港人的国族记忆似乎不再那么清晰了，我们看到了年轻一代思想的苦闷与灵魂的放逐。如果说1963年昆南在《携风的姑娘》中还要借助异域比较隐晦地讨论这样的问题的话，那么到20世纪60年代末，绿骑士在《礼物》中直率地表明年轻一代在身份探寻的困惑，已经透露出这样的信息：对身份归属的追问、对香港城市的认同都已渐渐成为公众关心的问题了。

《礼物》最初发表在非常强调民族关怀的刊物《盘古》上，刊物立场与文本实际呈现的阅读效果之间的冲突，似乎可以证明这确是一个亟待解决的现实问题。大众传媒推波助澜地塑造关于"香港"的文化想象，将20世纪60年代尚处隐晦状态的身份归属的困惑，以明朗化的姿态提到历史的前台。本土出生的年轻一代开始彰显自己的生命意识和"家园关怀"，翻阅20世纪70年代初的《中国学生周报》，触目而来的是社会福利、空气污染、旺角土地利用调查、政府徙置危楼居民政策、青年问题等关注本土现实民瘼的报道与讨论，这些现象昭示了社会文化重心的某种程度的转移，对家国的回望、对世界潮流的关注，如果不是和香港现实的生存境遇相联系，就很少引起关注了。

香港20世纪60年代文学中的"自我形象"表达，透露出部分中国人文化心态的矛盾与困惑，我们从中看到港英政府统治策略潜移默化的渗透，也体会到现代性与殖民性之间的复杂关系，这或许正是当地现代化必然要付出的代价。而对文学文本的重新发现也给了我们这样的启示，对文学经典的确认有时会遮蔽某些真实的历史事实，研究的乐趣正在于洞见以往的"不察"，发现历史的踪迹。

（原载《华文文学》2006年第6期）

生命体验与陶然小说中的时间意识
——关键词所揭示的生存困惑

在香港的"南来作家"中，陶然的小说创作素以执着地表现人文价值与功利主义的冲突而受到关注，无论是叙写底层弱势群体生存困境的作品，还是展示商业社会激烈角逐的商战小说，抑或是探讨两性情感世界的情爱小说，抨击商业社会的势利、堕落、人情淡泊，揭示金钱对人性的限制与变异，都是作者思考的重心。文人在商业利益面前欲迎还拒的心态被他描写得淋漓尽致。生活在现代的商业都市——香港，不能不面对来自传统价值观念与现代西方文化的种种冲击，陶然在内地时期接受的思想文化教育，使他很难融入眼前这个完全商业化的社会，他的困惑、不适、愤慨在很大程度上代表了一代人的精神体验与生命经历。让人感兴趣的是，20世纪90年代以来，陶然的小说在以往文化价值评判的内涵中流露出明显的时间意识，他调整了自己的写作心态，也给香港文学注入了新的思想意涵。

内地研究者王绯讨论"南来作家"的创作心态，提出了一个富有启示意义的研究角度："遭遇与情结"。"太多的作家由于某种人生遭际的致深或致命，而把自己打进一个根本走不出也永远解不开的'结'。这个结，不可救药地与他（她）的生命绞合编织在一起，在其创作中所起到的巨大动力作用俨然心理学家所称的'情结'。"① 不过，与心理学意义上对人类共有的本能意识的强调不同，作家创作中的"情结"主要表现为："由个人遭遇郁结而成的特殊的'自我关注'，是一种非常个人化的意识、情感及心理样态。一个作家的遭遇一旦构成了情结，几乎是不可能抛开自我而从根本上解除这份特殊性关注的。"② 对于"南来作家"而言，能够影响他们创作的遭遇可能来自政治、经济、自然、亲情等诸多因素，但有一个至关重要的方面却是——"放逐"的遭遇，由此产生的"移民情结"，生成了不同于本地作家"香港叙事"的情感及文学经验。

20 世纪 70 年代初、中期，中国对华侨子弟移民海外的限制稍有松动，一些华侨子弟被允许离开内地，他们通常会选择香港作为移民的暂居地；此外，因政治、经济原因而造成的偷渡现象在这个时期也频繁发生，香港出现了新的移民潮。新移民们抵达香港，首先必须面对的是生存困境：香港社会不承认他们在内地积累的任何"资本"——文化水平、学历资质甚至是曾经有过的辉煌经历，他们必须从底层重新做起。历史似乎出现了一个循环，20 世纪 50 年代南来移民曾经遭遇的困境与惶惑，在 20 世纪 70 年代的历史时空中再度上演。在现实政治层面，新移民选择离乡的初衷同 20 世纪 50 年代的南来移民大体相似，如果说 20 世纪 50 年代初期的移民潮主要是源于政见的不同和对新政权执政政策的恐惧，那么导致 20 世纪 70 年代新一轮移民潮的直接诱因则是"文革"的冲击。南来移民带着逃避政治压抑的愿望踏上所谓"自由的新世界"，他们很快就发现，其实他们比 20 世纪 50 年代的那些前辈处境更加尴尬。除了经济和社会地位方面的弱势，他们在文化领域也不再拥有前辈作家的优势及影响。在同

---

① 王绯：《阅读陶然——一种凸现历史感的"作家论"尝试》，载曹惠民主编《阅读陶然：陶然创作研究论集》，北京师范大学出版社 2000 年版，第 200 页。

② 同上，第 201 页。

内地分隔发展的三十年中，对"五四"文学传统的反思、对西方文艺新潮的借鉴，香港本地的作家已经形成了自己的文学意识与写作个性，他们不再依赖内地文学传统的"塑造"，甚至对此有某种程度的排拒心理。另外，香港经济的高速发展与大众文化思潮相得益彰，流行文学以绝对优势挤占了传统的严肃文学的生存空间，这种冲击比20世纪50年代初的文化形势要严峻得多。新移民作家在内地接受的教育及由此形成的世界观、文学观，使他们很难融入香港的文化格局，南来作家与本土文化传统的磨合要经历一个相当困难的过程。

作为"外来者"的新移民不仅要承受新的文化情境带来的心理压力，而且要比本地早已经过了文化"同化"的人，遭遇更多更深的本土文化固有缺陷的折磨。在香港这样一个人与物的关系极不和谐的社会文化境遇中，南来移民很容易也很自然地会产生敌视或情绪上的孤独感，并转而形成其特殊的自我关注——对底层文化迁移者命运遭际的关怀、对资本主义商业社会充满道德义愤的社会批判。我们注意到，20世纪50年代的南来文人书写"难民文学"，笔墨集中在对自身生存困境的展示，较多书写政治欲望的幻灭，自然、社会灾害等对个体生活造成的压力，对香港本地的社会批判比较笼统和模糊。这大概与作家尚未完全融入香港的社会生活，同时在心态上也缺乏投入香港社会的热情等因素有关。新一代迁港移民在文化心理上与前辈作家有一个根本的不同，他们大多是在经历了内地多年的政治运动以后主动选择移居他乡，在主体的情感趋向上，他们没有前辈那种只是"客居"，一旦条件具备就要返归故里的期盼。中国香港就是他们此后立足生根的地方，即便是以此为跳板去往外国，前提条件也是必须先在香港立足。没有了退路，他们对眼前的社会现实就格外关切，对香港社会方方面面的罪恶、丑行也特别地感到憎恶和悲哀。这一时期在南来作家笔下出现的"香港形象"就与本地作家的塑造有了极大的差别。颜纯钩、陶然、王璞、东瑞等这些南来作家中个性较为鲜明、艺术风格较为成熟的作家，其初期的"香港叙事"在取材、立场、文学意识和写作方法等方面都体现出大体相似的特征：香港常常成为邪恶、暴力、欺骗、势利、异化等的代名词。颜纯钩的《失妻》讲述了一个新移民的妻子到港后落入黑社会之手,沦为妓女的遭遇;陶然在《一万元》《蜜月》《视角》《网》等小说中集中地表现人性因"金钱焦虑"而变异的故事,简慕贞、田宝杰、钟必盛、黎狄克等人皆因贪恋金钱,又无从获取,不由自主地在金钱焦虑的驱使下铤而走险,因贪污、赌钱或骗钱而最终陷入致命的悲剧深渊。如果说20世纪60年代刘以鬯对香港社会的批判主要是侧重文化意识的评判,20世纪70年代舒巷成、海辛的都市批判更多体现出传统价值立场的思维特征,那么20世纪80年代在陶然这样的南来作家笔下,"香港叙事"已经体现出更多的现代意识和现代意味了。他不再把都市人日益恶化的黄金欲、发财梦简单地视为是现代商业社会特有的产物,而是从人性的本质上去戳穿它,正如马克斯·韦伯指出的:"中国的清朝官员、古代罗马贵族、现代农民,他们的贪欲一点也不亚于任何人。……因此,资本主义精神和前资本主义精神之间的区别并不在赚钱欲望的发展程度上。自从有了人,就有了对黄金的贪欲。"①这样的视点使陶然改变了将香港社会作为"整体"进行批判的传统,而能细致考察个体差异在时代洪流中的不同表现,他不自觉地超越了内地传统的阶级意识,在更根本的层面上触及了现代社会的症结所在。

放逐"遭遇"给陶然的文学创作带来的更有意义的影响在于对"时间"的体验,这是文学关注人类生存境遇的一个重要的维度,也是香港文学中最为缺乏的一种精神内涵。在很大程度上,对商业社会"金钱焦虑"的敏感,体现出创作者未能完全融入香港社会的焦虑心态。"外来者"的审视与评判固然能为本地人提供新鲜的阅读经验,但那些机缘巧合的故事总是有点奇闻逸事的味道,感叹评鉴自然会有,能够长久触动读者灵魂的力量却似乎不够强烈。那更有力的震撼

---

① 马克斯·韦伯:《新教伦理与资本主义精神》,生活·读书·新知三联书店1992年版,第40页。

要等到作者自身已经融入香港社会主体，在内在的体验而不是外在的观察中提炼出对生命的感悟以后才会获得。20世纪90年代以后，从身份到感情都堪称"老香港"的陶然，在创作中越来越多地触及"时间意识"的问题。他思考社会的视角发生了改变，也由此给香港文学注入了新的思想意识。在新出版的小说集《岁月如歌》中，陶然写了一篇题为《对于岁月的敬畏感》的短文作为后记，文中写道："时光流逝，岁月如歌。这本《岁月如歌》，或者也是寄托着我对岁月的一种崇敬和惧意吧？也许我也说不清楚。"① 对于岁月的体认，陶然曾在另一个场合有过比较详细的阐述，那一次是在谈及中篇小说《岁月如歌》。"很多人说（它）是中年人婚外恋的故事。当然框架是这样的，但实际上，我借这个框架主要表明，时空的一种间隔，人对时间的无奈。比方说人跟人相遇，可能在时空方面错过了就是错过了，如果十年前相遇的话，会有一种结局，十年后相遇的话又是一种结局。这个是人不能控制的，是很宿命的。除了爱情之外，自然界那个风云变幻，这些东西也是……"② 相比于早期创作中流露出来的愤世嫉俗的心态，现在的陶然面对世事变幻似乎有了更多的宽容与平静，是那种曾经沧海之后才能达到的内敛的平静。他不再满足于仅仅书写生活的表象或单纯的反省社会性问题，而注意提炼那些能够恒久影响人的生命历程的因素，比如记忆，比如时间。对时间的关注贯穿在他20世纪90年代以来的许多作品中，这种意识有时是借助于文学形象的感喟直接抒发出来，如："人生是一条单程路，有去无回。尽管沿路走去可以不断回头，但已经不能重走。""生命本来就这般脆弱，昨日永远不会再出现，我们用自身来消费时间，想想也十分惨

---

① 陶然：《岁月如歌》，香港天地图书有限公司2002年版，第276页。

② 曹惠民：《直面人生的无奈——访问陶然》，载香港《文学世纪》2002年9期，第76页。

烈。"① 再如"时光一去永不回，往事只能回味……"② 有时"时间意识"又会成为统摄全文的一个主题意向，如《岁月如歌》，既以时代广场上万人聚集迎接新千年的第一线曙光这个时刻作为开篇，又以陆宗声在历史和现实之间穿梭闪回的内心活动作为叙事的线索，而隐喻在情爱故事表象下的处处是对"时间"的体验和感悟："时光一去不复回，在每个人留下的痕迹十分惊人"。在永恒的时间面前，个人的生命实在是太过短暂和渺小，"原来，有许多东西过去了就是过去了，不可能再倒流，比如风筝，比如时间。在广场跑着跳着放风筝的少年梦，已经远去，而那青葱的时间，也渐渐老去。他看着那发黄的黑白照片，想起意气风发的日子，清脆玲珑如昨，哪里想到镜头一转，两鬓已经开始发白"③。意气风发正当少年的人多半不会对时间的流逝有深刻的印象，时间之所以重要，正在于它是生命历程的一个见证，是曾经沧海后可由以归于平静的情感资源。在陶然的小小说系列中，"时间意识"又转化为结构文章的潜在情节线索，成为文本存在的预设前提。那些在《三国演义》《水浒传》《西游记》等古典名著中为人所熟知的英雄好汉，在奇异的时空倒错中，被作家以超时空、超逻辑的文学游戏方式置入现在的商业社会，时空的变换与人物心态、行为的凝固不变的矛盾产生了极富戏剧性的艺术张力，我们不能不在忍俊不禁的同时心生凄凉，这就是时间的力量。时间影响着现实的世界，也深刻地影响着历史的记忆。

萨特认为，批评家的任务是在评价小说家的技巧之前首先找到他的哲学观点。以此为出发点，他将福克纳小说的哲学概括为"一种时间哲学"。读陶然的小说，我常会想起这句话，想到他作品中那些

---

① 陶然：《记忆尘封》，载《岁月如歌》，香港天地图书有限公司2002年版，第97页。

② 陶然：《没有帆的船》，载《岁月如歌》，香港天地图书有限公司2002年版，第41页。

③ 陶然：《岁月如歌》，载《岁月如歌》，香港天地图书有限公司2002年版，第128页。

相互关联的主题立意——今昔之比、灵肉之争——其实正寓含着一种时间意识。有意味的是，时空意识在中国古典文学作品中曾有相当精彩的表现，《三国演义》中讲述的"青山依旧在，几度夕阳红""古今多少事，都付笑谈中"的世事观念，《红楼梦》中对世事轮回的凄婉表达，以及民间所谓"善恶到头终有报，不是不报，时候未到"，或"二十年后又是一条好汉"等朴素的道德信条，其实都传达出传统的时空循环观念。这种封闭自足的时间意识在近代以后伴随着进化论思想的引入和对现代性的追求而发生了改变，循环的观念被线性进取的思想取代，文化先驱们取法西方价值观念，相信"新的必胜于旧的""年轻人必胜于老年人"。对"创新"的追求常常同思想的进步或落后相联系，以至于有人说20世纪是最富于叛逆性的时代，一切传统和规范都在这个时代受到了质疑和挑战。对现代性一以贯之的追求使内地现当代文学较少关注时间问题，而在中国台湾、中国香港及海外华文文学中情况发生了变化。家国的丧失和放逐飘零的人生经历，使作家们常常产生"此地他乡"的感慨，从心态到情感都表现出明显的怀旧倾向，而怀旧的起因正源于对时间的体验。这使我想到克尔凯郭尔曾强调时间对于人的存在的绝对意义，他认为个人所有真正的发展"都是返回到我们的起源"，"存在者，将通过返回到他的起源而试图去认识他自己；同时，他将反过来展望它的未来而寻求自我认识。这样，他将把他的过去和他的未来连接在现在里"①。在保罗·蒂利希的描述里，时间是存在无法摆脱的焦虑，"焦虑就是有限，它被体验为人自己的有限。这是人之为人的自然焦虑，在某种意义上，也是所有有生命的存在物的自然焦虑。这种对于非存在的焦虑，是对作为有限的人的有限的认识"②。因此，存在主义的时间观

---

① ［法］让·华尔：《存在哲学》，翁绍军译，生活·读书·新知三联书店1987年版，第77页。

② ［美］保罗·蒂利希：《存在的勇气》，贵州人民出版社1998年版，第36页。

认为，时间提示着死亡的在场，意味着生命的有限与偶然，但时间同时也是人所需要的一种延续性，是行动的一种依据。

对"时间意识"的感悟与强调，在香港文学作品中并不多见，倒是在台湾20世纪八九十年代以来的文学创作中有较为集中的体现。陈映真、朱天心、席慕蓉等人都致力于阐释时间与现实、时间与历史的关系。细致辨析港台两地对同一文学主题的不同表现，多少可以帮助我们了解两地文学界的思想动态与文学个性。值得注意的问题是，由于特殊的政治、历史原因，港台文学自20世纪50年代以来呈现出与内地截然不同的发展面貌，在很长的历史时期中，港台文学界对内地是隔膜的。而两地之间的文化交流活动却甚多，在流行文化、通俗文学的传承接续方面，港台文学确有难分彼此的关联。20世纪80年代后港台通俗文学率先登陆内地文坛，内地读者习惯于将港台两地的文学并称，以为其仅有通俗文学，不足为道。产生这样的误解，除了政治隔膜导致的视野狭窄以外，恐怕不能忽视"大中原心态"的影响，而后者也正是在文化交流中困扰港台知识界的一个症结所在。德里达曾说："唤起记忆即唤起责任。缺少一项，怎么思考另一项？"①应该看到，港台地区在历史上都有过被殖民统治的遭遇，但因主体经验、立场、意识形态的不同等因素，仍然会呈现出历史记忆的差异。比较而言，台湾文学中的时间意识通常会以对过去的眷顾表现出来，对此不能仅仅以怀旧情绪加以解释，我们唯有面对历史才能体会那些蕴含在字里行间的历史创伤与浓重的悲情。在他们的视野中，时间意识常常被置换为"历史的记忆"，那是饱含着战乱、离散、屈辱与无奈的记忆，许多的眷恋、许多的伤痛只有在历史的回顾中才能得到安慰与释放。陈映真20世纪90年代以来创作的系列小说，从《归乡》《夜雾》到《忠孝公园》，都是立足现实去清理历史和反省人性的。对他来说，写现实的人的生存、人的精神体验，目的都是为了书写历

---

① 雅克·德里达：《多义的记忆——为保罗·德曼而作》，蒋梓骅译，中央编译出版社1999年版，第56页。

史，是为因时间的流逝而变得模糊和被扭曲的历史"立此存照"。20世纪80年代以叙写年轻人的朦胧爱情而受到内地读者关注的诗人席慕蓉，在20世纪90年代后也调整了自己的写作方向，更多思虑生命与历史的纠葛，她将自己的创作意识概括为是"在思古的幽情中体味当下的存在"，她不像陈映真那样关注宏大叙事和政治主题，而侧重以优美的诗心体会个体生命的犹疑与失落，现实的苦难经过情感的沉淀而获得升华。她对时间的感悟是情感性的，是寻找失落的"伊甸园"，是唯美意义上的精神还乡。无论是重视宏大叙事，还是关注个体微妙的情感，台湾文学中都融会着浓厚的历史感。多年的被殖民统治经历、20世纪50年代后与祖国大陆的政治文化隔绝，使得知识分子在思虑现实人生问题时无法摆脱失根飘零的感受，写作是他们借以维系与祖国传统文化的精神联系的有效方法。耐人寻味的是，香港也曾经历了长期被殖民统治的历史，但文学作品中的历史创伤意识却并不明显。赵稀方在《小说香港》中曾深入分析了香港人的西方文化认同及其隐含的殖民性问题。香港文学关注较多的是现实问题，如对现代性与传统、中国文化与西方文化的交融共处的反省，是对当代都市生活的观察与记录。在陶然20世纪90年代以来的创作中，我们看到这种文学传统的延续。他对时间的体验执着于当代社会问题和个体的生命感受，写人对时间的无奈、时间对于生命的拨弄，更加关注文化观念的变迁和对现实矛盾的反省，由此呈现出文化价值评判的意味。

陈映真和陶然在小说创作中都曾将关注的目光投射给"老人"族群，他们历经岁月雕刻的躯体、他们难以言传的生命阅历、他们对于既往韶光的深情追忆，都使人鲜明地感受到"时间"的印记与力量。相比之下，"陈映真更着墨于不同的老人族群所承载的沉重的历史重负，他有意地在这看似和平的现实环境中释放出长期压抑在人们潜意识中的历史记忆，也正是这些不同的个人记忆，影响着人们关于现实、关于政治和意识形态的不同认知"①。《归乡》中的台湾老兵杨斌，1947 年被国民党征兵入伍并派往祖国大陆参加内战，战后滞留祖国大陆四十余载，历经政治、历史的风云变幻，等他终于有机会返回梦牵魂绕的故乡台湾，急切地寻找亲情的抚慰时，却发现世异时移，故乡早已不是梦中的景象。胞弟为了独占田产不肯认亲，甚至将他视为是冒充本地人前来谋夺财产的"外省人"。无奈之下他只能再度离开家乡，返回祖国大陆。《忠孝公园》中的两个主要人物马正涛和林标，虽然出身不同，身份、所处地域不同，却都承受了日本殖民侵略所造成的精神伤害，在政治斗争中家国意识的丧失使他们成为国家民族的弃儿。陈映真写特定的时空环境对人的命运的影响，写人性在动荡年代中的变异，又用悲悯的思虑提示人们应对这样的历史和人性进行反省。"历史与记忆之间存在着这么严重、无法沟通的距离。许多人被迫去篡改自己的记忆来适应历史。还有另外一些人恣意地捏造自己的记忆，来逢迎历史。上一代以记忆形成存在的经验，根本无法与透过历史来学习过去的下一代有任何沟通。"② 陈映真不能容忍这种遗忘，他所做的一切都是为了清理、反省历史和现实之间的互动关系。

如果说陈映真的时间意识更多地体现为宏观叙事的话，陶然的思虑焦点则主要集中于对生活中卑微小民的普通生存愿望的揭示。重大的历史时刻也会出现在他的笔下，如香港回归，但主要是被处理成特定的背景，着力之处还在人物的心理、生存状态。在快速、冷漠、气势庞大的商业机制的挤压下，个体的人成为商海中不能自主的一艘小船，连保持基本的生存、自尊也成为奢望。商业社会中对人构成最大威胁的压力是什么？金钱。陶然多次借笔下人物的口说出同样的话：

---

① 黎湘萍：《历史清理与人性反省——陈映真近作的价值》，载《台港文学选刊》2001 年 11 期，第 105 页。

② 杨照：《百年台湾生活形态回顾》，载《台港文学选刊》2000 年 6 期，第 116 页。

"钱并不是一切，但没有一点钱，在现实生活中也是十分痛苦的事情。"（《元老》）"说来说去，金钱最重要，有钱能使鬼推磨，只要手中有了钱，还有什么事情办不到？"（《没有帆的船》）为了获取生存的基本条件，个体的人常常不得不压抑自己的愿望、人格，承受内心的焦虑、困惑的折磨。然而即便如此，生存也并不能得到保障，经济危机、突发事件、政治格局的变迁、生活中的意外变故，随时都可能冲毁既有的一切。更为严峻的是，有一个因素谁也无法抗拒，那就是时间。对于处在弱势地位的社会群体而言，时间加诸生命个体的压力并不比金钱施加的小，"一步走错，满盘落索，生命与青春根本经不起折腾，稍微迟疑，我已人到中年万事皆休"。"人到中年万事哀，以前只是听说，如今却深深感受到了。爱情不是没有向往，但已经身不由己了；事业不是没有追求，但已经不能把握了。甚至连身体也不再那样强壮，老眼开始昏花，记忆力开始退却，这上有老下有小的日子，距离逍遥快活的日子实在太遥远了。他忽然记起年轻时一个朋友对他说的一句话：五十岁以前一定要储好一笔钱。"（《记忆尘封》）中年尚且如此，老年人的生存境遇就更堪忧虑，《意外》《走投无路》《提前退休》《死角》《元老》等小说都提示人们正视老龄问题，"由于历史文化的变迁，老龄失去传统文化中因维持经验而享有的高评价和敬畏后，在社会地位、工作和职业等方面，从传统的尊者地位降到防卫地位的时代处境"[①]，使他们不得不面对被老板排挤和被年轻人淘汰的危机。虽然他们可以用"年轻不会永恒"之类的话来聊以自慰，但终究解决不了现实的问题："我始终不明白，你为什么不试试多做几家公司？""现在？太迟了。五十岁呀，有哪家公司会要？报纸上的招聘广告天天有，但都是'……年龄在三十五岁以下……'。五十岁？是老人精了，谁要？"（《元老》）

对时间因素的关注，在本质上其实是对生命的关怀与叩问，它不

---

① 王绯：《阅读陶然——一种凸现历史感的"作家论"尝试》，载曹惠民主编《阅读陶然》，北京师范大学出版社2000年版，第225页。

仅仅是一个文学问题，更是一个哲学问题、历史问题，和社会、心理问题。爱因斯坦曾在其广义相对论理论中论证了时、空与物质存在的不可分割性，他重视的是时间的科学性；哲学家与文学家思考时间问题，却是为了借此去探寻人与社会的关系问题。生命是不断流动的心灵之物，其最基本的质素正是时间，如何在流动的时空中阐明人的生存的意义与归宿，正是哲学与文学存在的责任和价值所在。港台文学作为中国文学的组成部分，在特定的历史际遇中形成了不同于母体文化的风格特征，而两地知识分子尽管都传承了传统文化的精神，却终究在思虑现实的角度、立场上表现出巨大的差异。在陈映真的作品中，对带有"过去时代的印记"的人物和题材的塑造，带有有意解构自欺欺人的正史叙述的意味，是边缘人物对微观历史的挖掘与阐释；在香港，陶然的小说创作则应和着主流话语对现代商业社会负面价值的反省，体现出明显的现实批判意识。

席慕蓉在《丰饶的园林》里说："我其实不必一定要苦苦追寻那一扇已经错过了的，只存在在过往记忆里的门，往前走去，还有多少扇门在等待着我一一开启，生命里还应该有多少不同的惊喜和盼望。"她以敏锐的诗心去感悟生命中的美、善、真，在对过往的感伤性重述中寻找激扬未来的精神动力，她因此能将历史和现实和谐地融会在一起，"受约束的是生命，不受约束的是心情"（敻虹《夏天的日记》）。陶然也写了许多的情感故事，收在《岁月如歌》集中的三部中篇便是代表，但他更侧重于书写个体面对生活的无奈与失落。几度漂泊的人生经历、内敛沉郁的性格气质、对待世事变幻的敏感体验，决定了他总是对生命的有限性给予关注。他似乎是一个生命的悲观主义者，在繁华中看出衰败，在极乐中看出悲哀，他因此而尤其珍视既往岁月中的美好时光。无奈时间的巨手终将抹去生命的痕迹，他不由自主地陷入感伤。叶清良在夏日的炙烤中，甘冒失业的危险而远赴德辅道中街去观看老字号"龙记"的结业，最根本的思想动力还是因为那里留存了"一个青春时代的甜蜜记忆：今后恐怕再也没有一处更温馨的宝地，可以让他时空穿梭地回到跟晓岚眉目传情的梦境中去"(《记忆尘封》)。"老去是自然规律,任谁都无法避免。每当他翻看十年前的相片,便有一种触目惊心的感觉。那浓黑的头发、青春的眼神,哪里去了?老去而要有庄严,有时也不那么容易。"(《岁月如歌》)对于生命的感喟,陶然执着于生活的真实,他有意无意地触及了一个生存的悖论,生命的过程原本要留下痕迹,可最终其实什么也无法留下。这就是人的生存的悲剧。人是一种痛苦的存在,没有痛苦就体会不到快乐,而追求快乐的过程却充满迷惘和痛苦。

对时间意识的强调透露出陶然写作心态的一种调整,他由重视"写什么",而转向思考"怎么写"了,在沉淀人生经验的基础上,他力求在自己的创作中凸显一种"历史感",也由此给自己的创作开辟了广阔的写作空间。

(原载《香江文坛》2003 年第 2 期)

生命体验与陶然小说中的时间意识

"文学史" 重构与书写的限制

——内地文学史视野中的"香港文学"

香港文学进入内地学院派的研究视野不过 20 多年的时间，从学科建设的角度看远未成熟，但各种类型的文学史、准文学史（如史稿、概要、概览、教程等）却涌现了不少①，这与香港本土研究者的情况恰成鲜明的对比。到目前为止，香港本土很少见到以"香港文学史"命名的研究论著。2003 年香港特区政府艺术发展局曾出资征募"香港文学史"写作计划，结局却因无人应征而不了了之。

比较而言，香港本土的学者对文学史写作似乎采取了一种过于谨

---

① 以目前搜集到的资料看，内地出版的各类"香港文学史"依出版时序，包括如下十几种：谢常青著《香港新文学简史》（暨南大学出版社，1990 年），潘亚暾、汪义生合著《香港文学概观》（鹭江出版社，1993 年），许翼心著《香港文学观察》（花城出版社，1993 年），易明善著《香港文学简编》（四川大学出版社，1995 年），王剑丛著《香港文学史》（百花洲文艺出版社，1995 年），王剑丛著《二十世纪香港文学》（山东教育出版社，1996 年），潘亚暾、汪义生之作再修改成《香港文学史》（1997 年），刘登翰主编《香港文学史》（香港作家出版社 1997 年，人民文学出版社 1999 年），周文彬著《当代香港写实小说散文概论》（广东高等教育出版社，1998 年），袁良骏著《香港小说史》（海天出版社，1999 年），赵稀方著《小说香港》（生活·读书·新知三联书店，2003 年）。此外各类文学史简编、华文文学史以及中国现当代文学史中包括香港文学部分的数量很多，如公仲主编《世界华文文学概要》（人民文学出版社，2000 年）、曹惠民主编《台港澳文学教程》（汉语大词典出版社，2000 年）等。

慎、挑剔的态度，被认为最有资格与能力写史的一些学者，如卢玮銮、黄继持等人都撰文表示"短期内不宜编写香港文学史"。卢玮銮的担忧源于香港文学资料的严重匮乏，她认为：

> 由于香港文学这门研究仍十分稚嫩，既无充足的第一手资料，甚至连一个较完整的年表或大事记都还没有，急于编写《香港文学史》，是不负责任的事情。资料不足或采用第二手资料，或加推想出来的文学史，必然十分粗糙，及必有谬误。而且，由于香港文艺发展情况相当复杂而琐碎，短期内不容易作一客观而全面的评估。①

黄继持对怎样为香港文学写史的思考，除了在意史料的整理利用之外，亦对文学史写作模式及历史观有所思虑。他指出：

> 五十年代以来香港文学多年来屡遭内地漠视或曲解，七八十年代之交却顿然受到关切。但了解需要一段过程去消除双方的成见；开始时不免借用惯常的模式……内地出版的几部成书的香港文学研究著作，不论题称"概观""简论"，或直接标出"史"的名目者，每按时序，划分时期，或描轮廓，或标方向，或就文体分列，或举作家作品，稍加评说，积成一摞。这样的学术成果自然不免生涩。一方面，固然要怪香港没能提供充足准备的资料，因为香港人也正在重寻往记，认识自己；另一方面，也须归因于内地的文学史研究情况。七八十年代之交，对五十年代以来的文学史观念与文学史著作模式，刚刚进行反思与调整，尚未真能开出新的格局之际，部分文学研究者注目于香港文学时，除了认识香港社会尚带成见并因"政策"拘牵外，用的是"五四"

---

① 卢玮銮：《香港文学研究的几个问题》，载黄继持、卢玮銮、郑树森《追迹香港文学》，香港牛津大学出版社 1998 年版，第 74 页。

以来尤其是五十年代以来的文学观，来裁断香港文学现象与评价香港文学作品。用这一种特定的文学史程式来编排作家作品，时多扞格不入。①

如何处理香港文学（包括台湾以及海外华文文学）与传统视野中的"中国文学"的关系，是关系到世界华文文学研究中一个基础性的、事关学科立足点的问题，也是近年来反省香港文学研究的一个焦点所在。在文化渊源上，香港文学虽然始终被视为中国文学的一个组成部分，但内地传统的文学史著述观念仍然将香港文学排除在审视的视野之外。20 世纪 80 年代以来对香港文学的关注热情带有明显的泛政治化色彩，借助香港文学"关注"而进行的文学史"重写"，除了包含着开拓新的研究领域的喜悦之外，也有内蕴的意识形态因素。当以政治回归为前提进行文学的"回归"性描述时，文学史的讲述方式就成为一个格外容易引起争议的问题了。

这种争议突出地集中在"进入"的方式上，矛盾的焦点是"大文学史"如何调整既有观念以整合区域性文学。目前，港台地区及海外华文文学进入内地文学史体系的方式主要有两种：一是编撰单独的文学史，二是在内地的中国现当代文学史中占有一定的篇幅。香港研究者陈国球在其论著《文学史书写形态与文化政治》中，列专章以"中国文学史中的香港文学"为对象，细致地分析了内地"把'香港'写入'中国'"的种种方式②。根据他的考察，内地出版的各种"中国文学史""中国现当代文学史""20 世纪中国文学史"中收有"香港"部分者，在 1990—2000 年之间有 10 余种，包括孔范今

① 黄继持：《关于"为香港文学写史"引起的随想》，载黄继持、卢玮銮、郑树森《追迹香港文学》，香港牛津大学出版社 1998 年版，第 88 ~ 89 页。

② 陈国球：《文学史书写形态与文化政治》，北京大学出版社 2004 年版，第 271 ~ 284 页。

主编《二十世纪中国文学史》，金汉、冯云青、李新宇主编《新编中国当代文学发展史》，张炯、邓绍基、樊骏主编《中华文学通史》，金钦俊、王剑丛、王晋民等著《中华新文学史》，黄修己主编《20世纪中国文学史》，朱栋霖、丁帆、朱晓进主编《中国现代文学史1917—1997》，以及国家教委高教司编《中国当代文学史教学大纲》等。如果不将考察的视野限制在"文学史"名目下，以笔者所见，包括了对香港文学描述内容的还有杨义著《中国现代文学流派》。从出版时限上看，包括了"香港文学"的《中国文学史》远比单独编撰的《香港文学史》要多，但"大文学史"的接纳姿态却并不令香港研究者感到乐观。陈国球概括的"介入性"问题主要体现在四个方面：（一）"板块组合"；（二）情节结撰；（三）秩序的冲击；（四）评断失衡。他是从香港文学在中国文学史中的出现位置、文学性定位、研究对象以及评价尺度等方面清理线索、批评缺失的。值得思考的问题是，20世纪80年代末期以来，内地学界的"重写文学史"实践对既有文学史结构体系产生了巨大冲击，诸多体现学术个性和超越庸俗政治学观念的文学史著作问世，将文学史写作与文学史写作研究带入了一个"波澜壮阔"的时期。但这样活跃的学术探索思潮却对整合内地以外的华文文学感到陌生，一个普遍被接受的观点是：台湾、香港等地区的文学与中国内地文学，"在文学史研究中如何'整合'的问题，需要提出另外的文学史模型来予以解决"①。那么，难点何在呢？

内地传统的现当代文学史叙述策略大多侧重以"时序"梳理脉络，在一定意义上这样的文学史分期具有合理性，因为20世纪中国文学史从来就不是单纯的文学史，它和政治历史有着纠缠不清的关系。而港台文学以往在学科建制上没有明确的归属，其研究者多从中国现当代文学、文艺理论、比较文学等领域转型而来，其研究理念大

---

① 洪子诚：《中国当代文学史·前言》，北京大学出版社2000年版，第4页。

多延续从前的学科体系，面对新的研究对象，他们缺乏必要的理论框架作为支撑，常常只能做时空领域的扩展。以香港文学的发展论，20世纪50年代以后，在不同的时空中发展演变的香港文学形态已经难以被整合进内地当代文学的历时性观照体系，许多著史者便用板块组合的方式将其拼贴进中国文学的版图中，有意无意间将其置于亚文学或次文学的位置。这样的文学史书写理念忽略了地域性文学的特质，因此常常受到批评。黄子平曾著文《香港文学史：从何说起》，在质疑了以"时序"开展叙述的文学史架构以后，提出文学史的"另类叙述"设想："能不能以空间性压倒时间性的方式来叙述香港文学史？在这种叙述中，'影响''发展''流派''思潮'等等不再占有支配性能指的地位。'香港文学'将被视为以'香港'为地标的众多文本的'运转'，以'作品的关系网络'的形式呈现，讨论的将是文学空间的种种切割、分配与连通。文学史的'编写'转换为文学地图的'测绘'。这时回答'一部香港文学史从何写起'的询问，用的隐喻不再是'起点'而是'入口'。你知道，将会有无数'入口'，从不同的'入口'将带出无数不同的叙述脉络。"① 作为一个从内地去往香港的研究者，黄子平对两地视角各自的局限与遮蔽都有体会，他希望能够摆脱一种观念的陈规，从文学发展的内在形态中寻找契合点，他的提法对既往的文学史思维具有反省和超越意义。陈国球则在其论著中对如何将"香港文学"写入"中国文学史"提出了一些具体的研究方向，在一定程度上可以看作是对黄子平观点的具体化：

一、在香港五六十年代出现的现代主义与三四十年代中国的文学思潮如何承传？有何变奏？如何与台湾的现代主义思潮关联互动？西方思潮在香港流播的情况又起了什么作用？

二、自50年代以后，内地与香港政治社会交流有了阻隔的

① 黄子平：《香港文学史：从何说起》，载香港《香港文学》2003年1期，第21页。

情况下，香港的文化环境如何与现代文学传统衔接？香港的中国现代文学教育以何种面貌出现？

三、在香港 50 年代以还民间出版商翻印、重排现代文学作品，以及整编现代文学资料和选本，如何影响香港文学创作与现代文学传统的关系？

四、在香港 70 年代以还出现的现代文学史书写，如赵聪、丁望、李辉英、司马长风等人的著作，如何建构中国现代文学的面貌？与盛行的王瑶、刘绶松或丁易的书写体系有何不同？其异同原因又为何？①

这些问题的提出，都旨在引导内地的文学史描述体系超越"板块"思考模式，以及说明简约化地套用既有文学史评价准则处理"异质"文学的弊端。

进一步考虑，文学史书写的关键问题还在于"史识"的确立。有研究者指出："史识是史家、史著的灵魂。""中国现代文学研究的史识问题，是指研究者的史识和研究对象的史识两个方面。研究者的卓越的史识和对研究对象的史识的真知灼见，是提高中国现代文学研究学术水平，写出具有独特性的科学的中国现代文学史著作的根本所在。"② 在一定意义上，中国港台地区及海外华文文学给 20 世纪中国文学史书写提出的挑战，是时代、历史给文学史家出的难题。近年来，内地研究者尝试建构文学史整合理论，提出过一些有建设意义的思路，影响较大的如刘登翰提出的建立于"中国文学整体视野"之上的"分流与整合"理论、黎湘萍的"华人文学"观、黄万华的"20 世纪汉语文学"观等等。刘登翰在 20 世纪 80 年代初即提出中国

① 陈国球：《文学史书写形态与文化政治》，北京大学出版社 2004 年版，第 283 页。

② 刘中树：《史识：中国现代文学史研究的灵魂》，载《文学评论》2006 年 2 期，第 187 页。

文学整体视野的"整合"观，他从台港澳及海外华文文学与中国传统文学的关系研究入手，强调"分流是中国历史发展赋予文化的一道特殊的命题"，"对于文学分流的考察，既是一种社会造成文学歧异的历史命题的考察，也是社会分割之后文学自身发展的文化命题的考察"。但"分流与整合不是截然分开的两个过程，而是共生于同一文学进程之中。从共同母体上离析出来的文学，便同时有着来自母体的基本质素与后来分割后新异质素的共同存在。二者之间的对立统一和转化，贯穿着文学发展的全过程。……整合不是复旧或回归，而是在更高层次上以母体文化为主导倾向的发展，是母体文化对新异文化的涵括与尊重，也是新异文化对母体文化的丰富与提升"①。他的文学史观念兼顾了空间的扩展与内在文学精神延续的层面，用其统摄《香港文学史》的写作，在对香港文学价值的确立方面也有很多有价值的贡献。但其借以立论的历史观中难免有国家意识形态的痕迹，在具体写作过程中仍会遇到一些无法摆脱的困境，例如基于全面浮现历史脉络的考虑而造成的对作家作品的泛泛而论，对一些作家和文学现象的点评因顾虑到意识形态的限制而有所遮蔽，等等。黎湘萍也意识到重绘中国文学版图过程中的"理论建设"问题，他提出"华人文学"概念来尝试消除"文学整合观"提法中的政治含义，在《族群、文化身份与华人文学——以台湾香港澳门文学史的撰述为例》一文中，他在中肯地点评已有文学史特色的基础上强调应重视"华人心灵史"的挖掘，"用超越现实的'政治畛域'和'意识形态'分歧的'华人文学'的概念来叙述华人的在近现代的文学经验"，"只有具备'华人文学'这一立足于'族群'的心灵建设的'文化视野'，才有可能从空间和时间上把中国近、现、当代文学与台港澳文学（包括具有重要意义的海外华人文学）打通"②。黄万华的香港文学研究是

---

① 刘登翰：《香港文学史》，人民文学出版社1999年版，第16～17页。

② 黎湘萍：《族群、文化身份与华人文学——以台湾香港澳门文学史的撰述为例》，载《华文文学》2004年1期，第16页。

将其整合进"20世纪汉语文学史",致力于以"生命整体意识"将中国内地、台港澳地区、海外华人社会三大板块的汉语文学"整合成某种宽容、和解而又有典律倾向的文学史","将各地区的华文文学视为一个生命整体,就把握到了不同时期民族新文学的血脉,会有此盛彼衰,也会有血脉阻隔之处,但它的生命机制始终在运行"①。与他的观点接近的还有费勇提出的"现代汉语诗学/文学"主张,他强调应在"'汉语审美功能演变'这个维度上,把所有的作家置于同一个平台上,考量他们为'现代汉语文学'提供了什么新的经验与新的表达策略"②。这些观点的共同之处在于都力求避免学术研究与意识形态分歧的过度纠缠,从文学审美形态的观照中寻求新的历史脉络。

2003年,赵稀方的香港文学研究论著《小说香港》出版,虽然作者自陈本意不在写史,而在"观看香港想象及叙述的本身,并尝试从小说与都市的互动关系中提出自己叙述香港文学的框架"③,但论著借鉴后殖民批评与新历史主义理论,于"英国殖民书写""中国国族叙事"和"香港意识"的阐发中梳理香港文学发展轨迹,堪称不是"史著"的"史著"。王富仁评价它:"对史的发展脉络勾勒得十分清晰,是史著的正路。它给人以动态感,看得出推动文学发展的内在动力和外在条件。"④在很大程度上,《小说香港》将黄子平关于香港文学史"空间叙述"的设想转换为批评的实践,并且体现出一种新的思维意识。黄子平曾描述自己的研究思路是要"回到历史深

---

① 黄万华:《中国和海外20世纪汉语文学史论》,百花文艺出版社2004年版,第2~3页。

② 费勇:《眼睛望见模糊的边界——论梁秉钧的诗歌写作兼及香港文学的有关问题》,载《南京大学学报》2003年5期,第99页。

③ 赵稀方:《小说香港》,生活·读书·新知三联书店2003年版,第10页。

④ 参见赵稀方《小说香港》封面介绍,生活·读书·新知三联书店2003年版。

处去揭示它们的生产机制和意义架构，去暴露现存文本中被遗忘、被遮掩、被涂饰的历史多元复杂性。如果历史不仅仅意味着已经消逝的'过去'，也意味着经由讲述而呈现在眼前，仍然刺痛人心的'现在'，解读便具有释放我们对当前的关切、对未来的焦虑的功能"①。这种追求也正切合赵稀方的努力方向，所不同的是，黄子平的历史观察方式更多源于亲历的生命体验，有强烈的现实参与愿望，"正因为如此，他能通过深入文本的方式发现语言运作的权力机制，于文本中专制权力无法统辖的'空白'和'缝隙'，聆听其被压抑的、要求'重读'的声音，并最终把这两种声音的冲突导向自己的人文目标"。"他在文学内部找到了一条破解政治权力架构的道路，为文学研究反思政治文学，提供了理论和方法上的支持。"② 而赵稀方的研究思路更致力于推动学术研究观念的更新，他的着力点主要不在对文学的政治性的反思，却更关注学术研究的科学性、完整性。他由理论思辨出发，在对事实的条分缕析中引导人们建立相对完整的思维体系。由此我们看到，他更关注人们思维意识的误区，在《小说香港》中对一些看似顺理成章的定见提出质疑，并尝试给出更符合实际的结论，例如对以往香港文学史论述模式的突破、对参与香港文化身份建构的各种权力关系的考察、对"中原意识"的辨析等等都有富于启发性的创见。

耐人寻味的是，上述 20 世纪 80 年代以来内地学界提出的具有开拓意义的理论建构，以具有学科理论探索的内在延续性而又各有侧重点的特色，竭力为香港文学研究开拓新的视野，但在香港学界中却几乎没有呼应。香港学界一方面强烈呼唤内地学界对香港文学的关注，另一方面却又经常持一种怀疑与否定的态度看待内地学界的努力。分

---

① 黄子平：《"灰阑"中的叙述·前言》，上海文艺出版社 2001 年版，第 2~3 页。

② 王光明：《文学批评的两地视野》，北京大学出版社 2002 年版，第43 页。

析其中的原因，内地研究者在突破传统文学史桎梏的过程中不可避免地带有一些局限固然是一个方面，而从香港的视角看，研究者因政治历史因素形成的"本土性迷思"未尝不是一个值得反省的深层原因。文学交流中根深蒂固的"文化本位"意识，成了文学史研究中的瓶颈所在。考察香港研究者关于海峡两岸文学现象的评述，一个明显的特征是对文化政治的关注和依赖较为明显，研究界的权威著作如陈国球的《文学史书写形态与文化政治》、王宏志的《历史的偶然：从香港看中国现代文学史》等，立论的重要基点之一就是文化政治的审视。毫无疑问，对20世纪中国文学进行文化政治分析是一个非常有效并具有启示意义的研究视角，前述两部研究论著也都有基于史识和资料分析基础上的准确描述，问题是任何有价值的论断都不应被本质化和普泛化，研究者同样需要警惕学术经典论著的影响可能带来的遮蔽或遗漏。

　　陈思和教授在反思"五四"新文学运动的文学史定位问题时提出了一个有启示意义的观点，"我们过去习惯上把文学史视为断裂的文学史，即一个新的文学范式取代另一个范式，新的文学永远战胜旧的文学，把'五四'新文学运动看作是一种全新的范式，并以这样的范式来取舍各种文学史现象。这样的文学史必然是狭隘的文学史，必然会排斥许多异己的文学现象"[①]。这样的文学史观就如同一个灯塔，被其照亮的部分受到关注，而其视野之外的部分却被动地陷入了黑暗。我们都意识到，文学史的编撰在很大程度上并不是资料的简单并置，吸引着研究者不断进行文学史著述的动力，除了研究兴趣，还有深藏不露的行使文学史的"权力"的欲望。编撰文学史的过程意味着要在许多个案中进行选择——哪些文学社团、流派、事件、个人和作品可以充当文学知识的范例，构建学科体系与影响功能，都要经过细致的斟酌，而斟酌的过程中除了要考验治史者的智慧、眼光，还

　　[①]　陈思和：《试论"五四"新文学运动的先锋性》，载《复旦学报》2005年6期，第16页。

有一个内在的"限制"的问题——尽管我们都力求客观、公正地处理"历史真实"与"真实历史"的关系，可是我们几乎无法达到那个"真实"，"因为不管是远是近，真实的历史都已经离我们而去，也许我们能够看见的，只不过是我们情愿看见的东西"①。有了这样的意识，会令研究者在审视复杂的文学史现象时保持更开放的观念和视角，一些在特定的理论背景中难以说清的问题就可以得到新的讨论，正如陈思和教授提到的，"我想把20世纪的文学史理解成两种文学：一是随着社会生活的变化而自然发展的主流文学，从晚清到'五四'，以及'五四'以后的各类文学现象，构成一个内涵丰富的多元的文学主流现象；二是在时代的剧变中出现的异军突起的先锋文学。主流文学本身也在随时代的变化而变化，但进程是自然的，主要形式是文学创作；先锋文学是超前的、激进的、突击性的，以前卫的因素进入主流文学，改变主流文学的某种方向，为主流文学添加新鲜的血液。……如果从这样的角度来认识文学史的发展，那么'五四'以后的主流文学既包含了'五四'新文学运动的因素，又不全是'五四'新文学传统"。以这样的观念来重新审视文学史，一些20世纪90年代以来受到关注的文学史课题就有了合理的阐释，"王德威教授所提出的'被压抑的现代性'的晚清文类如狭邪、黑幕、武侠、科幻奇谭等，并非因为'五四'新文学登上舞台而消失。……直到1949年以后，这些文类又转移到共产党政权控制以外的地区，如香港和台湾等地区，特别地繁华起来，出现了创作的'大家'。这是中国整体文学地图所决定的。政治区域的分割和政权的变动都不能割裂文学史的完整性和流动性"②。虽然陈思和教授的思考并不是针对香港文学研究，但他的史识意识无疑将会影响以后的香港文学阐释体系。以这样的思维方式考察20世纪汉语文学的发展，我们可以避免

---

① 戴燕：《文学史的权力》，北京大学出版社2002年版，第14页。
② 陈思和：《试论"五四"新文学运动的先锋性》，载《复旦学报》2005年6期，第15页。

由地域性和历史性等因素造成的汉语文学在时空上的阻隔，而直接深入文化传承与文学精神内在的延续或变异等层面，例如 20 世纪五六十年代台湾、香港的现代派文学，正是以先锋的姿态为后来的文学提供了多种发展空间的；由常态文学的视角审视港台通俗文学的文化生态，也自然会发现其存在和沿革的历史合理性。

事实上，由于文学史观念的局限性所造成的文学史遮蔽并不仅仅存在于港台及海外华文文学领域，20 世纪 80 年代以来一度成为关注热点的问题，如现当代文学中的旧体诗创作、潜在写作以及通俗文学问题，都显示出研究界力求更完整、客观地还原历史生态的诉求。学科的沿革，必然会有一个积累和发展的过程。应该看到，20 世纪 80 年代以来，世界范围内的文化研究越来越鲜明地呈现出一种重视多元并存、重视差异性、关注边缘文化和文化复杂性的发展趋势，在很大程度上，关于"先锋与常态"文学的探讨为我们重审港台文学的文学史地位提供了一个思考的契机，也再次引导我们深入思索：如何建构更丰富、更具中国文学整体视野的大文学史观？"重写文学史"绝不意味着简单地对某些作家作品进行重新评价，更根本的问题还是文学史理论的建构，借用黎湘萍先生当年的话说："这是充满了挑战性的课题，也是需要所有的文学研究者都来关注与参与的课题。"①

（原载《社会科学辑刊》2008 年第 3 期）

---

① 黎湘萍：《族群、文化身份与华人文学——以台湾香港澳门文学史的撰述为例》，载《华文文学》2004 年 1 期，第 16 页。

淡出历史的 "香港意识"

——世纪之交香港文学的主题与叙事策略

在一定意义上，因香港回归而急遽膨胀的"香港意识"是一种类似于"国族意识"的意识形态。人文知识分子在宣泄"九七"情结时，不自觉地将香港做了"整体化"的处理，个体或某些群体的身份诉求被营造成香港整体的"政治欲望"。及至历史的尘埃落定，人们觉悟到"香港意识"的虚幻，那些一度被遮蔽的香港本土的现实问题，诸如底层群体的生存状态、性别与婚姻、殖民与本土、传统与现代、城市与历史等再度浮现出来，"香港意识"则逐渐淡出了历史的视野。

1999 年，香港作家陈冠中的小说《什么都没有发生》由青文书屋出版。叙事的背景选定为 1984—1998 年的香港，正是香港历史上极为敏感的政治"过渡时期"。故事以香港回归中国一周年的日子作为开端，用第一人称手法，记述某大财团的二把手张得志在台湾遇袭，濒死时回首前尘往事。值得一提的是，虽然有意识地以极富政治色彩的历史时段作为叙事背景，陈冠中却显然对所谓"香港意识"持有不同的看法。如果说黄碧云充满病态、伤痛的《失城》，一定程度地契合了时代的政治文化焦点，可以代表 20 世纪 90 年代香港文学的一种主流倾向的话，那么陈冠中则是以反讽的叙事，试图消解"失城"话语的"霸权意识"，他提出了一个对应的叙事主题——"什么都没有发生"，并以传统的言情故事、老练的人情世故去写某一角的深层心理与集体无意识。在这样的叙事中，政治事件依然会影响社会整体的发展状态，但个体心理感受与生存状况的差异性得到重视，发自个体真实体验的声音对某种时代"共名"性的情绪产生抗衡、互补的作用。

张得志自述："就算像我这样一个在香港长大、并不算特殊的香港人，也总有些事情，不是三言两语能说得清楚。……若要找一个时间上的切入点，我会选1984年，即中英签署《联合声明》（指《中英关于香港问题的联合声明》）的一年。那《声明》跟我没什么关系，只不过一般人习惯用一些事件来标志日期。和我有关的是一包黄糖，冲咖啡用的那种。""她们这些人，每人一生都有几件戏剧化的遭遇，跟历史呀，国家呀，扯在一起，可以很轰轰烈烈地告诉别人。我一生有的都是些琐事，历史跟国家没烦我。"[①] 张得志在香港长大，但本质上并不是土生土长的香港人。他1954年出生于上海，四岁以前的记忆是"和妈妈一起在一个很暗的房间里面"生活。父亲在香港另外有了女人，在他四岁那年，母亲含泪将他送往香港，从此生死两茫茫。在严格意义上，张得志的人生经历并非与政治、历史毫无瓜葛，但他有意识地淡化了个体对时代政治的体验："我还记得火车开动的一刻，像天摇地动，惶恐之后立即是兴奋。开动中的火车是我最早的快乐记忆，我从此爱上背井离乡。"按照后殖民理论的观点，第三世界的文本常常可以看作是民族的寓言，那么张得志与父母的疏离、聚合似乎可以象征香港文化身份的形塑过程，由于外在的原因，他被迫离开生母，在懵懂无知中投奔父亲。他最初的童年记忆就源于身份的重置状态：母亲"拿了一张照片给我，叫我认住照片中的男人。那是我爸爸。照片后有我和爸爸的名字，和他在香港的地址。妈妈再三叮嘱，见到爸爸，一定要大声叫他，我还练了几次大声叫爸爸"。离别生母（故土、亲情），使他的生命开始陷入一种无根状态，他需要调整自己的角色意识，寻找新的身份认同。他见到了父亲，可

---

① 陈冠中：《香港三部曲》，香港牛津大学出版社2004年版，第18、41页。以下作品引文皆出自此书。

淡出历史的"香港意识"

是因为继母的关系，他无法融入父亲的家庭中，被委托给父亲的朋友照顾长大："我没有大人管，整天可以在街上玩。……不到晚饭不回那尾房，每天在天文台一带跟附近的野孩子玩。""父亲"喻示的社会体系虽然接纳了他，却无法帮助他形成完整的自我意识，他再度面临被放逐，在不断的漂泊中养成特有的生存观念，这是一种以"过客"心态为核心的思维意识，它不同于离散文学中常见的"孤儿意识"；最大的差异是没有对母体（民族、国家）血泪充盈的怀恋与追慕，而以对家国、血缘观念的主动离弃、超越为精神特征。张得志回到香港的家中，不会获得归属感："我决定下次回港，应像去了陌生地一样，住入五星酒店。我并决定把房子卖掉，与宝怡一人一半分家，从此干干净净。"宝怡是他同父异母的妹妹，是父母离世后他在香港唯一的亲人，可是他们之间除了经济结算以外没有任何亲情，张得志卖掉了房子，也彻底割断了自己与香港的血脉联系。对内地，他同样无法产生认同感："我去上海的时候，故意去'故居'凭吊一下，以前叫霞飞路，解放后改叫淮海路。我住的房子，那里弄，已改建成伊势丹百货公司。我站在那里，拼命想挤出一丝怀乡思故人的酸的馒头愁，却一点办法。根，对我真的是一点没意义的，装不来。"根的断绝，曾经令黄碧云笔下的主人公无所寄托，终于彻底失去了生活的希望；然而，在同样的时空中，显然还存在不同的生命体验与文化心态，陈冠中的"香港叙事"提醒我们思考这样的问题：喧嚣一时的"香港意识"，究竟是谁的"意识"？

由"过客"心态导致的政治冷感在香港社会具有相当程度的代表性，面对回归，许多香港人产生心理焦虑的原因不是身份认同的危机，而是对原有生活状态能否维持原貌的担忧。在香港回归前有研究者以问卷调查的方式了解在香港的中国人的身份认同情况，他们发现，"在香港的中国人心中的主要而又最具意义的身份显然为'香港人'和'中国人'"，"明显地，较多被访者选择'香港人'的身份。就这两种身份认同的相对重要性而言，在过去十年（1985—1995）中的情况是：选择'香港人'身份及选择'中国人'身份的被访者的相对比例并不稳定，这个情况表明：在香港的中国人的身份选择，是受到在香港与中国发生的事情所影响的。……另外一个颇堪玩味的发现是：数字当中似乎蕴藏着一个长期但缓慢的趋势，显示同时认同两种身份的人的比例在上升。我们有理由相信，在香港回归中国后，这个趋势会进一步强化"①。香港回归中国之前，香港人身份认同的形成大体受几种因素的影响：首先是1949年以后两地政治制度与社会发展道路的差异，对香港人身份认同的形成具有关键性的意义。其次，20世纪80年代以前，有相当一部分内地人选择移居香港的原因，是厌倦或逃避内地的政治运动，或者是寻找经济上的发展机会。比较而言，港英政权实行的"有限职能政府"及其对法治与人权的注重，客观上为他们提供了规避政治运动的可能，容易令他们产生认同感。再次，当时香港与内地在物质生活水平上的差距，使香港人产生了一种优越感。基于上述原因，"香港内部有着一股强烈的情绪，这股情绪自然成为香港华人身份认同的一个核心部分"②。但即便如此，也不能忽视这样的事实，尽管香港人与内地人"在1997年之前没有共同的政治命运，但他们之间仍然有着浓厚的手足之情"。对不少香港人来说，受制于异族人的统治，使他们内心感到羞耻，有时甚至怒火中烧。这便不可避免地使香港人不时感到他们都是中国人这个共同点。虽然受"冷战"影响，很多人并不了解内地发生的政治运动是怎么回事，不过，"中国共产党人毕竟使中国摆脱了外国人的羁绊，并且把中国建设为一个世界强国等事实，却又在他们心中留下了深刻但又是矛盾的印象"③。这项调查帮助我们认识到，事实上，对不同背景不同阶层的人来说，所谓的"香港意识"中的"香港"其实是不一样的。

"身份认同"由于涉及阶级、种族、性别、地域等诸多因素，内涵极为复杂，它不是简单的自然标识，而是某种社会化的"符号"，

---

①②③　刘兆佳：《"香港人"或"中国人"：香港华人的身份认同1985—1995》，载香港《二十一世纪》网络版2002年10月号，第2～3页。

涉及一个由内部和外部、中心和边缘、主体和客体等多重关系构筑的权力场域。有学者指出:"由于涉及多重空间的位置,不妨说它构成了'身份的地理':一种历史性的位置、一个多重知识的交接点、一处辩证的地域、一个活动性的对抗场所。"① 按照斯图亚特·霍尔的观点,"身份"不是自然生成的,而是经由文化的塑造和建构才形成的,在这个过程中,"身份"因循着不同的历史、文化、社会、政治和经济的诉求,处于一种变更、移位、涂抹、同化和抵抗的"运动"状态。这样的"文化身份"是一种必须在不同的语境下加以"想象"及"再现"之物。联系到香港的情况,我们应该说,如果要探究"香港意识"的多种可能性,兼顾各个阶层而不只是某些群体的声音,是一种不能忽视的立场。陈冠中的"香港叙事"显示出"香港意识"更宽泛的内涵,他超越了一般研究者局限于"中国人""香港人"之间身份辨析的思维方式,思路更加大胆,不仅抛弃地域观念,而且尝试超越民族意识。他笔下的主人公张得志不会"自寻烦恼"地叩问"身份"的归属,他只关注当下,只计算利益,某种程度上他是"世界人"的象征,是现代商业文化与国际化都市孕育的时代"产物"。这样的典型在全球化时代已经不再具有"另类"的意味,也较少受到伦理政治的批判,他们的存在为传统的身份认同研究提供了新的视野与思路。在一定意义上,甚至可以说他们才昭示了"香港意识"的真正内涵。

许子东在"三城记"之香港卷——《后殖民食物与爱情》的序言中谈到,20世纪90年代香港小说(主要是中短篇小说)中占据主流地位的文学类型是"失城文学",常以"此地他乡"或"失却城市"的叙述方式,内在地体现出香港意识的觉醒与危机。香港回归之后这种主题类型有了发展变化,"简而言之,'漂流异国'的故事明显减少,'此地他乡'的感慨由激愤张狂(比如《失城》)转向戏

---

① 罗岗:《"文学香港"与都市文化认同》,载《杭州师范学院学报》2002年1期,第12页。

谑婉转（例如《后殖民食物与爱情》），新旧移民依然在往事回忆中显示对繁荣城市的陌生感，但艺术上最有收获的却是青年作家们对都市异化状态的或荒诞或朴素的抗议。从'香港意识'的角度来看香港小说的近况，可以说香港小说进入了一个比较犹疑不定的时期"①。这确是对近年来香港文学主题趋向的准确观察。从"香港意识"的角度考察文学的发展状况，曾经比较切合特定时期的时代思潮，亦能满足一些"不在场"的读者的阅读期待。不过，正如历史在最初总是由无序多元经过梳理而变得有序一样，任何概括都意味着一种牺牲，有关"香港意识"的文学诉求无法涵盖香港文学的整体面貌，对文学中"香港意识"的讨论最终也将被关于"香港文学意识"的探讨所取代。

事实上，香港文学在传统上与内地文学的最大不同，应该就是体现在前者较少涉及社会政治问题。像内地20世纪文学那样密切关注意识形态变迁的创作状态，香港文学中除了香港回归题材以外，很少见到。"香港小说不太注意'重大'题材，而较为注意展示日常经验。"② 因此，准确地说，香港回归之后香港文学主题类型的变化，并非意味着"香港小说进入了一个比较犹疑不定的时期"，而恰恰是向文学传统意识的回归。这种文学转型在2000年以后的香港文学中有进一步的表现。周蜜蜜的小说《归宿》③，着力呈现香港人在走进内地社会时由犹疑到逐渐信任的心理转化过程。情感失意的尤贞选择"看楼"这种特殊方式来观察别人的生活，"看楼"的目的本是为自己找个家，找个最终的归宿，而尤贞的动机显然不止于此，她更重视的是生活常态的比较，在比较的过程中她体会到一些香港人的情感两

① 许子东主编：《后殖民食物与爱情·序》，上海文艺出版社2003年版，第13页。

② 赵稀方：《寻找一种叙述方式——评"香港文学选集系列"丛书的小说》，载香港《香港文学》2004年7月，第59页。

③ 陶然主编：《香港文学小说选（一）》，香港文学出版社2003年版，第221页。

难。卖房的王太迁就两个儿子的意愿，准备离开香港去内地生活，但"说到底，他们毕竟舍不得香港，舍不得这个家，对未来的年月，又觉得茫无头绪"，且"对香港人来说，内地本身，就是一个神秘的地方。一时封闭，一时开放，总有些令人摸不着头脑似的的"。对此尤贞是有同感的，我们似乎又感受到某种"失城"情绪的曲折表达，但香港真的如想象中那样可以信赖、依靠吗？尤贞的丈夫有了外遇，她因不能容忍而导致家庭破裂，香港的家失落了，她的归宿在哪里呢？尤贞最终听从好友芳玲的劝导，与她一起到内地"看楼"，她受到同车游客情绪的感染，"不住地向车窗外望着、望着，心中渐渐滋生出一种前所未有的轻松、舒畅感觉"。"展示在眼前的这个楼盘，设计就像欧陆式的建筑，环绕着的人工湖，碧蓝如天一色，湖心的喷泉，在阳光下拱起一道七彩虹幕，看得人心花怒放。同车来的香港人，看得高兴地'哗哗'叫起来。"内地并不似想象中的那样隔膜，他们很容易就获得了亲切感，尤贞也重拾了久违的舒畅心境。尽管没有点明，故事的讲述方式还是给人留下寻找归宿还是在内地更切实的印象。联想到从前香港文学中依凭经济优势而对内地人表现出来的冷漠、轻视情绪，我们大体能够感受到香港人今昔的观念转变。颜纯钧评论香港女性写作中涉及"房子"的诸多小说，指出"她们都试图通过对'房子'的寻找和营造来明确自己和周围环境的关系，明确自己在整个外部世界中的位置"。这至少说明一点：香港"长期以来在文化上的多元与政治上的驳杂，确实已经在不知不觉中造成了香港人，特别是一些具有更高精神追求的女性作家的内心创伤。而正是在这个意义上，香港的回归便是双重的：它既是地理政治上的，也是精神上的"[①]。

"城市与人"的关系是香港文学中贯通了两个世纪的主题，也是香港文学中最能体现艺术创新与人文关怀的领域。有趣的是，香港之

---

① 颜纯钧：《香港女性写作的一种景观》，载《香港文学文论选》，香港文学出版社 2003 年版，第 28 页。

所以成为现代化的国际大都市，完全依赖于现代城市的迅速发展，香港人的生活境遇、既得利益无不与都市的发展有关。然而，香港文学中却较少见到对都市现代性的呼唤与礼赞（这是20世纪80年代前期内地文学中的突出主题之一）；而对现代性的反思，对都市给予人的精神戕害的揭示却常常成为城市题材小说最突出的创作意识。20世纪70年代的舒巷城、海辛，20世纪90年代新生代的作家，都一如既往地批判都市现代性给人类造成的异化与疏离。陈丽娟的《6座20楼E6880＊＊（2）》①写得简练、冷峻，将现代都市人程序化的生活、麻木的情感刻画到近于冷酷的程度，"E6880＊＊（2）刚下车，踏在地上的脚步还不太稳。他在巴士上坐了一个小时十五分，穿过了三条隧道、一条钢索大桥和不知几多条公路才回到他住的'××山庄'。'××山庄'没有山，没有动物，只有手腕那么大的几株树，却有很多楼、很多巴士和很多菲律宾来的用人"。完整感性的生活被程序化的事物彻底分裂了，甚至连性爱也程序化了，"嗳，还不快点来？我明天返早班哪！""来什么？""当然是那个啦，要不要我请你？""干吗？今天才星期三。""一向都是星期四的，不是吗？""那……噢……对不起搞错了！E6880＊＊（2）连忙拉起掉了一半的裤子，另一只手抓着公事包，嘴里嘀咕着。他急步往大门走去。"人被异化为机器，无暇顾及个体的尊严与情感，都市现代性的负面影响特别令人触目惊心。曹婉霞《疲劳综合征》描写一位辛苦工作二十年的文员，某一日忽然倒下，只知吃饭、睡觉，别无病症。"高耸入云的商厦在夕阳的余晖中耀眼生辉，我眯着眼睛，注视着路上匆匆而过的行人，感到前所未有的平静安稳，在这儿跟我相像的人何其多呢。"②游静在《陪我睡》中写下的一段话更为犀利："香港人比较特

①　陶然主编：《香港文学小说选（一）》，香港文学出版社2003年版，第78页。

②　原载香港：《素叶文学》1998年11月第64期，转引自许子东主编《后殖民食物与爱情》，上海文艺出版社2003年版，第177页。

异，不论是在 80 年代初香港经济最蓬勃，或 90 年代香港经济最 PK 的年代，我们的祖先都保持着每天平均睡眠时间最少的全球性纪录。"① 我们注意到，在有意无意之间，香港文学意识发生了一个根本的改变，作家们不再只是宣示"我们的城市""我们的故事"，而且要思考："我们究竟生活在什么样的城市？""我们需要什么样的生活？"

黄虹坚《生存的守望》将都市文学中常见的城市与人的关系，细化为城市中的"人与人"的"战争"。她不是简单化、符号化地图解城市生活样态，而侧重展示人为适应生存环境所做的灵魂搏斗。小说主人公原是一个"干干净净、清清爽爽的男孩"，可是这种纯净却不能为香港社会所容。在有了一次"为公理挺身而出"，结果遭人解雇，生活陷入困窘的经历以后，他开始调整自己的价值观念与行为方式。当再一次遇到麻烦，女上司试图牺牲他而保全自己时，他放弃道德原则，以自己偶然发现的女上司的"外遇"相要挟，希望保全自己的职位。他的问题是，为生计而不得不为之的道德堕落令他产生巨大的心理压力，"我跑到海旁，坐了很久，我要独个儿把看不起自己、讨厌自己的情绪细细体验够"②。但他后来"用一句话把自己从沮丧自责中挽救出来：我是按生存基本法办事罢了"，他引用《麦田里的守望者》中的一句话为自己开脱，"一个不成熟的男子的标志是他愿意为某事业英勇地死去，一个成熟的男子的标志是他愿意为某种事业卑微地活着"。这样的文学典型在张爱玲的《沉香屑·第一炉香》、施叔青的《香港的故事》系列中都有塑造，他们共同建构了 20 世纪中国文学中的反现代性思潮。与内地文学同中有异的是，内地因为有深厚的乡土文化传统，文学中的反现代性主题与叙事能够体现出

---

① 原载香港：《明报·世纪版》1999 年 11 月 9 日，转引自许子东主编《后殖民食物与爱情》，上海文艺出版社 2003 年版，第 184 页。

② 陶然主编：《香港文学小说选（一）》，香港文学出版社 2003 年版，第 53 页。

"破坏"与"建设"两种意识，并大体沿着对立的两种思维意识发展：一是批判都市文明与价值缺失；二是营造浪漫、健康的乡村净土，这在沈从文的"湘西世界"、废名的田园小说中都有具体的呈现。香港由于地域狭小，都市化进程迅速吞没了乡土社会，严格意义上的"乡土文学"并不存在，因此所谓都市与乡土的冲突只是一种虚设。作家们成长于这个城市，城市的生活方式、文化氛围都已先天性地融入他们的血液，他们的苦闷、孤独、压抑、隔绝、敌意、逃离等情绪都与城市密切相关，对乡土他们缺乏生命体验与想象能力，虽然渴望解脱，他们却不能指出理想的乐园所在。这样的写作背景决定了香港文学中的反现代性叙事常常只见破坏，少有建设，写实主义文学发展充分，而浪漫主义文学严重欠缺，从文学审美性的角度考察，不能不说是一种缺憾。

香港的历史上并不缺乏震撼社会的大事件，如鸦片战争、省港大罢工、1967 年香港工人抗争运动等，社会的政治、经济体制也曾因之几度变更，但奇怪的是，除了香港回归，香港文学中对这些历史事件的关注热情一直很低。一个普遍性的现象是，作家们更喜欢以自己"内在化"的生活经验演绎时代的变迁，这是一种写作姿态，也是香港处于政治夹缝地位中养成的文学意识。值得注意的是，世纪之交出现了一些"成长小说"，它们似乎表明了作家们在寻求香港文化身份的困惑中，尝试以个体生命经验调整观照世界方式的愿望。蓬草的《我家之——街道》①，以"儿童视角"观察社会人生，对生活细节和个体生命体验有细致入微的揭示，不同于一般都市文学抽象虚化的讲述策略。在香港这个华洋杂处的国际都市中，中西、雅俗文化兼容共生，生存其间的市井小民并不必然产生文化抉择的困惑，孩子们既对中国传统民俗意义上的丧葬仪式感兴趣，也热衷于围观讨论具有明显西方特色的街头广告。作者要探讨的问题是：都市文化给予人的最重

① 陶然主编：《香港文学小说选（一）》，香港文学出版社 2003 年版，第 122 页。

要的影响是什么？他关注的是"成长的经历"，是在特定的生存境遇中个体的心灵体验。与此有异曲同工之妙的还有王良和的《鱼咒》①，小说以人、鱼互比，斗鱼的生存困境正可寓言化地象征人的生存境遇，而对往昔生活记忆和朋友的有意逃离，预示的也正是对旧我的决裂。小说特别记述了主人公少年时期朦胧的性经验，今天的性爱场面与童年时代的感受形成一种互涉的关系，这样的"成长叙事"比传统上只局限于时代政治等外在因素的观照要贴切、新颖得多。

如果说香港文学在都市题材的开拓中主要体现出探索精神的话，从西西、海辛、颜纯钩、阿浓等人的创作中，我们还感悟到深厚的平民意识与底层关怀。在经济上两极分化、观念上崇尚竞争的现代消费社会，处于社会底层的弱势群体常常成为"失语"的一群，他们的苦痛、哀怨、期盼、困惑无从表达，几乎要被历史遗忘。内地文坛在20世纪90年代曾有"人文价值失落"的讨论，反映出部分知识分子的人文情怀与道德焦虑，但理论的争鸣并未给创作太大的冲击，小资情调、游戏文学仍有相当的市场冲击力，"五四"时代倡导的平民意识、人道主义传统不同程度地失落了。在香港特定的文学语境中，严肃的文艺作品向来难以获得普遍的反响，文学创作在很多时候成为作家自我的精神慰藉，但仍有不少作者在自觉地体现平民意识与底层关怀。西西的《照相馆》写老年人的生命体验和对现实的无奈，白发阿娥因为自己租的房子要出售，不得不借住在朋友的家里，"找房子住多么困难，分期付款，连首期的款项也没有；租房子，租金也昂贵"②。借住在简陋、拥挤的小照相馆里，白发阿娥有本分的满足感，但照相馆内留存的各种照片，依稀让她产生韶光流逝的哀伤情绪，年轻时穿着"丝绒夹旗袍，头发都梳到脑后，还戴金丝眼镜，穿粗高跟凉皮鞋，披一件短身绒夹克"的俏丽身影，在不知不觉间已被白发、

---

① 陶然主编：《香港文学小说选（一）》，香港文学出版社 2003 年版，第 1 页。

② 同上，第 52 页。

穿短袖子花布衬衫和素色直身半截裙的"老太太"取代，她不知怎样表达自己模糊的心理感受，但想到人世的生生死死，她还是"感到有点颤栗"。西西对时间的敏感、对底层人关于生活的失落与留恋的体察，使这篇小说格外具有一种平静中的震撼力量。此外，海辛《在风暴中失踪的船轿鬼新娘》① 里出于对生命朴素欲望的尊重而流露的善意祝愿，和对传统陈规陋习的无情批驳，阿浓《人间喜剧》②中描述的新生儿净化父亲情感的动人瞬间，都体现出知识分子的责任意识与人文情怀，是在商业社会中尤为令人钦敬的人格品性。

在很大程度上可以说，世纪之交的香港文学摆脱了寻找文化身份的焦灼心态，自足地展示多彩的艺术风貌，从文学传承的角度看，这是香港文学在新世纪最为引人注目的一个变化。

（原载《文艺争鸣》2006 年第 1 期）

---

① 陶然主编：《香港文学小说选（一）》，香港文学出版社 2003 年版，第 193 页。

② 同上，第 58 页。

《这情感仍会在你心中流动》：
讲述岁月长河中的生命故事

20 世纪 70 年代末，在中国内地走向社会发展新时期的历史进程中，年轻的潘耀明先生跟随香港出版界代表团访问内地，开启了他与内地知名作家和学者的交流对话之旅。那是一个令人难忘的历史时刻，对国家、对个人来说，未来都展现出丰富的可能性和包容而有活力的探索姿态。这位来自香港文化界的年轻人，以真诚的情谊和对汉语新文学的仰慕之情冲破了地域及时间的阻隔，成为那些新文学同行者们的朋友、知音。沧海桑田，日月更替，相惜相知的情感在岁月的沉淀中愈发醇厚，他用文字逐一记录下旧友新知的生命故事，一部《这情感仍会在你心中流动》将"永恒流动的情感"印刻在时空隧道中，为一代人、一段历史留下了深长的文化记忆。

艰难不作心酸语，自向溪桥听水声

20 世纪七八十年代之交，对于不少曾经在中国现代文坛上叱咤风云的作家来说，命运的转机应时而来了。伴随着对政治运动的反思和拨乱反正工作的推进，他们的所谓"历史问题"得到平反，国际文化交流活动开始频繁启动，文坛也因他们的复出变得活跃起来。潘耀明先后拜访了多位文坛宿将，抚今追昔，"命运"成为沉重地敲击着他的心灵的重音。他下苦功研读拜访对象的作品，考察他们的人生历程，力求能用文字求索命运与存在的深刻关联。

丁玲在 20 世纪 80 年代初从美国返京途经香港，潘耀明专程前去探访。这位曾被毛泽东称为"昨天文小姐，今日武将军"的奇女子，在 20 世纪 50 年代以后饱受政治冲击，"十二年的劳动改造，五年的监禁，三年的下乡劳动，积下的是一躯缠绕的疾病"①。有棱角的个性与有锋芒的思想，似乎注定了她的一生不能平凡地度过。潘耀明在《丁玲的浮沉录》一文中，阐发其笔下叛逆女性同作家本人生命经历的关系，并特别强调敢爱敢恨的性格对丁玲一生命运的影响。历史的巨轮滚滚向前，波涛中的浪花顽强地展现着生命之美，一如丁玲生命中的浮沉与抗争，她的功过是非也许尚存争议，然而她在厄运中表现出的顽强生命力却令人感佩。

现代派诗人辛笛原本与政治的关系不是那么紧密，然而在政治风暴中，他同其他"九叶派诗人"一起受到冲击，"近六十岁的一介书生，要重新学做体力劳动，第一次赤脚下秧田、第一次筛土糊墙……最后让他负责养猪"②。1971 年，已届花甲之年的诗人写下《六十初度感赋》，用"艰难不作心酸语，自向溪桥听水声"③ 的诗句刻画自己晚年的心境。这位颇富才情的诗人，中学时代即开始写诗，大学时代受西方现代派诗人影响，以"能融合传统诗词的典雅和外国诗歌的现代表达手法"④ 而自成一格，他的诗作不仅受到中国大陆地区读者的喜爱，对中国台湾现代派诗人也影响很大，"知名诗人余光中教授和美籍华人作家叶维廉教授，对王辛笛的诗歌成就评价极高"⑤。然而，政治风暴使他的创作在 20 世纪五六十年代陷入停滞，度尽劫

① 潘耀明：《丁玲的浮沉录》，《这情感仍会在你心中流动——名家手迹背后的故事》，作家出版社 2021 年版，第 415 页。

② 潘耀明：《不及林间自在啼——诗人王辛笛的心声》，《这情感仍会在你心中流动——名家手迹背后的故事》，作家出版社 2021 年版，第150 页。

③ 同上，第 146 页。

④ 潘耀明：《现代派诗人王辛笛》，《这情感仍会在你心中流动——名家手迹背后的故事》，作家出版社 2021 年版，第 144 页。

⑤ 同上，第 143 页。

波的诗人晚年用"不作心酸语"的表达，寄寓自己注重感情、寄情山水的性格，文人的品性和襟怀得以自然地呈现。

虽然生活在香港的潘耀明并没有切身体验过被政治风暴裹挟的经历，但在文化界开疆拓土，拼搏多年，他懂得对文学的爱和理想遭遇挫折的痛，在骨子里他赞赏"自向溪桥听水声"的心胸和格局，世事难料，而个人的修为是引导困境中的人走出迷雾的有效途径。在潘耀明拜访和记述的人物中，有多位具有这种襟怀的作家，他以悲悯之心讲述他们的遭遇，也呈现他们在困苦中表露出来的美好人性。《冰心的岁月》讲述作者与晚年冰心的交流，他说冰心是自己"见到最快乐的老作家"："冰心爱大海，人世间一切的卑微、污秽和不安，都将为大海广袤的襟怀所净化。无欲则刚，这也许使她能一直葆有青春的心态和清泉一样净澈洁明的灵性。"① 这诗一样优美精确的描述，将世纪老人冰心面对世间种种磨难时安之若素的态度揭示出来，令人感怀。《很现代的叶圣陶》记录作者与叶圣陶初见的情景，"年逾八旬、霜雪毛发、皑亮白眉、银白胡子的他，精神仍健旺，侃侃言谈，有条不紊，葆有中国旧时文人的气派和风范。"② 这位在中国现代文学史上以教育家、小说、童话作家和资深编辑而闻名的老人，"主张和言论是很现代的"③。他重视文学的社会效益和现实意义，敢用文字寄寓不卑不亢的思想；而在个人的内心世界里，他向往清风明月、稻花飘香的田园生活。叶圣陶赠给潘耀明的书法条幅，誊写稼轩词《西江月·夜行黄沙道中》："明月别枝惊鹊，清风半夜鸣蝉。稻花香里说丰年，听取蛙声一片。"中国文人入世则壮怀激烈、出世则禅悟省思的情怀都尽在不言中了。

---

① 潘耀明：《冰心的岁月》，《这情感仍会在你心中流动——名家手迹背后的故事》，作家出版社 2021 年版，第 12 页。

② 潘耀明：《很现代的叶圣陶》，《这情感仍会在你心中流动——名家手迹背后的故事》，作家出版社 2021 年版，第 15 页。

③ 同上，第 16 页。

在潘耀明拜访的作家中，汪曾祺是一位境遇略显复杂的人物。这位以《受戒》《大淖记事》等作品延续了京味小说美学风格的作家，被誉为"抒情的人道主义者，中国最后一个纯粹的文人，中国最后一个士大夫"①。然而，因其在"文革"时期参与过样板戏《沙家浜》《杜鹃山》的创作，关于他的评说就不可避免地掺杂着复杂的历史问题和时代情绪。汪曾祺却并不讳言自己那段"不大光彩的历史"，潘耀明记述说："汪曾祺是性情中人，文章练达，人也乐天得可以，整天笑呵呵，言语风趣、幽默，虽然两鬓灰白，心态、神态均属青春期，憨态可掬。……人们往往故意问他在'文革'中做过什么工作，受到什么冲击？汪曾祺直言他是'御用文人'……他说，本家是寻常人，不是神，也不是仙。"② 在时代的巨轮中被裹挟而行，个体的内心感受一定是复杂难言的。不过，选择坦然地承受因果，不为自己做过的事文过饰非，汪曾祺的真诚和坦率堪称难得。比较而言，他的画名要早于文名，素材多以花鸟虫鱼为主，率性而作，随意点染，大有"凌霄不附树，独立自凌霄"③ 之感，因其不着意于开风气之先，反而更有了耐人寻味之意。

生命的情致与雅意

《这情感仍会在你心中流动》收录76篇作者在40余年中陆续撰写的现当代作家印象记，其中涉及的代表性人物包括艾青、冰心、叶圣陶、茅盾、俞平伯、巴金、钱锺书、端木蕻良、萧军、骆宾基、吴祖光、汪曾祺、辛笛、杜运燮、卞之琳、蔡其矫、老舍、顾城、萧

---

① 参见程帆主编《现代散文鉴赏辞典（学生版）》中《作者小传·汪曾祺》中的评介，湖南教育出版社2011年版，第452页。

② 潘耀明：《自在神仙——汪曾祺》，《这情感仍会在你心中流动——名家手迹背后的故事》，作家出版社2021年版，第130～131页。

③ 潘耀明：《爱人和爱美女的汪曾祺》，《这情感仍会在你心中流动——名家手迹背后的故事》，作家出版社2021年版，第136页。

乾、曹禺、夏志清、沈从文、金庸、秦牧、丁玲等近40人，涵盖中国现代文学、当代文学发展史上的著名作家。潘耀明先生将采访实录、往来书信及字画等资料融会在有情的文字中，以一种非虚构的写作方式，为这些闪耀在文学星空中的生命塑影留像。

在很大程度上，这部著作也可以视为独具特色的新文学名家传记史。同有些传记、文学史或研究论著中更在意叙述的理性、肃穆，甚至有点刻板的风格相比，潘耀明则重视展现生命个体鲜活而有趣的一面，他发现、提炼与文化名家们交往中的有趣细节，以讲史、掌故笔法道出"并不普通"的"普通人"的喜怒哀乐。

《翩然的白面书生》《愤愤不平的巴金》《自在神仙——汪曾祺》《爱写"怪诗"的杜运燮》《苦恋一世的卞之琳》《爱死美文美女的蔡其矫》等文，以点睛之笔刻画作家们的性格和情致，让读者在有趣的阅读中有所感悟。其中，同样写性情的有趣，作者的着眼点却有不同。吴祖光、汪曾祺都有不受拘束的"顽童"性格，潘耀明写吴祖光天真中的刚毅、汪曾祺率性中的通透，各得其妙。"吴祖光个子不高，苍苍白发衬着一张娃娃脸，鹤发童颜，八十多岁的人，一点老态也没有，有点像金庸武侠小说笔下的周伯通。"[1] 不过，他虽说话行事直率坦白，人却有"一种翩翩然的风度"。原本出身于名门望族的吴祖光，20世纪30年代即以剧作《凤凰城》崭露头角，受到曹禺赞赏；20世纪40年代初，年仅25岁的他以剧本《风雪夜归人》再获好评，被夏衍称为"神童"。抗战期间他创作了多部优秀剧作，于嬉笑怒骂之中针砭时弊，表现出洋溢的才华。然而，"反右"运动中，直言敢说的吴祖光被错划为"右派"遣送到北大荒劳动改造，又经历政治运动的多次冲击。1978年复出后，他即以《闯江湖》等剧作再次传达自己的思考和声音。

如果也用金庸武侠小说中的人物来比拟汪曾祺，性情最契合的就

---

① 潘耀明：《翩然的白面书生——吴祖光的文采风流》，《这情感仍会在你心中流动——名家手迹背后的故事》，作家出版社2021年版，第112页。

是"洪七公"了。汪曾祺是文化界闻名的美食家和酒仙，不仅自己有独门的烹饪手艺，而且对天下美食饱含兴致。美食加醇酒，常令他意兴盎然。他赠予潘耀明的书法作品，化用清代学问家钱大昕的对联，以"刚日读经柔日读史，有酒学仙无酒学佛"自喻逍遥洒脱的生活态度，在看似游戏人生的表白中，有自己的坚守和追求。

除了描写文人的性情，潘耀明着墨较多的还有新文学作家们的情感故事。透过情感见证人性、折射大历史的复杂面貌，这些不同视角的记述，为历史叙事赋予了鲜活的生命气息和动人韵味。他写吴祖光与著名评剧演员新凤霞之间相濡以沫的爱情，在政治风暴的冲击下，他们成为现代版的"牛郎织女"，却顽强地抗拒非理性的政治压力，以骨气、志气和义气相互扶持，度过了生命中的黑暗时期。他也将凝视的目光投向那些有缺憾的情感遭遇，以悲悯情怀体会当事人的无奈和抉择，隐含对命运的思考。76篇文章中有6篇与萧红有关，这位富有才华而命运多舛的现代女作家，在日本侵华战争中香消玉殒于香港，她创作后期的代表作《呼兰河传》《马伯乐》即写于香港。同样在香港的文化时空中进行写作，潘耀明先生对萧红的命运及其情感故事格外属意。文化界关于萧红与萧军、端木蕻良、骆宾基的感情纠葛问题多有言说，潘耀明的书写不再执着于历史细节和情感间的是非评判，因为在香港先后担任过《海洋文艺》、《明报月刊》、香港三联书店等单位的文化编辑，他与三位男作家多有文学间的沟通。从书信、对谈等交流中，他感受到萧红在他们人生中的关键性影响。在现代中国内忧外患的历史处境中，个人命运面对时代大潮常常显得微不足道；然而，曾经的情感总会深深地刻在个人的心灵中，潘耀明要体察的就是这微妙的情感对个体生命轨迹的影响。他同样写得冷静而用情的故事，还有卞之琳与张充和、赵清阁与老舍的情感经历。相对于历史上那些完美结局的爱情而言，这些红尘中的文人不得不承受情殇的痛苦。《苦恋一世的卞之琳》中写卞之琳的名篇《断章》正是献给张充和的情诗，然而一厢情愿的单恋没有结果，他接受"从爱字通到哀字——出脱空华不就成"① 的结果，将炽烈的感情隐忍在内心深处。《赵清阁：让落叶埋葬梦一般的爱情》描写赵清阁的感情生活：这位在抗战时期因与老舍一起创作抗战剧作而心生情愫的才女，后来选择毅然退出以成全老舍家庭的完整，她孑然一身直至终老，不曾抱怨，并在老舍去世后，"每天'晨昏一炷香，遥祭三十年'。闻者无不为之动容不已"。② 世间事常常难得圆满结局，尤其是两性之间的感情，自古来多少作品以爱情为主题成为绝唱，潘耀明以情感为切入点，将文学中的情与现实中的人互为映射，他笔下的情就有了一种格外感人至深的力量。

文人的风骨、血性与时代担当

1980 年，已届 70 岁高龄的艾青应潘耀明的请托，为他书写了一个条幅，文字摘录于他在 20 世纪 40 年代创作的长诗《向太阳》中的两句："若火轮飞旋于沙丘之上，太阳向我滚来。"年轻时的艾青怀着满腔热情追求光明，投身革命，时隔多年之后，经受政治运动的冲击而饱经沧桑的诗人，要用怎样的文字向年轻的仰慕者传达自己的情感呢？他选取了《向太阳》，以"太阳"从历史深处滚来，携不可阻挡的气势带来光明的寓意，表露了自己对新的历史时期的期待。

艾青是潘耀明最早结识的内地诗人，他在现代文学时期创作的一些代表作对港台地区的文学青年影响很大，潘耀明在从对他由仰慕到后来的结为忘年交的过程中，真切地感受到了诗人对历史的反思和对现实的审视意识。艾青晚年给别人题字，多用"上帝与魔鬼/都是人的化身"两句诗，反思运动给社会带来的影响，其敢讲真话的精神

① 潘耀明：《苦恋一世的卞之琳》，《这情感仍会在你心中流动——名家手迹背后的故事》，作家出版社 2021 年版，第 170 页。
② 潘耀明：《赵清阁：让落叶埋葬梦一般的爱情》，《这情感仍会在你心中流动——名家手迹背后的故事》，作家出版社 2021 年版，第 210 页。

令潘耀明深感敬佩。

也是在 20 世纪 80 年代初，巴金的《随想录》繁体字版由香港三联书店出版，潘耀明当时负责三联书店编辑部的工作，因此与巴金有过较多的书信往来。他写了《讲真话的巴金》《愤愤不平的巴金》《巴金谈诺贝尔文学奖》《夸父战士式的风范——谈巴金的手稿》等文章，记述自己在与巴金交流中所受到的精神影响。文中提到，日本作家大江健三郎曾评价巴金的创作，称："先生的《随想录》树立了一个永恒的典范——在时代的大潮中，作家、知识分子应当如何生活。我会仰视着这个典范来回顾自身。"[1] 2005 年巴金去世时，负责《明报月刊》的潘耀明策划了"巴金纪念特辑"，金庸专程写了《正直醇雅，永为激励》一文，其中写道："如果我遇到巴金那样重大的压力，也难免写些违心之论，但后来却决不能像他那样慷慨正直地自我检讨，痛自谴责。""这部掷地作金声、惊天动地的《随想录》""实在是中国文化界的大幸事"。[2] 20 世纪 80 年代，在中国内地大力实行拨乱反正、推动思想解放的社会潮流中，巴金开风气之先，连续发表多篇文章为政治运动中蒙受冤屈的作家发声，呼吁反思"文革"，以史为鉴，并以《随想录》的创作倡导要"讲真话"。他的一些论著在内地和香港文坛同时刊发，因其思想的"真"与态度的果决，有时也会招致攻讦诽谤。潘耀明在文章中记述了其中的一些插曲，他敬佩巴金的果敢，感同身受地体会这位孤独的战士的情感世界，在《讲真话的巴金》一文中动情地写道："巴金一直是孤独的，因为他要在一个黑白混淆的年代去'忠实地生活，正直地奋斗，爱那需要爱的，恨那摧残爱的'。巴金要以一个人的力量与一个时代角

① 潘耀明：《讲真话的巴金》，《这情感仍会在你心中流动——名家手迹背后的故事》，作家出版社 2021 年版，第 45 页。

② 同上，第 46 页。

力，难免会产生'时不我与'的苍凉感，注定要孤独终生。"① 他对巴金情感世界的关切，充溢着一种感时忧国的情怀。

时代大潮以滚滚洪流的态势急速向前涌动，有人选择顺势而为，有人选择逆流挺立。当历史发展遭遇挫折、困境时，敢于逆流挺立，彰显的是勇气、风骨和担当意识。千百年来，这种可贵的品质在知识分子群体中绵延不绝，成为中华文化中宝贵的精神遗产。潘耀明在著作中还记述了与钱锺书、俞平伯、萧乾、金庸等名家交流的感悟，严家炎先生为其著作写序，称赞说："潘耀明以他的为人和才气得到了大师们的信任和倚重，他们不但将自己的文章交给他主办的《海洋文艺》和《明报月刊》发表，自己的书稿也请他帮忙出版。"② 在某种程度上可以说，身为资深文化人的潘耀明，与大师同行，用一部充满情感的著作为文化史的版图留下珍贵的记忆，他的言说也是在体现一种文化担当。

结　语

《这情感仍会在你心中流动》是一部让人阅读后就不能放下的书。潘耀明先生驰骋文坛数十年，有散文、评论等多种作品在海内外文坛受到关注，他先后担任过中国香港地区《海洋文艺》、香港三联书店和《明报月刊》等期刊、出版社的编辑工作，见证了香港文学及文化史的发展历程。近些年来，他发起或参与创办世界华文旅游文学学会、香港世界华文文艺研究会、世界华文文学联会等文化协会，彰显其在国际华文写作视野中会通中华文化共同体的意识，收获颇丰。这部作品是一部从香港看内地、记录文化界的历史承续的著作，

---

① 潘耀明：《讲真话的巴金》，《这情感仍会在你心中流动——名家手迹背后的故事》，作家出版社 2021 年版，第 44 页。

② 严家炎：《序：用生命写作的人——名家岁月留痕》，《这情感仍会在你心中流动——名家手迹背后的故事》，作家出版社 2021 年版，第 7 页。

作者以深厚的情意回顾同新文学名家们数十年情感交流的故事，展现大历史的柔情与刚毅。他以专业的评价点评作家的创作，有文学格调上的共鸣和艺术品质的精当解析；而其采取文字、书画和通信等方式呈现历史原貌的编辑理念，艺术化地再现了一个时代的文学记忆与文化影像，具有还原历史现场、增强历史感的特殊情感作用。严家炎先生在序言中称赞说："这部丰富而厚重的著作，在现当代文学史上应该是独一无二的。"①

这也是一部拒绝遗忘的文化笔记。在信息化、技术化的时代中，个体的生命记忆被海量的信息冲击、改写，我们比任何一个时代都更需要保存生命中那些温暖而美好的情感，让心灵旅程中的孤寂感得到慰藉，正像金庸先生曾经说过的，读着有情的文字，"心中宛有当时在"，因为："有你，有我，有当时。"②

（原载《文综》2021 年 12 月冬季号）

---

① 严家炎：《序：用生命写作的人——名家岁月留痕》，《这情感仍会在你心中流动——名家手迹背后的故事》，作家出版社 2021 年版，第 9 页。

② 潘耀明：《前言：心中宛有当时在》，《这情感仍会在你心中流动——名家手迹背后的故事》，作家出版社 2021 年版，第 13 页。

第三辑

流失在历史洪流中的"台北人"

——从白先勇的《台北人》到朱天文的《世纪末的华丽》

从 1965 年到 1971 年的几年间，在美国执教的白先勇先后在台北的《现代文学》杂志上发表了十余篇短篇小说，这些作品的大部分篇章后来被编辑成短篇小说集《台北人》①，交由晨钟出版社印行。历经岁月的淘洗，《台北人》不但有了韩文版、英文版、法文版，在祖国大陆也再版了多次，其中的一些篇章还被改编成电影和舞台剧而广泛流传，它毋庸置疑地成为白先勇的代表作。有意思的是，这部在命名上具有明确地域指向的作品，其实对"台北"并没有多少观照，它要呈现的是特定时空中的人的历史心态，印第安纳大学（University of Indiana）出版的英译本选择的书名是"*Wandering in the Garden, Waking from a Dream*"，倒是更切合作品的思想意涵。

台北提供了历史的舞台，可是如匆匆过客的白先勇似乎对它并没有念之系之的情怀，小说集被命名为"台北人"，实际上却变成了一种反讽，因为作品中描写的都是从祖国大陆来的人——尽管客居台北多年，他们魂牵梦绕的还是往昔旧园，即便被称作"台北人"，骨子

---

① 短篇小说集《台北人》1971 年由晨钟出版社印行，其中收录的 14 篇作品，除《秋思》是首刊于《中国时报》外，其余均发表在《现代文学》上。参见《白先勇文集》第二卷"白先勇写作年表"，花城出版社 2004 年版，第 451 页。

里都还是祖国大陆的人。"他们贫富悬殊，行业各异，但没有一个不背负着一段沉重的、斩不断的往事。而这份'过去'、这份'记忆'"，或多或少与中华民国成立到国民党去台湾的"那段'忧患重重的时代'，有直接的关系"。① 问题在于，普通人的命运在轰轰烈烈的时代洪流面前总是渺小到可以忽略不计，这些名不副实的"台北人"终归要落地生根。时隔多年以后，他们以及当下的台北人如何体验时间的流转和空间的局限？20世纪80年代末期，被称为战后婴儿潮作家②之一的朱天文以小说集《世纪末的华丽》③接续了这一主题，她笔下的主人公大多以台北为中心，穿行在现实与幻境之间，孤独叛逆又渴望被认同与接纳，希望抓住现实却只能颓然失落，所谓"世纪末的华丽"又变成了一种对现实的"反讽"，其概念本应包含的繁华、荣耀、狂欢、理想等意指，都被现实生活中的混乱、腐朽、失败与绝望所替代。从《台北人》到《世纪末的华丽》，两代作家在不经意间共同书写了时代性精神体验与台北城市空间的关系，他们各自的台北故事彰显出时间的动感及脉络，我们或可由对作品的解读而感悟历史洪流中个体的迷误与期盼，并由此发现隐蔽的文学史的线索。

一、幻象的营造与破坏

事实上，生活在20世纪五六十年代的台北，白先勇对这个城市

① 欧阳子：《白先勇的小说世界——〈台北人〉之主题探讨》，载《白先勇文集》第二卷，花城出版社2004年版，第193页。

② "婴儿潮作家"的提法参见张诵圣《朱天文与台湾文化及文学的新动向》一文，载张诵圣著：《文学场域的变迁》，台北联合文学出版社有限公司2001年版，第83页。

③ 本文所据版本是台湾印刻（INK）出版的2008年版，收录《柴师父》《尼罗河女儿》《肉身菩萨》《带我去吧，月光》《红玫瑰呼叫你》《世纪末的华丽》《恍如昨日》和附录《失去的假期》《日神的后裔》等作品。

并非完全没有关注和好感。他曾在文章中回忆大学时代与一群文学青年创办《现代文学》杂志时的情景，谈到在台大外文系时与同学们"常常出去爬山游水，坐在山顶海边，大谈文学人生，好像天下事，无所不知，肚里有一分，要说出十分来。一个个胸怀大志，意气飞扬"①……青春的刻痕深深印入生命的年轮，台北堪称是他文学道路的起点。在散文《台北 Pastoral——为黄铭昌的田园画而写》中，白先勇也曾深情地描绘 20 世纪 50 年代的台北风景给自己留下的美好印象：

> 五十年代，台北市曾有这样一幅景观：松江路自长春路口以下一直推往圆山是千百顷一望无垠的稻田。春夏之际，禾苗苗长，顷刻间黄土地变成绿海洋。春风骤起，稻浪一波推一波，一片绿，直往那天涯尽处翻滚过去，那是欣欣向荣的绿、欢腾鼓舞的绿、洋溢着禾香稻香的绿天绿地。青油油的稻海中，有成千上百的白鹭鸶，随着禾浪的起伏，载浮载沉，如同一匹舒展不尽的绿绸缎上，缀满了朵朵雪白的睡莲花。时而群鸟惊起，满天白羽纷飞，圆山落日，霞光万丈，把白禽背上，染得通红。夕阳点点片片洒落在稻海上，亿万禾苗迸燃起闪闪金光，造就了千顷的金碧辉煌。
>
> 五十年代，我的家就住在松江路与长春路的交口处。清晨推窗，稻田里的绿波便倏地涌了进来，从头到脚替我沐浴一轮，如醍醐灌顶，一切烦嚣即时净减。②

奇怪的是，这样如诗如画的场景和心灵的感悟，在他 20 世纪六

① 白先勇：《〈现代文学〉的回顾与前瞻》，载《白先勇文集》第四卷，花城出版社 2004 年版，第 14 页。

② 白先勇：《台北 Pastoral》，载《白先勇文集》第四卷，花城出版社 2004 年版，第 164～165 页。

七十年代的小说作品中却不曾出现，他写了《台北人》，但台北作为地域空间的意义几乎是虚设的，困顿在这个城市空间中的许多人物，被"过去的历史"深深迷惑，他们"'不肯'放弃过去"，并且"死命攀住'现在仍是过去'的幻觉，企图在'抓回了过去'的自欺中，寻得生活的意义"①。因此，他们视野所及、思虑所到之处，都是从现实的表象中看出历史的影子，现实的世界反而被忽略了，仿佛戏剧舞台上一个无足轻重的小摆设。我们发现，《台北人》中的作品很少细致描写台北的城市景观和人情世态，即便执政当局有意识地在台北地区街路的命名和排列上复制了祖国大陆的布局，但物是人非的感觉是如此强烈！《一把青》的叙述者流落台北后，所住眷属区"碰巧又叫作仁爱东村，可是和我在南京住的那个却毫不相干"；当年桂林城里无人不知、无人不晓的"花桥荣记"，到台北后也只能勉强维持，不复拥有当年的那些风光了（《花桥荣记》）；应邀赴宴的钱夫人，触景生情似乎重返了当年在南京梅园新村公馆为姐妹请生日酒的场景，可是现实中的她却是年华已逝、身份下降的将军遗孀……地域名称或场景上的相似性只是更增强了人物的时空落差感，这些被历史放逐的生灵，在一种恍如隔世、今非昔比的生存体验中无可奈何地走向了生命的悲剧性终结。

《台北人》中给人印象深刻的角色大体有两类人——具有军旅背景的中老年男性和风月场所中的女性形象。在本质上，战场上的浴血搏杀与交际场上的明争暗斗同样惊心动魄，无论身份、地位如何，他们都有自己或伟大或卑微的"光辉记忆"。然而，那些生命中的动人之处被历史的洪流无情淹没了，外在的政治、历史因素切断了他们的日常生活轨迹，他们的内心从此纠缠在现实与幻象的困扰中，无法自拔。当年在台儿庄战役中奋勇杀敌的英雄赖鸣升，如今已经沦落为荣民医院的买办。"这种人军队里叫什么？伙夫头！"虽然说话、行事

---

① 欧阳子：《白先勇的小说世界——〈台北人〉之主题探讨》，载《白先勇文集》第二卷，花城出版社 2004 年版，第 196 页。

的声势依然不减当年的风采，但身上那套磨得见了线路的藏青哔叽中山装，袖口已经脱了线，口子岔开了的绿毛线衣都实实在在透露出如今的落魄，在无望的现实中聊以偷生的动力来自对"光辉历史"的回忆与那份割舍不掉的乡愁——"今年民国多少年，你大哥就有多少岁。这几十年，打滚翻身，什么稀奇古怪的事没经过？到了现在还稀罕什么不成？老实说，就剩下几根骨头还没回老家心里放不下罢咧。"（《岁除》）① 个性上比赖鸣升要内敛得多的王雄（《那片血一般红的杜鹃花》），记忆停留在青年时代被截去打日本鬼子以前，执拗而笨拙地要将对故乡"小妹仔"的情义转移到丽儿身上，他的梦不能被唤醒，梦醒了就会产生巨大的破坏力。相比之下，穿梭在风月场所的金大班（《金大班的最后一夜》）要比赖鸣升、王雄们现实一些，在姿色犹存的时候她果断地将自己下嫁给一个年迈的小橡胶厂老板，只是这最后的一搏仍然伴随着太多的不甘与无奈。当年在上海百乐门风光无限的"历史"时时比照出如今的落寞与寒酸，"四十岁的女人没有工夫谈恋爱。四十岁的女人——连真正的男人都可以不要了"。欧阳子分析《台北人》的主题时提到，"我们几乎可以说，《台北人》一书只有两个主角，一个是'过去'，一个是'现在'。笼统而言，《台北人》中之'过去'，代表青春、纯洁、敏锐、秩序、传统、精神、爱情、灵魂、成功、荣耀、希望、美、理想与生命。而'现在'，代表年衰、腐朽、麻木、混乱、西化、物质、色欲、肉体、失败、委琐、绝望、丑、现实与死亡"，"而潜流于这十四篇中的撼人心魄之失落感，则源于作者对国家兴衰、社会剧变之感慨"②，真是一语中的之见解。在历史的洪流中，普通人的悲剧最能彰显历史的荒谬与残忍。

<hr />

① 白先勇：《岁除》，载《白先勇文集》第二卷，花城出版社2004年版，第47页。

② 欧阳子：《白先勇的小说世界——〈台北人〉之主题探讨》，载《白先勇文集》第二卷，花城出版社2004年版，第195~196页。

某种意义上，《世纪末的华丽》可以说是接着《台北人》往下写。朱天文是"外省人"的后代，有在眷村生活的经历，对父辈的乡愁与内心中维护这乡愁的执拗和脆弱，她都有细腻敏锐的感悟。但是，时光的流逝毕竟不能忽视，她创作《世纪末的华丽》时，距离白先勇写作《台北人》的时代已经又过去了20多年，时代、政局的变化使台北发生了巨大的改变，她尝试捕捉的是当下的台北人与时空环境的关系。值得注意的是，她描写台北的时候也使用了一种苍凉悲情的笔调，无形中与白先勇有心意相通之处，难怪詹宏志从这些作品中读出了"一种老去的声音"，并说"可怪的，这一次，朱天文写出了'年纪'"。她"笔下的'成长'，如何竟都变成一副苍凉沙哑的声调；这一系列的小说，如何竟都包括一位沧桑于心的人，独自在那里，倾听自己体内咔吱咔吱钙化老去的声音"①。与过去相比，城市面貌是日新月异地改变了，新旧台北人的生存境况也比以往要改善了很多，问题是"台北"仍然不是一个能够安抚人们灵魂的地方。

怀着浓浓乡愁的老一代台北人如今多已是儿孙绕堂、落地生根了，可是历史的"魅惑"仍令他们摆脱不掉"客居者"的心态。一旦时局变化，回乡探亲成为可能，他们就急急忙忙踏上了返乡的路。时代变迁，使朱天文有机会观察当年白先勇无法解决的问题。她当然不缺乏白先勇那样的悲悯情怀，但她在现实中看出了生命中更多的世故与破绽。佳柏的母亲带着大包小裹回乡探亲，却在登上回程飞机时长叹一声——"人事全非"，"就此昏睡不醒"（《带我去吧，月光》）。这些始终存活在用记忆编织的幻象中的人，在现实的冲击下如梦初醒，生命原本就千疮百孔，那可以返回的地方依然不是故乡，"总之是在这里住下了，以后若再去那边，做客喽，随境随俗吧"。

比较而言，朱天文更关注年轻一代的生命体验，在他们与台北既密切又疏离的情感轨迹中，朱天文试图探讨当代人的时代性精神体

① 詹宏志：《一种老去的声音——读朱天文的〈世纪末的华丽〉》，载《世纪末的华丽》，台湾印刻（INK）出版有限公司2008年版，第6页。

验。与白先勇不同的是,她在作品中频繁地描绘台北的城市景观和时尚风俗,以对城市生活的熟稔程度来显示当代人对生存之地的认同心态。米亚(《世纪末的华丽》)在情感方面受挫时,曾经决然抛弃台北,"她买了票随便登上一列火车,随便去哪里"。可是仅仅到了台中她就已经后悔,"跑下车过马路找到站牌,等回程车,已等不及要回去那个声色犬马的家城。离城独处,她会失根而萎"①。新一代台北人没有父辈的乡愁与历史感,南京、上海对他们而言,"永不及杂志上看来的东京涩谷代官山法国式刷白的蛋糕屋、青山路西武的无印良品店,以及遥远希腊的蜜克诺丝岛……"② 更有感情。及时行乐、我行我素才是他们追求的生活,"我没有崇拜的偶像,我崇拜我自己,因为我不要做别人,我只要做我自己"③。然而,貌似强大、决绝的一代事实上在内心中极其敏感、脆弱,当遭遇困境时,他们或者自暴自弃,如米亚、宝贝(《世纪末的华丽》),阿山、小哥(《尼罗河女儿》)等混哥混妹们;或者退回内心,如父辈一样依靠营造的虚幻之境来寻求解脱,如《尼罗河女儿》中的古埃及王国与曼菲士王;《带我去吧,月光》中那个来自 21 世纪的 JJ 王子……朱天文喜欢在作品中设置一个可以穿越时空的场景来与现实相抗衡,在本质上,她塑造的也是一群生活在封闭的自我世界中的台北人,对时代生活的不适应使他们退缩回内心,孤独而黯然地为自己疗伤。也是在这个层面上,她对历史流逝中个体命运的思考与白先勇具有了衔接、契合之处,无论如何,新旧台北人都宿命似的不能融入眼前的现实,"悲情"成了两代人共同的文化表征。

①　朱天文:《世纪末的华丽》,台湾印刻(INK)出版有限公司 2008 年版,第 155 页。

②　朱天文:《带我去吧,月光》,台湾印刻(INK)出版有限公司 2008 年版,第 92 页。

③　朱天文:《尼罗河女儿》,台湾印刻(INK)出版有限公司 2008 年版,第 25 页。

二、自我拯救与欲望书写

《台北人》里人物的活动背景多有一个战乱刚息的影子，《世纪末的华丽》则书写瞬息万变的当下社会。都是发生在台北的故事，时间性因素带来了生活表面波澜壮阔的变化，两代作家却不约而同地从繁华中看出了衰败。兵荒马乱的年代和瞬息万变的时代都特别容易让人感悟生命的脆弱与幻灭，白先勇与朱天文不约而同地采取苍凉、悲情的笔调书写芸芸众生的世相，他们笔下的人物相互印证，把当下的、时代性的精神体验扩大为对世纪人的历史心态的写照。

在宽泛的意义上可以说，《台北人》与《世纪末的华丽》中的一些篇章都有一个"成长"的主题，支撑这个主题的线索有两条：一是"灵"与"肉"，一是"爱情"与"青春"的关系。个体永远期待灵肉的统一、爱情与青春的永恒，然而时间不能停驻，温情的愿望与严酷的现实总是逼迫着人们在自救与沉沦之间徘徊。从成长的主题看，《一把青》与《带我去吧，月光》，《永远的尹雪艳》与《世纪末的华丽》等作品是具有内在延续性，可做对照阅读的篇章。前两篇写成长中的青涩与蜕变，后两篇写洗尽铅华后的老练与世故。

在心性和气质方面，朱青（《一把青》）与佳玮（《带我去吧，月光》）有颇多类似之处。朱青第一次出现在读者面前时，"是一个十八九岁颇为单瘦的黄花闺女"，眉眼间"蕴着一脉令人见之忘俗的水秀"，见了生人"一径半低着头，腼腼腆腆，很有一种教人疼怜的怯态"。而夏杰甫第一次见到佳玮时，调动起他兴趣的也恰是她的羞涩与单纯，说话时"脸从清冷的骨瓷白转成窘红"，"脸红时总要去掩住两耳"，"像一只小鹿或羚羊容易受到惊吓"。出人意料的是，这样的女孩子为了爱竟也会变得异常大胆，一个不惜与父母闹翻独自到小客栈里去，一个则痴痴迷迷地追随到香港去以求再续前缘。虽然两个故事的背景相隔了40年，但同样灵秀的人物，采取了同样冲动的行为，只因有爱的青春是无所顾忌的！遗憾的是，成长总是要付出沉重的代价。朱青托付终身的丈夫在一次战斗中失事殒命，夏杰甫则是放浪的情场猎手，白白辜负了佳玮的一片痴情。年轻女性经历了炼狱重生般的磨砺，朱青到台北后变成了"爱吃'童子鸡'，专喜欢空军里的小伙子"的浪荡女人，从外形到心理都发生了惊人的变化。小说写她在空军游艺晚会上卖弄风情，"一只手拈住麦克风，一只手却一径满不在乎地挑弄她那一头蓬得像只大鸟窝似的头发"，"在台上踏着伦巴舞步，颠颠倒倒，扭得颇为孟浪"。而且再遇情人殒命的事故时，她却无动于衷得像个女巫。她的生命被现实截成了两段：前一段是灵与爱，后一段则是肉欲与堕落。从灵到肉的转折中经历了怎样苦痛的蜕变？在《一把青》中白先勇语焉不详之处，朱天文用佳玮的病态沉迷与失忆做了注解。事实上，到台北后的朱青又何尝不是处于一种病态的精神状态呢？她的放浪与绝情，一定程度上正是对从前的痴情与单纯的病态性报复。

进一步想，朱青和佳玮的悲剧原是可以避免的。她们的遭遇同她们一开始的选择就具有冒险性有关。朱青的父母反对她的婚事，因为战争年代飞行员职业的危险性很高，而他们的担忧后来也变成了现实；夏杰甫是有妇之夫，且游戏情场，佳玮在接触之初就已经知道，他们的交往既有悖于道德规范，也注定不会有结果。问题是每个人在做选择的时候都希望自己会是一个特殊的幸运儿，悲剧就由此而发生。在这样的故事中，白先勇与朱天文都尝试探讨人性的弱点和社会历史的复杂扭结关系：白先勇描写战乱年代对个体命运的影响，朱天文则讲述和平年代的"心灵战争"，现实社会的混乱、腐败造成生存的困境。两人作品中都体现出鲜明的社会批判意识，但更吸引他们的还是对人性的探索。

相对看来，尹雪艳（《永远的尹雪艳》）和米亚（《世纪末的华丽》）是能够超越时空局限并主动掌控自身命运的人，同样是沉湎于欲望与现实的纠葛，她们却能够身陷其中也旁观于外，试图去颠覆那些约定俗成的体制规范。白先勇写朱青的悲剧，带有种既怜且憎的情感，用怜爱欣赏的目光注视蜕变之前的她，用憎恶批判的态度书写她的堕落。他对自甘堕落的女人总是表现出明确的嫌恶态度，这在《游园惊梦》中描写月月红和蒋碧月时也有突出的体现，而尹雪艳则是这类女人中极致的典型。欧阳子点评《台北人》时，敏锐地指出"在白先勇的《台北人》全集中，开卷的《永远的尹雪艳》，是最'冷'的一篇"，也是"嘲讽意味最浓的一篇"；"白先勇在形容尹雪艳时，一再取用与巫术、庙宇有关的字词与意象语"，来影射她"是死神，是致人命的妖魔"，"来表达一下他自己显然多少相信的'乱世出妖孽'或'妖孽造乱世'的玄论"①。尹雪艳那在麻将桌旁"轻盈盈地来回巡视着，像个通身银白的女祭司"的形象，确有妖孽乱世的意味，不过我们注意到，这个形象也颠覆了传统两性叙事中女性作为被侮辱与被损害者的角色意识，而使文本的意义变得更为丰富了。20 世纪中国现代文学中有一个引人注目的交际花形象系列，《子夜》中的徐曼丽、《日出》中的陈白露、《十八春》里的曼璐……她们的生存或沦落总是被动地受制于男性和外在的社会，她们的悲剧也就带有某些社会批判的意味，叙述者更关注她们的命运转折而忽略了对她们情感立场的观照。《台北人》中也塑造了一组类似的交际花形象，如《金大班的最后一夜》《孤恋花》《游园惊梦》等，她们是徐曼丽们在台北时空中的重现，而尹雪艳的出现向以往的叙述提出了挑战。她有一种老辣的世故、冷酷的清醒的态度，具有排除一切困扰而使自己保持主宰地位的能力。小说写她纵然是流落在台北，尹公馆的气派却不肯降低于当年上海霞飞路的排场；每天"以悲天悯人的眼光看着她这一群得意的、失意的、老年的、壮年的、曾经叱咤风云的、曾经风华绝代的客人们，狂热的互相厮杀，互相宰割"，却毫不留情地笑吟吟地"吃红"。历史时空的倒错给尹雪艳们提供了活动的舞台，她们的生存状态则呈现出人性中某些不可理喻的东西。

朱天文笔下的米亚在精神命脉上与尹雪艳具有承袭关系，但叙述

① 欧阳子：《白先勇的小说世界——〈台北人〉之主题探讨》，载《白先勇文集》第二卷，花城出版社 2004 年版，第 212、219、220 页。

起来作者的态度要宽容得多。白先勇擅长描写中年女性的心理情感，朱天文则总是浓墨重彩地铺陈青春女孩那摇摆不定的情怀。他们相互印证，恰好完整地表现出女性在特定时空中的挣扎与迷失。米亚的时代，生活更难以把握，没有战争的破坏，每个人内心的风暴却具有更大的破坏力。20世纪多灾多难的历史累积起来，将年轻一代稚嫩浪漫的理想不断轰毁，世纪末的年轻人置身在不断消解与不断重构的潮流中无所适从，20岁就已经感觉老之将至的危机。他们与父母无法沟通，对同代人也缺乏基本的兴趣，于是在手臂上刺上"浪子"的字样，把帮会叫作"苦海帮"，然后浪荡在城市的白天与黑夜扮起了"混哥混妹"（《尼罗河女儿》）。米亚还有一套自以为是却似是而非的"哲学"，她不相信爱情，"爱情太无聊只会让人沉沦"，"世界绚烂她还来不及看，她立志奔赴前程不择手段。物质女郎，为什么不呢？拜物、拜金、青春绮貌，她好崇拜自己姣好的身体"；她也有真情难抑的时候，无论是对年轻的男友还是对情人老段，但她清醒地知道自己"必须独立于感情之外"，"正如秋装注定以继夏装，热情也会消退，温潋似玉"；因此她沉迷于用色彩和嗅觉建构起来的世界中，"湖泊幽邃无底洞之蓝告诉她，有一天男人用理论与制度建立起来的世界会倒塌，她将以嗅觉和颜色的记忆存活，从这里并予之重建"①。有研究者指出，"在《世纪末的华丽》的各篇小说里，朱天文以华丽熟艳的技法笔调写人生腐坏前的一瞬，充满着对人生苦短的感叹、对蜉蝣众生的同情，以及对一切青春的伤逝"②，这个评价很容易让我们联想到《台北人》的叙事，如果说《世纪末的华丽》是在展现"人生腐坏前的一瞬"，那么《台北人》恰恰是对腐坏后的情状做了艺术的再现。由灵的追求堕入肉欲的沉迷，书写青春与爱情流逝的感伤，这

---

① 朱天文：《世纪末的华丽》，台湾印刻（INK）出版有限公司2008年版，第147、157、156、158页。

② 詹宏志：《一种老去的声音——读朱天文的〈世纪末的华丽〉》，载《世纪末的华丽》，台湾印刻（INK）出版有限公司2008年版，第7页。

样的故事不会只在台北上演，但白先勇与朱天文偏偏都选择了这个视角来拷问人性的本质，他们的书写方式就呈现出一种时间性的联系，并赋予时代性的精神体验以世界性的意义。

"说到底，文学毕竟还是处理精神和心灵事务的领域。表达社会历史变迁以及因此带来的震撼、惊恐或不适，心理经验应该是最真实和难以超越的。"① 20 世纪中国社会的戏剧性变迁给文学家们提供了精彩的素材，我们在许多优秀的作品中看到了时代的痕迹、事件的更替，但如白先勇、朱天文这样细致审视心理情感的作品并不多见，他们的存在使 20 世纪的汉语文学版图更为丰富了。

（原载《南方文坛》2009 年第 5 期）

---

① 孟繁华：《从外部世界到内心世界——评吴玄的小说创作》，载《南方文坛》2009 年 1 期，第 89 页。

书写 "隐藏" 在城市中的世界

——解读少君的旅行散文

生活在钢筋水泥构筑的都市丛林中，耳目充盈着各种媒介泛滥喧嚣的信息潮流，你的内心是否会感到些许的寂寞和荒凉？在标榜理想、激情、主体性选择的时代氛围中，我们却不合时宜地发现自己正被撕裂为矛盾的两极，满怀震惊、困惑和无奈地凝视眼前的现实，说不清是从什么时候开始它变得越来越陌生，越来越冷漠了。几番挣扎之后，越来越多的人流露出疲惫之态，我们未老先衰，变得脆弱、慵懒、世故和斤斤计较，生活在别处，而我们却找不到那柳暗花明的路。

一个偶然的机会，我接触到北美新移民作家少君的一些小说与散文。从个人的偏爱看，更喜欢他的散文，那流溢在字里行间的率性潇洒令我掩卷动容。虽然已届"不惑之年"，少君的散文却是实实在在的"青春写作"。经历了许多风雨之后，他没有陷入流俗的"中年心态"，而能以热情、积极的姿态关注生活，以细腻、知性的文字挖掘"隐藏"在城市中的"世界"，他的机智、自信和浪漫情怀呈现出一种生活境界，我们未必完全赞同，但一定可以在阅读中有所感悟。

少君常常自称为"是一个以写作为一种乐趣的文学票友"，20 世纪 80 年代在北京大学声学物理专业度过了大学时光，去美国留学后获得的是经济学博士学位。他对写作的偏爱更多是来自一种精神上的坚持，"不为名，不为利，只为了可以向更多的人表达自己的理念和情绪"①。他的散文大多带有亲历性、体验性色彩，足迹所到之处，他观察并思考，然后细致地娓娓道来。在《德意志巡礼》《网络哈佛》《人间天堂——温哥华》《聚焦意大利》《维也纳交响曲》《台北素描》《上海印象》《解读重庆》《西望长安》等代表性作品中，他引导读者深入城市的文化脉络，观看东西方文化的内在意蕴，尝试着进行一种精神的漫游。

从行旅书写的发展脉络看，在思维向度、观看方式与文化想象等层面上，少君的散文体现出新的历史语境中不同以往的"代际特征"。近代以降，在东西方文化交流的潮流中负笈去国的学子、游人，以及肩负使命到异域考察、访问的官员们曾经留下了众多的文字记忆，这些行旅体验的书写对社会观念的变革、国人文化想象的方式等都产生了意义深远的影响。有资料显示："按题材的分类概括，我们自然地发现五四运动到第二次国内革命战争之前的第一个十年中，打头的是海内外的旅行记和游记。"②"像《新青年》一类的刊物曾大量译介外国游记，这些外国游记对于开阔中国民众的视野，让青年人对异域的政治、经济、文化多一些了解，吸引他们出国求学，都是有一定作用的。"在一定意义上，"晚清以降的跨文化传播离不开逐渐广泛的行旅，它不仅为中国现代文学的发生输入了必备的思想和学术资源，而且还培养了大量的现代知识分子"③。应当看到，游记始终是现代文学散文领域中比较活跃、繁荣的部分，无论艺术水准怎样，其亲历性体验中所呈现出来的异域风情和文化比较毕竟暗合了 20 世纪中国社会最突出的发展诉求——追求现代性，而西方发达国家或地区的人文生态、价值观念、历史进程则始终被视为现代性的典范。值得

---

① 少君：《网络哈佛》，载《爱在他乡的季节》，中国文联出版社 2001 年版，第 76 页。

② 俞元桂：《中国现代散文史》，山东文艺出版社 1988 年版，第 10 页。

③ 参见李岚的博士论文《行旅体验与文化想象——论中国现代文学发生的游记视角》，第 85、25 页。转引自中国知网（CNKI：CDMD：1. 2007. 113422）。

注意的是，尽管写作主体之间具有巨大的差异性，我们在各种行旅书写中感悟到的文化心态却具有惊人的同质性——一种面对强势文化时无法抗拒的悲凉、感愤情绪，由此引发的文化思考常常被归结为两种形态：基于现代性反思而对中国文化传统和历史进程进行的否定性批判，或者是在时空的错位中因传统中国乡土文化的衰颓而产生的文化乡愁。胡适 1918 年在《新青年》4 卷 1 号上发表《归国杂感》，列举当时从文艺界、出版界到教育界的种种"怪现状"，尽管在文章开篇时极力表明了一种温和的立场，说"我每每劝人回国时莫存大希望：希望越大，失望越大。所以我自己回国时，并不曾怀什么大希望"；但行文中还是克制不住，感慨中国人生存状态的恶劣，"卫生也不讲究，医药也不讲究。我在北京上海看那些小店铺里和穷人家里的种种不卫生，真是一种黑暗世界。至于道路的不洁净，瘟疫的流行，更不消说了。最可怪的是无论阿猫阿狗都可挂牌医病，医死了人，也没有人怨恨，也没有人干涉。人命的不值钱，真可算得到了极端了"；并且愤慨地评论当时的教育体制，说"现今的人都说教育可以救种种的弊病。但是依我看来，中国的教育，不但不能救亡，简直可以亡国"。"学校里所教的功课，和社会上的需要毫无关涉。所以学校只管多，教育只管兴。""但是如今中学学堂毕业的人才，高又高不得，低又低不得，竟成了一种无能的游民"，"社会所需要的是做事的人才，学堂所造成的是不会做事又不肯做事的人才，这种教育不是亡国的教育吗？"① 现代知识分子以启蒙意识观照中西方社会的差异，他们常常无法自已地陷入一种悲观、愤慨情绪，这样的心态以及由此形成的文化比较模式在 20 世纪中国文学中成为一种典型而普遍的现象。

少君是 20 世纪 80 年代中期被公派出国的留学生，在那个启蒙意识和理想主义高扬的时代中形塑而成的个性与思想观念，使他在文化心态上表现出明显的精英意识，追求纯净、高尚的生活与品位，无法

---

① 胡适：《归国杂感》，引自林伟民编《胡适思想小品》，上海社会科学出版社 1997 年版，第 160、165、166 页。

忍受现实生活中的低俗与丑恶。他的系列小说集《大陆人》中收录的篇章，集中展示了困顿于西方世界中的东方人的生存困境，真实地书写了在时空的错位中陷于迷惘的边缘人的生命体验与文化心态。如果说这些小说在文化比较模式上主要是体现了与以往同类创作的同一性的话，在他的旅行散文中则呈现出一些新的内涵与角度，使他得以超越"历史"的局限而显示出鲜明的时代文化印记和"代际特征"。

我们发现，游走在西方强势文化语境中的叙述主体总是怀着极大的兴趣观察、品评异域的历史和文化，以一种交流、对话的姿态体现出一种主体性自信。于是西方世界不再被视为学习的经典范本，而是可以进行建设性思考的对象；东方社会也不再是以"文化的奇观"的面貌进入西方读者的视野，它自有它的韵味、个性、文化包容力和创新能力。作为20世纪80年代从祖国大陆走出的新移民中的成功者，少君的精神气质更多体现出一种健康、积极、开放的"青春"色彩，他自如地融入西方社会，欣赏其文化历史的丰富与精粹，同时也利用自身的优势有效地传播中国文化的意蕴。他的观念中并不缺乏悲天悯人的情怀，但他不会沉湎于此而使自己的文字染上感伤、沉重的色调，"在路上"，并思考着、实践着，使他的行旅书写特别能够契合当下的文化潮流与大众的阅读心态。

从现实生活到文本的写作，少君都在有意识地进行跨文化的传播。他去德国参与巡回演讲，足迹所到之处，细致地考察其历史、文化脉络，法兰克福、海德堡、慕尼黑、奥格斯堡、纽伦堡和柏林等城市的面貌在他具有历史感的讲述中变得清晰起来，而"歌德之家""哲学家小径"的存在更使这个具有深厚历史的民族显示出文化的魅力。徜徉在米兰市区的哥特式教堂中，我们不仅感受得到其经过意大利、法国、日耳曼各国大师参与构建的建筑艺术之美，也会为其历经两千年历史而保留下来的丰富文化遗产叹为观止。在《维也纳交响曲》中，由音乐、皇宫、街头咖啡馆、圣斯蒂芬大教堂及其大门右侧墙上的"05"标记和众多歌剧院建筑等牵涉出的有关维也纳人文历史景观的介绍，充满意趣。而更耐人寻味的是，维也纳人民对于人文历史遗产的珍视和保护态度："从公元10世纪起统治奥地利的巴奔堡家族到哈布斯堡王朝，直至奥匈帝国之后的历届政府，都无一例外地坚持保护传统建筑，历代人民最喜爱的统治者是致力于国内建设的君主。据说，约瑟夫皇帝就是因为在位期间实现了维也纳有史以来最雄心勃勃的城市重建计划，成就了今日维也纳的内城规模及主要建筑群的格局，才被人们称颂。"① 平静的叙述也会引起"一石激起千层浪"的效果，回顾20世纪中国追寻现代性的历程，传统的人文资源为"前进"的历史车轮付出了太多沉重的代价，而当下的某些"保护""抢救"行为也掺杂了太多功利性的意念，在世界视野的比较中反观自身，当代中国的文化建设有太多需要改进之处。陈瑞琳点评少君的城市散文时，称其"有一种特别的气韵，不是西洋镜般的眼花缭乱，不是贸然的惊喜和悲叹，而是追寻着历史文化的脚印，应和着自己多年的心理积淀，在老友重逢般亲切中徐徐前行。文字的激越中饱含冷静，卓亢无痕，超然宽怀"②，是很中肯的评价。在历史的巡礼中，少君尝试帮助读者摆脱走马观花的浮躁，沉入内里去做些生命的沉思。作为北美地区华文网络文学的代表作家，少君曾将网络文学的特质概括为："技术构成了网络的运作，艺术反映了人类网络生活的精神层面，而哲学是网络存在意义形而上的表达。"③ 这种文学意识体现在他的旅行散文中，呈现为历史与文化的对话，他"携着历史出游"④，以机智、从容的文字引领读者从繁杂喧嚣的时代潮流中回归内心深处，去体验一个丰富、真实的自身存在，这正是文学追求的最佳境界。

① 少君：《维也纳交响曲》，载《爱在他乡的季节》，中国文联出版社2001年版，第66页。

② 陈瑞琳：《用"心"在行走》，载《文艺报》2005年10月8日3版。

③ 少君：《网络哈佛》，载《爱在他乡的季节》，中国文联出版社2001年版，第77页。

④ 郭媛媛：《最忆此生、此情、此景——少君散文论》，载郭媛媛等著《阅读少君》，群众出版社2002年版，第63页。

值得注意的是，如果仅从类型学的角度审视少君的旅行散文，我们大多只会关注其融会在行旅体验中的人文地理知识和文化理想，而忽略了他旅行散文的一个重要特征——基于"新移民"身份而在文化心态、生活内容方面表现出来的独特性。正是这一点使他的散文不仅具有文学的欣赏价值，而且具有见证一代人生命轨迹的意义。"新移民"作为一种身份，曾是众多20世纪中国人梦寐以求的人生目标，对它的追求过程经过各种文学作品的演绎，呈现出复杂变幻的面貌，它是传奇性的，是悲剧的，是批判现实主义的，也可能是喜剧性的。作为特定历史境遇中具有特殊身份的群体，他们的命运、理想、生存状况、爱恨纠葛总是能够引起旁观者的兴趣。20世纪五六十年代曾经蔚为潮流的留学生文学，20世纪80年代以《丛林下的冰河》《北京人在纽约》等为代表再次掀起的留学生文学热，都是对这一群体不同历史时期生存状况和生命体验的书写。少君以自己的经历书写了另一种类型的"新移民"生活，剥离了各种浮夸、幻象，平实而自然地加以展示的当代生活。他代表了新移民中的佼佼者，通过奋斗而取得成功，在西方世界介入主流群体而摆脱了"边缘人"的处境，能够利用自身的优势在中外交流中发挥必要的作用。我们看到，他到哈佛大学燕京学院、米兰大学、慕尼黑大学、海德堡大学等地介绍中国的发展现状与北美的华文网络文学，也以《解读重庆》《徽州三学》《西望长安》《从潞园到蔚秀园》等品鉴中华历史、城市风情、民俗文化的篇章向西方推介中国的人文景观。对西方现代文化理念的接受没有在他的内心引起回顾故园的文化失落感，他在《凤凰城闲话》中谈到，他"虽然在美国学习生活了多年，但骨子里却是浸满了中国传统思想的遗汁"①，向往"采菊东篱下，悠然见南山"那种超俗不羁的品质和闲适愉悦的生活态度，远离尘世的纷杂疲惫，面对自然，以沉思静默的方式叩问内心。在很大程度上，少君已经实现了他的人生理想。

---

　　① 少君：《凤凰城闲话》，江苏文艺出版社2005年版，第6页。

以文学行旅为考察视角，探讨文化传统的移动、转化，以及由此引发的世界想象等问题，是近年来正在引起学界关注的研究课题，其中涉及的中心与边缘、离散与迁移、此岸与彼岸等问题，在当下这个文化多元化的时代尤其具有重审和探讨的必要。少君的旅行散文为我们提供了一个典型的研究个案，其丰富的文化意涵有待在进一步的研究中揭示出来。

（原载《作家杂志》2009 年第 3 期）

书写「隐藏」在城市中的世界

他异性时空中的灵魂守望

——透视旅法华文作家作品展

二战爆发前夕，时任《泰晤士报·文学增刊》编辑的菲利浦·汤姆林森在一篇社论中这样写道："如果文学不复存在，欧洲的灵魂也就随之消亡了。"① 在那样纷乱飘摇的世界里，依然保持对文学的倚重与激情真是让人感动。不过换个角度想，如果没有历史悠久的人文传统与阅读风尚做积淀，恐怕不会产生如此"以文学艺术建构人类心智的最后堡垒"的设想吧？

谈论到文学的生存环境，在当下的中国文坛尤其具有"一石激起千层浪"的效果。面对文坛种种，我们应该说什么？我们能说什么呢？以这样不太乐观的心境阅读刊登在《香港文学》上的"旅法华文作家作品展"专辑，不知不觉还是投入到作品描绘的艺术世界之中去，方体会到在特定的时空中，对特定的人群而言，阅读是一种需要。那么写作呢？对写作者来说，写作也是一种需要。

大多身居海外的华文作家都会遇到一种宿命式的质询：在海外，坚持以华文进行创作有什么意义？在异域的文化空间中，原本倚重的作者—读者的互动体系瓦解了，作家听不到对自己创作的喝彩，主流文化意识形态又很难接纳这些外来的介入者，写作——这种艰难的精神存在方式究竟有什么意义？大概不同的人总会给出千百种不同的答

---

① 陆建德：《心智的堡垒》，载《万象》2002 年第四卷第 5 期，第 100 页。

案吧，可是要直截了当地给出一个结论，我们就会发现，无论本土还是海外作家的创作，其实都有一个根本的缘由：写作是一种需要，一种展现世界和守望心灵的需要。

肖良和桔子都是从中国去往法国的作家，他们出生于20世纪40年代中期，经历了中国现代史上惊心动魄的斗争，在而立之年去国离乡。生活的磨砺使他们总是对"岁月"的印痕颇为敏感，肖良的诗中反复出现的意向就是"岁月""历史"："轻轻拾起一片贝壳/拾回了久远的故事/和逝去的岁月"（《拾贝》），"春夏秋冬/年复一年""不管你曾拥有怎样的辉煌/总敌不过无情的时光/最灿烂的也会趋于平淡"（《岁月》）。虽然旅居法国20余年，在中国形成的思想观念与人文意识，似乎仍顽固地阻碍着他们融入现实的生存空间，他们眼之所及、心之所想皆与故国家园紧密相连：肖良说"故乡永远是我的一个梦/无论漂泊何处/那童年的木屋/和屋前的一条港湾/总流淌在我的脑海中"（《故乡》），桔子忘情地高歌"回家的日子真好/九万里江山任我拥抱/大江大河任我游览"（《风筝》）。对他们来说，写作是一种对家国的情感寄托，是现实的自己与灵魂的对话。

思乡恋旧历来是海外华文文学的一个基本主题，它有时呈现为诗作中奔涌的激情，有时内化为诗作中运思独特的意象，有时亦转化为深切哀婉的人生追忆。出生于中国台湾地区的谢思诺以新移民的身份在巴黎参加关于"谈离散书写"的文艺座谈会，虽然情不自禁地被那些充满悲情色彩的文字所震撼，却在理智上坚持着一点旁观的立场："幸运如我辈，既不似早三十年前的留学生，一生苦读又穷又苦，离开了国土就得独自打拼。我们也非因着政治缘由，出得来回不去没的选没的挑。我们是经济起飞后的台湾宠儿，又娇又嫩！自己决定自己选择！……哪里能体会那种有血有泪生不得死不成的离散心情？"（《另类文学》）我们由此能够体察到不同地域、不同背景、不同文化心态的海外移民的社会意识差异，可是即便是这样的幸运儿，也不能不为台湾现实的"统独"之争所困扰："或许真有那么一天，我们会跟台湾的家有切割分散的可能？"（《另类文学》）政治、历史的创伤剧痛使他们格外依恋亲情的慰藉，在《他的香港脚》中，父女之间的依恋、隔膜与省思也因此而被描绘得感人至深。

大体看来，思乡恋旧文学呈现出一种"在亦不在"的精神状态，写作的主体虽然处在异域文化空间中，情感价值取向却执着地指向故国传统，因此价值判断呈现出单纯、清晰的特征。可是在他异性的时空关系中，这种"在亦不在"的境界在现实生存中毕竟不能持久，于是不能不考虑的问题是，个体如何处理先前的生命体验与现实的生存状况之间的矛盾？对于这样的情境，法国评论家菲利蒲·福雷提出的一个阐释概念是"迷失"。"从前大写的历史、地理有古老的坐标，那时东西南北的古老文明还在各自为政，在自己认定的范围内故步自封。但在文明碰撞之中，以前的参照系立时解体。而后，在复杂多彩的混乱天地中，个人忽然发现，在这布满讯号的飘摇世界里，有机会开始奇特的体验。""当今世界就生活在迷失时代。"① 站在福雷的立场上，他在"迷失时代"充满了自信，因为"迷失"意味着机会，"可以闯入开放的空间，个人特性的常用参照坐标不再成立，在语言、文化、文明深不可测的一片混沌里，每个人都不得不走出自己的路，不确定的路"②。法国知识分子血脉中的革命性、挑战性隐隐地渗透在他的思维方式里，我们由此可以了解百多年来法国的文艺思想始终走在世界前列的缘由。不过，站在弱势、边缘文化立场上的人文知识分子，对"迷失时代"的体验恐怕就包含更多"悲凉"的意味。

黎翠华在《洗衣店》里讲述了一个情感迷失的故事。一位在紧张、忙碌、模式化的都市空间中已然习惯了独来独往的现代女性，不期然地在洗衣店里邂逅了有着同样生活轨道的他。他像一个电视剧集一样，定时介入她的生活，她觉得自己很理解他。他呢？也应该欣赏她。虽然自幼就随父母移民海外，她可不喜欢西方男人，甚至认定他们都有抑郁症，不知为何还没结婚就像进了坟墓。她祈望回到本源的

---

①② 菲利蒲·福雷《这地方的事情变得快》，载香港《香港文学》

2004年第3期，第14页。

东方，能遇上一个愿意为她做点什么的男人。她终于遇到了这样的一个东方男人，原来的生活方式迅速改变了，甚至想到要添置一台洗衣机，那是家的象征！可是他很快就离开了，因为这段感情经历，在她是期盼两条轨道的融合，而在他只是无数个交叉中的一个点。女人原以为自己已经把握了现实，但她最终迷失了，甚至失败到无法回复原初的生活。从原型的角度看，这是传统的一个男人与一个女人邂逅的故事模式，可是伦理学批评、女性主义批评、心理分析学者会解读出不同的含义，我们也不妨在寓言性的层面上探讨东方与西方、现代性追求与传统的某种隐喻关系。在更多的时候，东方知识分子对文化的冲突总是表露出悲情与焦虑意识。

绿骑士、蓬草、郑宝娟、夏婕都不约而同地在作品中涉及了"情感迷失"的主题，他们或者关注迷失在"情感记忆"里的人（《忘河水仙》），或者探寻亲情、友情、人性在现代社会的迷失给个体造成的伤害（《爱妻》《迷失》《旱金莲已经凋谢》）。对传统人伦亲情在现代社会的失落，他们表露出深切的悲悯情怀，也正是在这个意义上，这样的创作超越了民族、国家、中心、边缘，先进、落后这样一些已成定见的二元对立性思维方式，具有了人类普遍性的意义。

20 世纪 20 年代，象征主义诗人王独清在《我漂泊在巴黎的街上》一诗中曾这样描绘巴黎："我漂泊在巴黎的街上，践着夕阳浅淡的黄光。但是没有一个人知道，我心中很难治的痛疮！……多少悠扬的音乐，多少清婉的歌唱，和多少的耻辱、悲哀、自杀，都在这负着近代文明城市的河旁，在这河旁来装点着繁华。"诗作充满对巴黎的愤怒和痛苦感受。艾青后来有首长诗《巴黎》，也力图书写巴黎"最伟大的/最疯狂的/最怪异的'个性'"。在诗人眼里，巴黎既是"革命/暴动/公社的诞生/攻打巴士底一样的/具有不可磨灭的意义"的革命的巴黎，也是"白痴、赌徒、淫棍/酒徒、大腹贾/野心家、拳击师/空想者、投机者们"充塞的病态的巴黎。[①] 在民族国家面临现实

———————————

① 参见王一川：《中国形象诗学》，上海三联文库 1998 年版。

的危机与挑战的时代，人文知识分子理性地审视西方的"他者"，他们既将其视为文化的圣地，寄望从中吸纳思想资源，又不能不感到被征服、异化的愤懑与失望。因此，在"看"与"被看"的关系中，对双方文化身份的认定与对差异性的敏感认知相当明显。1984年新生代诗人胡冬的诗作《我想乘上一艘慢船到巴黎去》，将这种文化上的"看"与"被看"心态推向新的极端，诗人以惊世骇俗的"反文化"姿态对西方中心主义的"文化圣地"发起攻击："我想乘上一艘慢船到巴黎去/去看看凡·高看看波特莱尔看看毕加索/进一步查清楚他们隐瞒的家庭成分/然后把这些浑蛋统统枪毙/把他们搞过计划要搞来不及搞的女人/均匀地分配给你分配给我/分配给孔夫子及其徒子徒孙""我想乘上一艘慢船到巴黎去/去最好的医院做矫正手术/切除导致不良情绪的盲肠/去最好的疗养地享受日光浴蒸汽浴/去最好的花店买一大捧郁金香/我要穿上最新式的卡丹时装/然后带着兴奋带着黄种人的英俊面容/坐快班直接回到长江黄河流域/我要拥抱母亲拥抱姐妹拥抱我的好兄弟/这一刻我也没有半点眼泪/骨节相当粗大完整的朋友们/会心地拍拍我的肩头"。与前辈们相比，20世纪80年代的年轻人不再为民族的生死存亡忧虑，他们要做的是在全球化的文化整合中为中国文化争取主体地位，巴黎及其代表的西方文化在他们的视野中转化为一种欲望符号，他们并不在意由此传达的文化信息能够获得怎样的效果，关键是要宣扬一种文化立场、文化精神！

看到"旅法华文作家作品展"时想到过往的这几部作品，恰成一种对照，对文化冲突的感受、理解、立场，在不同的地缘、语境、生存状况中是会表现出不同的面貌的，由此获得的审美感受也自不同。这样看来，福雷以"迷失"概述文化冲突的总体特征也不尽准确，或许应该说，"迷失"是文化冲突的一种反映、一种模式。

文化冲突的叙述模式还体现为某些超越现实的哲理探寻，这也是本辑作品展中呈现出的鲜明特点。黄爱梅在人生的经历中体悟到外在的惊艳"比台北西门町卖的冰激凌还要融得快"，她强调重视生命质量，追求"个体间交会时电光火石般擦出的闪烁火花"（《惊艳》）。

吕大明"站在时间的回廊里"沉思生命与时间的关系，他游走于历史、现实之间，与东西方文学家对话，感悟到生命的脆弱、时光流逝的严酷，"众生都活在时间的迷宫里，时间是帝王，人是时间的奴仆"。对时间与生命的沉思，内敛性地折射出现实中的受挫体验与超越意识，"时间对沉沦在痛苦深渊的人是枷锁"，对敢于担当的人却是"法国诗人拉马丁笔下掺杂花蜜与胆汁的酒，是一杯生命之酒"（《站在时间的回廊里》）。这样的酒饮下去，必定苦涩、孤独、充满失望和艰辛，但在灵魂的层面上却获得了超越与永恒，正如马金尼笔下的《等待的女人》，"她不埋怨孤独，不怕冷清，以自己微弱的火可以燃烧起整个雪原。她知道怎样将自然世界的美变成她的人生、她的命运"（卢岚《风雪世界或超越命运》）。祖慰20世纪80年代在中国曾以散文创作的先锋实验受到关注，此次创作的作品《仁慈杀人》依然保留着鲜明的先锋意识，对尚存争议的"安乐死"现象，作家力求进行一种哲学意义的探寻，丹尼的死被描写得那样圣洁、庄重、高贵，对于具有重生恋土传统的中国读者来说不能不产生震撼。对于文化冲突，祖慰并未表现出太多的困惑，他选择了理性地接受。

　　认识自我，必须了解他者，而了解他者的目的仍是为了以之为镜，更好地认识自己。《香港文学》推出的"旅法华文作家作品展"恰好提供了一个独特的角度，它帮助我们获得了镜中和镜外的双重视角，文化冲突中的困惑、差异与抉择都因此而具有了现实意义。

（原载《香港文学》2005 年第 2 期）

文化传播中的鲁迅

——香港文化界对鲁迅的开掘、守望与精神期待

在 20 世纪的中华思想文化研究中，鲁迅无疑是一个无法绕过的人物。人们从文化观念、文学创作、人格境界乃至个性心理等诸多层面阐释鲁迅，来自不同立场、视点的开掘和争议持续了半个多世纪，却仍然意犹未尽。鲁迅的出现和对鲁迅的关注都成为中国社会走向现代过程中的重要现象。

耐人寻味的是，20 世纪 80 年代，在理想主义高扬的时代氛围中，鲁迅研究经历了从此前的社会政治学定位向思想启蒙、文化评判的学理性探讨回归的发展态势，许多深刻影响了内地学界思想意识的命题都是首先从鲁迅研究领域提出来的。然而进入 20 世纪 90 年代，对鲁迅的关注逐渐呈现出价值判断的分裂化、复杂化倾向。接二连三的重评与怀疑鲁迅的言论在学术界和一般社会大众群体中引起了强烈的反响，王朔的"酷评"鲁迅、葛红兵的"悼词"、《收获》杂志"走近鲁迅"专栏以及《北京文学》对 56 位青年作家关于"鲁迅意义"的调查等，不断地将鲁迅价值的评价问题提到文化争鸣的潮头浪尖；比其更为激烈的言论则大量出现在网络上，甚至有人提出了"打倒鲁迅"的口号。① 当学界努力建构鲁迅思想的经典意义时，大众社会中却弥漫着一股将鲁迅"灰色化"的潮流。历史有时惊人地

---

① 参见张福贵：《经典化理解：当下鲁迅研究不可缺少的主题》，载《鲁迅研究月刊》2004 年第 7 期，第 29 页。

相似，鲁迅生前就生活在各种舆论交锋的中心，不得不承受来自各种立场的"评判"，被保守派们骂为"新派"，却被激进的新青年高长虹等人骂为"世故老人"；被梁实秋称为是拿了"卢布"而写作的作家，却被郭沫若说成是"资本主义以前的一个封建余孽"……在20世纪以来的中国文化思想史上，鲁迅成为一个扭结点，无论他被戴上怎样的面具，当人们面对现实社会的问题时，都会在某一个层面上与他相遇。

比较而言，新世纪以来内地的鲁迅研究界始终处于众声喧哗的状态，而在各种声浪冲击中的香港文坛却有许多人坚持了一种淡定、守护的立场，这为我们考察文化传播中的"鲁迅现象"提供了重要的线索。通常，在文化研究领域，内地学界与香港文化界操持不同的理论话语，各有一套相对自足的阐释系统，即便探讨同样的研究对象，也很少形成理论上的交锋与回应。然而，对鲁迅的关注显然是一个例外。在历史的发展脉络中，从20世纪二三十年代至今，香港文化界始终有一些人坚持、守望并开掘着鲁迅精神，经由他们的努力，鲁迅作品的经典意义以及鲁迅思想的当代价值得到丰富、深刻的诠释。值得注意的是，内地的现代文学研究者中有很多人都有很深的"鲁迅情结"，对鲁迅的研究、阐释常常融入了研究者个体太多的理想、愿望和价值判断，在一定意义上，鲁迅成为超越现实的思想、文化标志，人们尝试在同他的对话中获得个体的自我认证。追溯历史，我们发现，同样的生命体验与情感趋向也是许多香港人文研究者的精神特征。

历史地看，香港文化界的"鲁迅关注"从20世纪20年代即已开始，早期更重视鲁迅思想的社会意义。1927年，鲁迅应基督教青年会的邀请到香港，做了《无声的中国》和《老调子已经唱完》两次演讲。当时的《华侨日报》相继发表了几篇引发反响的文章，如碧痕的《文学革命》（2月25日）、济时的《会晤鲁迅先生后》（2月25日）、葆蓉的《我们如今可以自由发表意见了》（4月19日）、绿波的《我们一致起来打破文学的阶级吧》（4月29日）等文，对鲁迅的演讲在冲击香港文坛陈腐气息、推动白话文学为代表的新文学发展方面的积极作用给予肯定评价。济时的文章中特别提到："我在香港卖文三年，竭力提倡适应潮流的文化。但所得的效果，微乎其微，耳边听得某某学校增加读经钟点，几乎令我与人辩论进化律失了根拟。""我告诉鲁迅以香港思想界的顽固，请他务须痛下针砭。后来他在演讲《无声的中国》里，恰好对症下药。"① 在封建的旧文化仍然占据主导性地位的香港社会中，刚刚感受到新文学气息的青年们对鲁迅的到来寄予了热切的期望。

1936 年 10 月 19 日鲁迅先生逝世以后，香港文化界同内地一样举行了大规模的文化纪念活动。此后，又连续多年举办鲁迅纪念会、演讲会，在文艺期刊上开辟"鲁迅纪念专辑"等，关注的热情丝毫不逊色于内地文坛。20 世纪三四十年代，"在香港文化界，对于鲁迅的评价主要是正面的，鲁迅成为进步的、爱国文学的代表人物"。"在文化、文学界，文人以国难当头，当捐弃前嫌，团结抗战为主，故多以鲁迅作为精神旗帜，有一些当年对鲁迅不敬重的文化人，也对鲁迅有了新的认识"。在这样的情况下，鲁迅"由一个实像（虽然少为人所知），渐渐变成一个受纪念的进步文学、民族英雄的象征"。②

无独有偶，在 1945—1947 年的台湾社会，以《前锋》《和平日报》《台湾文化》等期刊为阵地，也曾掀起短暂的介绍、研读鲁迅的热潮。这些刊物相继刊登纪念鲁迅专辑，邀请海峡两岸及国外文化界人士撰写文章，点评作品，发掘其思想意义。考察这一时期"鲁迅风潮"产生的原因，"主要是光复后，台湾同胞迫切地希望了解和学习祖国的文化，而他们知道，鲁迅是现代中国最伟大的作家，是中华民族精神的杰出代表，因此崇敬鲁迅，接受鲁迅；另一方面，以许寿裳等为代表的一大批现代中国的进步作家和文化人，为了协助台湾的文

---

① 参见孙立川：《历史的断片——"鲁迅与香港"的三个考察》，载香港《香港作家》2001 年第 5 期，第 19~20 页。

② 同上，第 21~22 页。

化重建，来到台湾，他们带来了中国现代新文学的优良传统，致力于将鲁迅等优秀的现代作家作品介绍给台湾同胞。加上当时台湾政治腐败，经济崩溃，民不聊生，鲁迅那种与丑恶势力作拼死斗争的战斗精神，正是广大台湾同胞十分钦佩，亟欲效法的"①。我们发现，在文化传播的方式和思路上，台港两地表现出某些共同的特征：面对内忧外患的社会现实，人文知识分子都强调并突显了鲁迅思想中介入现实的"大传统"层面，重视其改造社会的意义。不过，20世纪50年代以后，随着政治局势的变化，鲁迅的著作在台湾长期被列为禁书，显性的文化传播被迫终止。香港则由于其特殊的社会历史语境，仍然在境外的鲁迅文化传播中发挥着重要的作用。

20世纪50年代以后，香港一些出版社和图书公司策划出版了系列的鲁迅作品集和研究论著，《呐喊》《彷徨》《野草》《朝花夕拾》以及《鲁迅杂文选》等作品都受到推介。一些青年读者在阅读中感受到的是鲁迅精神中进步、激烈的社会批判的内蕴，也有一些人关注的则是更具有个体化色彩的鲁迅。香港浸会大学的卢伟力教授曾在文章中谈到自己的"鲁迅故事"，特别提到"对于我，鲁迅是成长过程的文化身份认同标记。七十年代初，读中学的我，除了有正常的成长期反叛之外，还有对殖民地教育抱有不满的反叛，在这反叛二次方之下，是大量阅读课外书，参与大量课外活动，追求活的知识，争取个性自由，亦是在这时期，我看了许多鲁迅作品……我看到作为斗士的鲁迅，视他为偶像，认为他的匕首和投枪，亦即是我的匕首和投枪"②。而在梁秉钧教授回顾自己青年时代阅读鲁迅的感受时，传递出的则是另一层面的信息："在五六十年代的香港阅读鲁迅，跟同时

①　参见朱双一：《光复初期台湾文坛的"鲁迅风潮"——以〈前锋〉〈和平日报〉〈台湾文化〉等为例》，载《台湾研究集刊》1999年第2期，第86~87页。

②　卢伟力：《岂有豪情似旧时——我的鲁迅故事》，载香港《城市文艺》2006年第9期，第52页。

期在其他地区阅读鲁迅，一定是非常不同的经验。台湾因戒严令而不能阅读鲁迅；内地在 1949 年后虽有系统地去评论鲁迅作品，却主要是从政治角度和写实模式入手。我当时在香港乱看书，反而有不同感受，既无阅读禁书的悲壮，也不会有阅读《圣经》的战战兢兢。当然这也因人而异，香港当时和后来也有不少文人，紧贴两边的文艺观点，要高举批判写实主义的大旗，或说鲁迅不值一看。当时香港亦是少数容许这些极端观点并存的地方。"① 从这些信息中大体可以感受到，文化传播过程中，接受者对鲁迅的认识、感悟已经发生了微妙的变化，如果说以前主要是侧重宏大叙事意义层面的鲁迅的话，在新的文化语境中，人们也开始关注多侧面的、更具有个体化色彩的鲁迅。在梁秉钧的阅读感受中，鲁迅作品中融会在戏谑、幽默与时空倒错中的现代思考显然更容易引起他的共鸣。从人性、文化的层面去思考鲁迅作为个体的丰富性，也是香港的鲁迅研究中一个典型而持久的现象。

内地 20 世纪 50—70 年代的鲁迅研究，受政治极端化倾向的影响并不允许出现差异性的声音。毛泽东对鲁迅的评价成为最权威的标准，不容置疑也无须讨论。在这样的背景下，对鲁迅的关注出现两极化的特征：一方面是把鲁迅作为革命家的意义无限拔高，使其"神化"而获得至高的荣誉，"文革"中出现"鲁迅走在金光大道上"的阅读状况可以说是一个极端化的实例；另一方面，鲁迅在成为政治符号的同时，也被抽空了生命的内涵而在实质意义上失去了经典的示范效应。20 世纪 80 年代以来，学界尝试还原一个真实的鲁迅世界，强调对其作为生命个体的复杂性的认识，质疑以往用概念将其本质化的弊病。在这个过程中，作为思想家、文学家的鲁迅得到丰富的阐释，鲁迅作为个体的人的复杂情感与心路历程也不断地被探讨，他的个人主义、人道主义、虚无主义，他的孤独、绝望、爱恨交加与历史的中

---

① 梁秉钧：《我看〈故事新编〉》，载香港《香港作家》2001 年第 5 期，第 9 页。

间物意识等，被反复地言说。前者侧重从民族文化与当下中国社会的发展出发，探讨鲁迅作为启蒙思想家的当代价值；后者则从个体心理学的角度出发，将鲁迅还原为日常的包含着人性弱点的普通人。在一定意义上，摆脱了宏大叙事色彩的个体化理解追求研究对象的生活真实与性格真实，是对研究对象认识的深化，也显示了内地学界在摆脱政治局限过程中主体意识的觉醒；然而，让人担忧的是，在将鲁迅个体人格进行"归位"的过程中，又出现了极端化的倾向，由对政治的反拨而陷入了专注于鲁迅人性弱点的批评，将鲁迅研究带入了灰色、负面的困境之中。相形之下，香港文化界的鲁迅关注虽然没有内地的"热闹"，却以一种宽容、平静的姿态参与了当下的文化讨论。

　　新世纪以来，香港文化界与内地学界之间围绕纪念鲁迅的议题开展了很多活动。作为历史的记录，2006 年第 9 期的《城市文艺》刊登了"纪念鲁迅诞生 125 周年、逝世 70 周年专辑"，比较集中地展示了香港文化界在新世纪以来的文化语境中对鲁迅思想的思考与评价。同时，《香港作家》第 5 期也登载了"纪念鲁迅"专辑，作为对内地学界各种同类纪念活动的呼应。《城市文艺》的主编梅子先生可以说是一位有着"鲁迅情结"的知识分子，我注意到他 2001 年在主编《香港作家》时，就曾编选了"鲁迅冥诞 120 周年、逝世 65 周年纪念专号"。那一期的纪念专号，主要是刊登文化界知名人士的文章，刘再复、黄继持、曾敏之、孙立川、梁秉钧、吴中杰等各位先生，或从历史寻踪，或由生命体验谈起，对鲁迅思想的历史价值和当下意义加以评断。时隔五年之后，《城市文艺》再推出"鲁迅纪念专辑"，梅子先生已经不再满足于对鲁迅经典的单纯阐释，他更关注鲁迅精神的文化传播与普及问题。我们注意到，这一期的作者群体，除了鲁迅研究领域资深的学者以外，在身份上还包容了韩国、日本的学者，并给香港在读的学院里的年轻人提供了讨论空间。编者与刘再复先生关于"鲁迅状态"的访谈相当深入地触及了鲁迅研究史中的一些症结问题，周令飞先生作为鲁迅家属对鲁迅形象、性格与精神的阐释，也具有现实的指导意义。他特别提到现在要做鲁迅的普及工作，参与当下的文化建设。应该说，在一定程度上，《城市文艺》已经开始在年轻一代中进行这样的工作了。

以往收藏的众多文学期刊中，我特别偏爱这几期。在喧嚣的时代潮流中，抵挡住消费文化与经济压力的困扰，梅子先生沉默而坚韧地要为当代人保存一些文化记忆，他尝试为各个地域、各个层面的研究者提供交流的平台，文艺期刊的生命力也由此而得到升华。

（原载《城市文艺》2008 年第 9 期）

"东方之恋" 与民族意识的诗性表达
——东亚汉学视域中许世旭创作的意义

在 20 世纪的中韩文学交流中，许世旭是独特并产生了长久影响的代表人物。作为能用双语进行创作和研究的韩国作家、学者，他参与并见证了台湾现代诗的发展历程，又自觉担当起中韩学术交流的使者，在文学作品的译介、学术思想的阐发以及运用汉文创作等领域多有贡献。

许世旭（1934—2010），曾用笔名许素汀，出生于韩国全罗北道任实郡。其祖父、父亲皆喜爱汉学，使他自幼受到家学影响。1947年许世旭小学毕业后考取一所工业中学机械科，后因朝鲜战争爆发辍学，"奉父命念汉文于家塾"①，先后学习了四书五经、唐诗、唐宋文和《古文观止》等汉文典籍。此后改读文科，1954 年考取韩国外国语大学中文系。毕业后通过台湾教育主管部门设立的外派留学生奖金选拔考试，于 1960—1968 年间赴台湾师范大学中文研究所留学，以论文《李杜比较研究》和《韩中诗话渊源考》先后获得文学硕士、博士学位。留学期间，经画家楚戈等人介绍，与台湾现代诗人郑愁予、叶维廉、纪弦、商禽、痖弦等人结缘，开始用汉语写作现代诗和散文，译介韩国文学作品，并加入中国文艺协会。1968 年底归国后，相继执教于韩国外国语大学中文系和高丽大学中文系，并历任韩国中

① 许世旭：《自传》，载《许世旭自选集》，台北黎明文化事业股份有限公司 1982 年版，第 2 页。

文学会会长、中国现代文学学会会长等职，曾多次赴美国、欧洲等地访学。1988年后多次到中国访学、交流，曾兼任西南大学新诗研究所客座教授、复旦大学顾问教授等职。

在许世旭的创作及学术生涯中，出版有诗文集及学术著作、翻译等70余种。其中包括：中文作品《藏在衣柜里的》（诗、散文合集，1971）、《许世旭自选集》（诗、散文合集，1982）、《雪花赋》（诗画集，1985）、《城主与草叶》（散文集，1988）、《东方之恋》（诗集，1994）、《移动的故乡》（散文集，2004）、《一盏灯》（诗集，2005）等，中文学术论著《韩中诗话渊源考》《新诗论》，以及韩文著作《中国古代文学史》《中国近代文学史》《中国现代文学史》《中国文化丛说》《中国现代诗研究》《中国随笔小史》等，以及多部韩文散文集、诗集。在翻译方面，他曾将《韩国诗选》《春香传》译为中文出版，并将《庄子》《中国现代诗选》《阿Q正传》《台北人》等译为韩文，对中韩文化交流起到积极作用。

作为纯粹的韩国人，而对汉文写作与研究情有独钟，许世旭曾在文集中自述这是一种近乎"宿命"的选择："在学府里，专攻古典诗学；走出学府，戏搞创作。右手新诗，左手散文，而这种跨国度、跨本业的孽缘，终生难以摆脱。"① 汉文写作对于他，不仅仅是一种日常生活方式，更是融入其情感世界与理性思维的一个有机组成部分，他借此走上东方文化传统的朝圣之路，并赋予传统以新的世界性意义。

一、"东方之恋"：作为文化底蕴与情感认同的文学表述

许世旭的诗文创作中有浓厚的东方情怀，他不仅在文字中多次坦言自己对汉文化传统以及汉字的热爱，更将自己的一部诗歌作品集命

---

① 许世旭：《移动的故乡·自序》，百花文艺出版社2004年版，第1页。

名为"东方之恋"。"东方"作为一个丰富涵容的概念,为他的文学世界提供了多重发展空间,也在东亚汉学发展的谱系中为他确定了坐标与方向。

历史上,儒家思想曾在东亚的日本、朝鲜产生广泛而深远的影响。近代以降,特别是1910年日本占领朝鲜后,两国之间的文化交流日渐减少以至于断绝,但在民间,对儒家思想以及汉文典籍的学习并未停止。许世旭4岁时即随同父亲祭扫祖宗之墓,对儒家思想中修身立言及伦理道德的理解,有切实的生命体验。16岁开始在私塾中系统学习四书五经、唐宋诗文、《诗经》《古文观止》,为其后来从事汉文写作奠定了良好的文化底蕴。在散文《原点》中,他记述自己成都之旅的感怀,有这样的叙述:"我的文学来源,则有两条管道:一条是韩国的新诗,诸如沈薰、金素月等日本殖民时代的爱国诗;另一条是来自我私塾所念之李白、杜甫的唐诗。李白、杜甫,令我发诗芽;等我长大,令我读中国文学;等我留学,令我专攻李杜。这样一来,四川可被视为我的诗和我的学问之原点。"① 这段文字表达了他对汉文学传统的情感认同。

在许世旭的汉诗文创作中,时常会浑然天成地化用中国古典诗词的语句或情境,生发出新的意义图谱。如《冬日海滨》一诗中化用白居易《赋得古原草送别》的诗句,将海浪的形态诗化为"细语的浪花/是离离的原上草";《花不溅泪》则化用杜甫《春望》中"感时花溅泪,恨别鸟惊心"的情境,将浪子内心的煎熬细腻地传达出来;在《与刘伶同行西伯利亚铁路》一诗中,用"如果雪拥鹿车鹿不前,/找一块前不见后不见的荒原,/千山鸟绝的荒原"的诗句,写西伯利亚的荒凉与孤寂。而在散文《山影倒卧时》一文中,作者描写子规的啼鸣声,如此写道:"子规每次来,来得悄悄,它的啼鸣,便如名字,或以为踯躅,或以为归蜀道,或以为不如归,哀恨深深的。

---

① 许世旭:《原点》,载《移动的故乡》,百花文艺出版社2004年版,第89页。

它凄凄楚楚的啼声，一丝一丝地化为晚霞，化入远山的时候，暮色进一步地拉下了帷帐。这个时候，我不想回家了。年轻时，我曾嗤笑过一身披蓑衣而'斜风细雨不须归'的钓客，想不到我自己也会在野兽出没的山麓，而成为不肯归家的家长。"① 文辞之中巧妙化用中国古典诗词的意象、语句，借助通感的手法，将对景物的观察抒写得优美、典雅，意蕴悠长。汉文学底蕴对于他不是生硬拼贴的文化符号，而是内化为一种自然的情怀、气质和思维习惯，其诗文的创作因此常有妙手偶得的效果。

"东方之恋"在许世旭的汉诗文创作中还表现为对现实中国的书写。他曾在研究中国文学史的过程中，提出"中国文学地理学"的概念，强调要在时间和空间交会的坐标体系中认识文学史的面貌。事实上，在其汉文创作的文学版图中也存在着两个互为关联的地理时空：一为中国台湾，一为中国大陆。在中国台湾，他与现代诗人们相濡以沫，那里有他不能割舍的情义和青春岁月的记忆；在中国大陆，他按照心灵地图一一拜访那曾在灵魂深处滋养了他的文化古迹，为自己多年来的文化记忆寻根溯源。

许世旭是一个率性而重情的人。他真诚、坦率，以赤子之心交友，以仁爱之心待人。在他的情感世界中有互相交叉的两个圆环：一个是友情，一个是乡情、亲情。他沉浸其中，以笔抒怀，使对情的描写成为其作品中引人注目的主题之一。

写友情，他写得最多的是在台北读书时的经历。初到台湾时，在基隆港陌生环境中不知所措的他，得到一位素不相识的海关员的帮助到达市区（《台北是一只云雀》），在书本中曾深深吸引他的地方，以友善温暖的怀抱接纳了异乡的游子。在台湾师范大学求学期间，"善饮而韩国民谣、鼓艺、舞蹈都高超"的许世旭，"很快便和现代诗人

---

① 许世旭：《山影倒卧时》，载《移动的故乡》，百花文艺出版社2004年版，第100～101页。

们打成一片，不但与纪弦、郑愁予和楚戈并称'诗坛四大饮者'"①，而且经叶维廉、谢冰莹的推荐，在《现代文学》《作品》杂志分别发表了汉语诗作和散文，自此开始屡有作品见于《创世纪》《现代诗》《南北笛》《笠》《葡萄园》《联副》等文学期刊，开启了其汉文写作之路。诗友间真诚的聚会，化为难忘的生命记忆，多次出现在许世旭的诗文中，诗作《二十年前》，散文《月下书——怀台湾60年代诗坛一角之七快事》《他该是不惑之年了吧？》《台湾老家——地牛翻滚之后》等篇反复记述作者对往昔生活的回忆，台湾成为其精神世界的第二故乡。

在散文《我的台北仍是二十六岁》中，许世旭以动情的描写记下自己对台湾的怀恋："每次前往台北，匆匆步出金浦的出境台，心情就已经开始跳动，似乎近乡情怯的毛病又发作了。飞了两个小时后，进入台湾上空，俯望七星山气壮魄雄地向西延伸，观音山山脚蜿蜒几十里，好熟啊！井然有序的阡陌和满山相思的泥土，养我八年多，我熟悉台北三路和十五路公车的路线，既埋首功课过，又痛饮过米酒的街道，一一可数。在那里，有的是可拍肩膀的老友，有的是宽衣攘臂、通宵吹牛的酒朋。"② 在另一篇文章中，他将台湾比喻为游子倦飞知还时的"母船"，称自己"有两条母船，一条生来泊在北方的半岛，另一条生后泊在西太平洋的宝岛"③。中国台湾，是他青年时代离开母国时第一次接触到的外部世界，他终于有机会将自幼习读的汉学典籍中的中国同现实的中国社会相联系，不仅在校园学习中更系统地思考了中国古诗词的诗学特点，更"意外"却实为"宿命"般地走进台湾现代诗人们的视野中，使中文现代诗在异域开花结果。

① 叶维廉：《绵绵万里的友情：怀念老友诗人许世旭》，载《创世纪》2010年9月第164期，第145页。

② 许世旭：《我的台北仍是二十六岁》，载《移动的故乡》，百花文艺出版社2004年版，第203页。

③ 许世旭：《小一条母船》，载《移动的故乡》，百花文艺出版社2004年版，第208页。

在一定意义上，许世旭与台湾文坛的相遇，是一次互为激发的文化共振活动，是中国古典文学传统在东亚地区汉学发展历程中的一种延续和转型。

1988 年许世旭第一次到访中国大陆，他在诗作《第一个大陆夜》中传神地抒写了自己渴望了解中国大陆的心情："天啊！你怎么不亮呢？/我急着想着窗外的风，/这吹自炎黄来的五千年风/到底苍老没有？"① 对在历史风云中沉浮起落的中华文化，这位"曾经听过龙的吟啸的宾客，/曾经向往了李白，近四十年的小侠"，怀着急切的心情要去凝望。在散文《原点》中，他写初到成都，因获悉杜甫草堂就在宾馆附近而心潮起伏，难以平静的心情；夜半入梦，竟将杜甫草堂幻化为自己在韩国故乡的老房子，勾连起温馨的童年记忆和淳朴的乡情，中国对于他，正是早已烙印在生命中的"文学之故乡、学问之故乡"。在《长安追思》《丝路话别》《踯躅！踯躅！》等诗作中，他写"三峡的十二峰""唐朝的石板路""醉卧长安的李白像"和"渭城客舍"等承载中华文化底蕴的意象，将飞翔在历史时空中的诗心、诗魂安放在现实的土壤中。对于他来说，抵达中国大陆，他的"东方之恋"才算是圆满了。

二、"高丽情怀"：文化共振中的民族性坚守与个性风格

在汉文学传统的濡染中确立文化认同，又在台湾现代主义文学大潮中开始汉文写作，许世旭的文学观念却始终有自己的坚持，他称自己的中文创作是"韩中混血儿"，但强调其写作意识是"借中国的文字和风格，抒写我自己高丽的情怀与日常的体验"②。

以敏锐细腻的情感抒写芸芸众生日常生活中的悲欢喜乐、性格情

---

① 许世旭：《第一个大陆夜》，载《上海文学》1989 年第 5 期，第 59 页。

② 许世旭：《移动的故乡·自序》，百花文艺出版社 2004 年版，第 2 页。

趣，是许世旭的汉诗文创作中一个突出的特征。他自述其创作采取的是"行云流水的脚步"，"如果遇到山就写山，遇到水就写水，不必强求主观，也不是硬要现实，更不是匕首投枪，只要不离人间就足矣"①。因此，他的选材少有刻意的痕迹，多从日常所见所感入手，如柏油路上的见闻、对家中旧物的深情、留守老人的孤寂，或是对日常起居活动的思虑等，取材平易，却言简意深。散文《无机性眷属》写自己对在台北时用过的座钟的情感，"我给它修理之后便恢复正常，性能优良，颜面虽丑，而声音无改，仍在叮叮当当响着，仍在保持我在台北时代计分计秒的勤奋"。我"以它们的历史性为荣"，乃至把它们"看成我的眷属"而爱惜着，文末一句"当我张望它们的字样，才会看见岁月逝往哪儿"②具有画龙点睛之妙，犹如蒙太奇画面的叠加，时针的移动与过往的岁月交叠复现，自然引发出对时光流逝的沉思。《光线》由对窗户的观察联想到光与生命之间相互依存的关系；《走廊上的过客》由一次访友不遇、在酒店走廊等待的经历入手，写异乡客的感怀；《小狗与录音带》，写儿女都移居国外以后，留守家中的老人孤独寂寞的生活，及其对亲情的渴望，表达了悲悯的情怀。诗作《邮差》《户长》以戏剧性情节入诗，写奔波在渡口间的邮差、忙碌晚归的小职员的生活。繁重的工作日复一日，枯燥而且乏味，但邮差记挂着一位爷爷嘱他投给孙儿的遗信；小职员的生活中也有对两个孩子及其饲养的鸽子的牵挂，"每个晚归的路上／务必买把高粱，抱将回来"③。他们的生活因一种牵挂和责任而被点亮了。许世旭的文字朴实、真醇，却具有饱含人文关怀的隽永魅力。

事实上，在看似"行云流水"般的选材立意中，许世旭的创作

① 许世旭：《移动的故乡·自序》，百花文艺出版社2004年版，第2页。

② 许世旭：《无机性眷属》，载《移动的故乡》，百花文艺出版社2004年版，第23～25页。

③ 许世旭：《户长》，载《许世旭自选集》，台北黎明文化事业股份有限公司1982年版，第44页。

仍有一个突出的内容，那就是对故乡以及亲人的依恋之情。在《移动的故乡》《白飘飘的棉裙》《再也移不动的故乡》《送辞》《山路曳杖声》和《一寸与二寸之间》等篇章中，他以深情的文字书写子女与父母之间的亲情。其中，《送辞》写对父亲病重故去的歉疚之情。许世旭在崇尚儒家伦理道德思想的家庭背景中长大，父亲在许世旭心中的形象是威严而高大的："小时候与他乡念书，离家时父亲总要送到槐树下叮嘱：'小心车子哟！'稍长入大学又嘱咐：'要小心朋友哟！'更长渡海时又训示说：'朝益暮习，学成归国！'"①许世旭在父亲的护送中成家立业，未及报答养育之情，却只能无奈地目送病危的父亲辞世，当初以为有助于父亲安息的送辞，在失去父亲后的生命岁月中变成情感的煎熬。文中写"活吞章鱼"的细节至为感人，对章鱼的恐惧使作者似乎能够对父亲在病痛中的对死亡的感觉感同身受，他开始成为这道菜的常客，而其行为背后的沉重奥意却不为人知。《移动的故乡》写对母亲的爱。七十岁高龄的母亲曾为"四代奉祠的宗妇"，自父亲去世后开始"拖着老躯到各个孩子家做'非时的流浪'"②。她随身携带的小小塑胶手提袋中收藏着一生中来自孩子们的礼物，这些是她生命延续的动力；而对于孩子来说，母亲所在的地方就是故乡！当母亲终于隐没在时光的隧道中，许世旭连续写了《白飘飘的棉裙》《再也移不动的故乡》等追忆文章，以泣血的文字寄托心中的哀思。

故乡，对于有多年漫游经历的许世旭而言具有格外重要的精神慰藉意义。然而，现代社会发展中的某些恶疾日益吞噬着它，许世旭禁不住时常在创作中表达了自己的焦虑与批判。他说："我的散文的题

---

① 许世旭：《送辞》，载《移动的故乡》，百花文艺出版社 2004 年版，第 66 页。

② 许世旭：《移动的故乡》，载《移动的故乡》，百花文艺出版社 2004 年版，第 60 页。

材，原是没定，而较欢喜故乡，为了守护故乡，坚持反文明、反机器。"① 他的《柏油路上》对紧张混乱的现代社会生活进行抨击，《所谓现代》再次描写被各种交通工具混乱充塞的都市生活。更令他感叹的是，古朴淳厚的传统伦理正在逐渐消逝，他常常以对比的方式突显今昔差异。《一块咸鱼》中回忆童年时代父辈的待客之礼，被作为宝贵的食物奉给客人的咸鱼常常被完璧归赵，"在那么穷困、那么艰难、那么恐怖的岁月里"，故乡的人像守着贞节一样恪守高尚的礼仪，贫而知礼，贫而无怨，与经济发达以后却世风日下的现代社会形成了鲜明的对比。《一寸与二寸之间》写青年一代人情的淡薄，年幼的女儿无法理解父亲在失去母亲后沉浸在痛苦中的情感，被母亲辛苦养育过的几个孙子，在其去世后，"别说是痛哭流涕，脸上的沉痛表情似乎也来得极不自然、极不容易"，"我们栖身的土地似乎正在一天天冷却"②。

现代社会对传统伦理道德的冲击是一个带有普遍性的问题，许世旭用以对抗这种现代病的方式就是返璞归真。《养草记》中记述了他在大都市繁密的空间中为养草所付出的努力；《租用马车》写逃离都市，举家南迁后所获得的"心远地自偏"的惬意；而《五个青柿子》则诗意地描写了自己和家人在宅院中栽种果树的快乐：

> 我们高丽人，谁也不否认晚秋山村的几棵红柿树，是一幅最美的山水画。尤其等到树叶萧萧落净，一两颗红红小小的柿子留在树梢，偶尔远从深山飞来喜鹊，盘旋良久，正要啄吃的镜头，真不亚于千山一花一鸟的境界。③

① 许世旭：《移动的故乡·自序》，百花文艺出版社2004年版，第2页。

② 许世旭：《一寸与二寸之间》，载《移动的故乡》，百花文艺出版社2004年版，第72～73页。

③ 许世旭：《五个青柿子》，载《移动的故乡》，百花文艺出版社2004年版，第53页。

"东方之恋"与民族意识的诗性表达

许世旭在其作品中表达的这种生活态度透露出其受陶渊明等中国古代文士影响的痕迹，但他能自然巧妙地将之融入对其本民族生活风俗的描写中，不仅是对中国文学传统的一种跨时空呼应，更是一种有意义的生发和延展。

考察许世旭的汉诗文创作历程，应该认识到，他的创作在整体面貌上呈现出融合东方文化传统与现代思想意识的特征。自幼学习汉学典籍的经历与祖辈、父辈家学的濡染，使其思想观念深受东方汉学影响，他在作品中浓墨重彩地抒写对友朋的情意、对父母亲人的依恋敬重之情，和对芸芸众生饱含悲悯情怀的关切。东方文化中对人伦礼法的重视构成其诗文创作的内在精神意蕴，中国古典诗词的意境与情怀为其汉文写作提供了诗学借鉴，而在现代主义思潮的冲击中确立的自我意识和世界视野，又为他的"东方情调"增添了现代的色彩。在东亚汉学历史传承的谱系中，许世旭的创作无疑是从古典迈向现代进程中的一个重要的代表。

（原载《语言与文化研究》2017 年，总第 8 辑）

《掬水月在手》
——"写给未来时代的备忘录"

　　《掬水月在手》被誉为陈传兴导演"诗的三部曲"的终篇。其前奏可以追溯至 2009 年开启的一个名为《他们在岛屿写作》的作家传记电影拍摄计划。由陈传兴做总监制，陈怀恩、杨力州等人参与导演的这个系列影片，迄今为止完成了包括林海音、郑愁予、余光中、周梦蝶、白先勇、洛夫、痖弦、刘以鬯等 13 位台港地区知名作家在内的拍摄与播出，以纪实性手法记录和诠释了一个时代的文学光芒。陈传兴自己执导了其中以诗人郑愁予为拍摄对象的《如雾起时》和以周梦蝶为拍摄对象的《化城再来人》。尽管文人传记电影难免受到小众电影的传播限制，这个系列影片却受到广泛的社会关注，《化城再来人》的豆瓣评分达到 9.0 左右，陈传兴等人的艺术探索在这个时代众声喧哗的文化场域中奏响了一支独特而纯净的乐曲。

　　《掬水月在手》虽然不是《他们在岛屿写作》系列中的作品，却在从拍摄理念、主人公选取到文化思想的表达等层面，都与后者有着内在的承续和延展。如果说《他们在岛屿写作》更侧重表达现代人以现代意识对现代社会生命体验的艺术呈现，以叶嘉莹为主人公的《掬水月在手》则更重视体现传统与现代之间一脉相承的关联，并以"掬水月在手，弄花香满衣"的美好意境，面向当下展示中华古典诗词文化的气韵与生命力。陈传兴是有意识地以影像叙事手法为百多年来中华文化的生命律动谱写史传，展现中华文脉历经内外部冲击、挑战而坚韧地存续、更新的存在状态。他尝试为过往立言，并为未来书写一份不应被遗忘的"文化备忘录"。

一个人的生命史与一个时代的史诗

在芸芸众生面前的叶嘉莹，有一种古雅、高贵、知性的精神气质，她像一颗发光的钻石，不仅自身耀眼夺目，而且能够照亮别人的世界。用于她身上的修辞常常充满诗性与崇敬之感，人们说"她是白发的先生，她是诗词的女儿，她是中国古典文化的传承者、传播者，也是很多人通往诗词国度的路标和灯塔"①。当然，大多数熟悉叶嘉莹的人，也了解她历尽磨难而成就"弱德之美"的身世经历。她的苦难与光芒，都与她及她的同代人所经历的那个特殊的历史时代有关。在时间的长河中，个人的生命史以某种奇特的方式参与建构了一个时代的史诗。

从《他们在岛屿写作》到《掬水月在手》，进入陈传兴视野的文化名家们大多出生于 20 世纪二三十年代，在他们半世飘零、几多艰辛的生命历程中，见证了现代中国从内忧外患中走向现代性国家的历史轨迹。个人命运与民族国家的兴衰起伏紧密相连，他们的生命史就是现代中国历史的一个缩影。在他们的世纪行旅中，有一些重要的节点，以个人的生命遭际的方式记录了大时代的律动、伤痛与欢欣。陈传兴尝试用镜头透过当下叩问历史，再从历史面向未来。他说"诗的三部曲"分别要探讨的是三个问题：《如雾起时》追溯的是诗与历史，《化城再来人》表现的是诗与信仰，而《掬水月在手》要思辨的是诗与存在的关系。事实上，历史、信仰都是存在的一体多面的表现形态，海德格尔说："诗，是存在的神思。"陈传兴喜欢阅读海德格尔的著作，他亦相信诗史也是呈现历史的精魂的有效方式。

---

① 闻之：《"诗词的女儿"叶嘉莹》，《恋爱婚姻家庭》2020 年第 2 期，第 36 页。

尽管"中国传记文学从诞生之际便依附于史学，体现了'史传合一'的特点。……传记创作思维主张将个人融于群体、社会和时代等外部环境，展现传主在历史中的命运沉浮，在宏大历史背景中凸显个体价值"①，这种史传传统也在中国的传记电影中成为一种普遍模式，但陈传兴显然并不满足于历史事实的重现，他更关注在沧海桑田的巨变中人物内心世界的面貌。郑愁予、周梦蝶、叶嘉莹都有在战争年代流落台湾孤岛的经历，在 20 世纪五六十年代的文化场域中，他们以对诗歌艺术的不同认知参与了那个时代的诗歌热潮，诗歌创作是他们借以抗拒现实困厄、缓解亲人离散之痛的重要方式。那是一个诗歌的"黄金时代"，作为历史的见证者，陈传兴内心中有一种情怀，他希望能够为历史留下深情的记忆。在这一点上，他与叶嘉莹前后相继，成为文化传承中的同道者。

大历史总是注意那些影响了民族国家前进道路的重大事件，即便是战争、灾难也自有其慷慨悲歌的一面，而被裹挟在历史洪流中的小人物的命运，常常充满着更多的悲情意味，陈传兴要追踪的是主人公们怎样从悲情中获得救赎的力量。他从叶嘉莹的诗词创作中提炼出两个关键词：离散体验和原乡情结，以此为线索设计了影片的叙事结构。离散经历是叶嘉莹的生命中特别伤痛的遭遇，少年时代丧母，父亲失联，在战乱中经历了国破家亡的哀戚；青年时代，在国民党的白色恐怖统治中，她的丈夫被怀疑为"匪谍"而获刑三年，饱受屈辱的叶嘉莹只能独立抚养幼女长大；年过半百，在原以为可以安享时光的日子里，她的大女儿和女婿却双双因车祸丧生，"天地不仁，以万物为刍狗"，叶嘉莹的生命中充满悲剧性色彩。在影片中她自述曾多次对生存感到绝望："每个人在世界上都是孤独和寒冷的。"然而，事实上，真正导致其不幸命运的原因，大多来自于政治历史因素。战乱使她的父亲与家人失去了联络，间接导致其母亲忧虑成疾而早亡；

---

① 樊露露：《"史传传统"与中国传记电影的民族文化特性》，《电影文学》2019 年第 20 期，第 10 页。

国民党在台湾的白色恐怖政治，使她的丈夫被捕入狱，在经受了世间的挫折以后性情大变，从原来的多情体贴转变为暴躁跋扈，使叶嘉莹在经历了现实中的家人离散以后，又不得不承受精神上的苦痛与"离散"。

世事的不公、命运的多舛，原本可以数次击倒这位柔弱的女子，可是叶嘉莹最终以"弱德之美"承受了一切。从身世飘零到"弱德之美"，是什么使她获得了救赎？很多人都意识到的一个因素是对中国古典诗词的热爱为她化解心中苦痛提供了契机。度尽劫波之后，叶嘉莹说："我生活的重点在于诗歌的传承，所以对其他的苦难我不大在意。"① 犹如穿越时空的古典诗神，她在东西方文化语境中执着而诗意地诠释中国古典诗词之美，一代又一代学子追随她去感受唐诗宋词的精妙之处，陈映真、白先勇、陈若曦、席慕蓉等在海内外华语文坛广具知名度的作家，都声称受其诗教影响，学者吴宏一、林玫仪也是她的学生。诗词拯救了她，而她亦使日渐沉沦于历史巨轮下的古典诗词焕发了新的生命力。

诗词以外，陈传兴借助影片要探讨的还有漂泊与原乡之间的精神联系。对海外华人特别是第一代海外移民而言，原乡情结是来自文化基因的重要情感，也直接影响到他们对现实的生命体验。而20世纪40年代末，在战争中被动随国民党去往孤岛台湾的人，在此后40余年中因政治因素与原乡隔绝，亲人离散之痛成为那段历史中最具代表性的创伤记忆。台湾现代诗人们在不同时期都书写了大量以乡愁为主题的诗作，诗人洛夫甚至说："写诗即是对付这残酷命运的一种报复手段。"② 叶嘉莹在台湾地区度过了她生命中艰辛的18年，终于有机会离台赴美，开辟新的文化空间。20世纪70年代中后期，她毅然

---

① 可延涛：《叶嘉莹：一位穿裙子的"士"》，《国际人才交流》2020年第3期，第26页。

② 洛夫：《诗人之镜——〈石室之死亡〉自序》，载《创世纪》1964年11月第21期，第2页。

从加拿大返回国内教书，在故国家园的大地上，获得了内心的平静和事业的升华。在诗词的世界中，她"白昼谈诗夜讲词，诸生与我共成痴"。① 同留学生、新移民文学中常见的"无根漂泊"情感意识不同，叶嘉莹是在中国古典诗词中寻找到了民族认同和精神信念，"书生报国成何计，难忘诗骚李杜魂"。中华古诗词的神韵在中华大地上才更能绽放精彩的华章。

文化密码的诗性呈现与表意空间

《掬水月在手》是叶嘉莹唯一授权拍摄的个人传记影片。然而，作为海内外享有盛誉的诗家与学者，关于其身世经历及文化贡献的报道、访谈、评传、自传等早已多有积累。《朗读者》《鲁豫有约》等颇具知名度的电视节目曾对叶嘉莹做过专访；三联书店 2013 年出版了张候萍著《红蕖留梦：叶嘉莹谈诗忆往》，江苏人民出版社 2014 年也推出了熊烨编著的《千春犹待发华滋——叶嘉莹传》，两部传记都集纳了叶嘉莹身边的师友、弟子等对她的记忆与感悟。2017 年，中华书局出版了叶嘉莹的文学自传《沧海波澄：我的诗词与人生》，以真诚的文字记述了她依托中华古典诗词而羽化成蝶的生命历程。

在一座文学的富矿上挖掘深意，如何体现自己的个性主张？陈传兴选择的叙事策略是诗意的表达与诗境的营造。事实上，这也是他拍摄"诗的三部曲"系列影片时一直坚持的理念，但每部作品都有不同的侧重。与《化城再来人》中跟拍传主日常生活方式的策略不同，《掬水月在手》有意超离于现实生活细节，以雅乐、空镜的组合构成一个同现实生活具有互文性的诗化时空，由真入幻、由幻入真，将主人公以精神意念穿行于文化历史中、在现实世界担当"文化摆渡人"

---

① 吴丛丛：《叶嘉莹：故园春梦总依依》，《光明日报》2007 年 11 月 14 日。

的生命状态进行艺术化呈现。片中由日本音乐人佐藤聪明以杜甫诗作《秋兴八首》为题创作的雅乐，以苍凉哀婉的旋律映衬、烘托叶嘉莹关于身世飘零的讲述。音乐承担了强烈的表意功能，在诗词世界的相遇中，两位天涯沦落人有对生命意识的共鸣，更有对胸怀天下之志的对话。诗人的吟诵与雅乐的呼应，形成了别致的韵律感。同时，片中使用大量空镜头去表现石雕、碑帖、古代壁画以及枯荷、孤舟、旗袍、古镜等景物，既以镜头语言去呈现犹如诗词中的意象的效果，通过意象的勾连生发为特定的诗词意境，又在现实和历史之间建立起某种文化关联，赋予意象以生命，达到虚实相生的艺术效果。

枯荷、孤舟等意象在中国古典诗词中常用来表达身世飘零之意，对应着叶嘉莹从中国大陆到中国台湾，再赴海外的生活经历，很容易使观众在凝望镜头时感悟到人物命运与古典诗词的关系。影片中多次出现的石雕、碑帖、古代壁画则主要取材于洛阳石窟，这些经历了历史更替、见证了风云流转的文物，携带着中国传统文化的基因，成为现代人走近传统艺术精神的文化密码。陈传兴说："电影里出现大量当时的器物和景物，所谓空镜，基本上是借由这个引起比兴，由此生出一种诗意的想象。我并不只是用空镜来做插画式的转场，而是像一叶小舟，带我们穿梭、回溯时间河流和诗的历史，也像词的一种断句、韵脚，每一次这种空镜出现，就变成词一样的长短句。这样电影的叙述就不会是单一的，在空镜里能够产生转韵的可能性、音乐的律动。"① 他以诗的手法拍电影，并尝试由此探索一种中国特有的电影美学叙述方式。

对电影镜头本身的表意功能的重视，在20世纪80年代曾催生了中国电影美学观念的新变，第五代导演们摆脱了戏剧化叙事结构、故

---

① 山丘、陈传兴：《〈掬水月在手〉导演陈传兴：诗就像庇护所，诗人就像冒险者》，山一国际女性电影展，2020年9月30日，参见 https://baijia-hao. baidu. com/s？id=1679206507422789556。

事性讲述方式等传统的电影拍摄理念，赋予"形式"以新的美学地位和意义。从《黄土地》到《英雄》，对电影形式美学的探索在不断的争议中最终确立了其存在合理性，而这种形式美学的内核中有一个突出的特点，即对中国传统文化中"写意传神"思维的倚重，讲究的是言有尽而意无穷。其高妙之处在于留白而产生的艺术张力，并特别重视以线条、色彩和空间呈现营造一种具有民族特性的韵味，这成为中国电影学派的某种符号性表征。但是不无遗憾的是，这种在20世纪80年代具有先锋色彩的艺术探索，在电影实践中最终走向了唯形式诉求的路径，脱离了思想探索的底蕴而成为空洞的能指。当互联网技术被广泛应用于电影后期制作时，画面的唯美或者震撼效果都可以通过技术手段达成，形式美学的形式不再是一个问题，但形式美学的内容又成为引人思虑的症结所在。

陈传兴在人文传记影片中的艺术探索，某种程度上与20世纪80年代中国内地新探索电影叙事美学的实践理念有所共鸣。20世纪70年代，青年陈传兴赴法国留学，师从法国电影理论大师克里斯蒂安·麦茨学习了电影、摄影、符号学和精神分析理论等多个领域的知识，他对镜头中的人生与情感、时代记忆与历史变迁有特别的敏感。影像是他观看世界的方式，在多年的摄影行旅中，他记录了不同文化时空、国别、民族和境遇中的人物与"风景"。摄影是沉默的艺术，但内在蕴含着有如风暴一样的生命力。拍摄"诗的三部曲"，陈传兴想为自己圆一个关于中国文化的梦。文学与影视相生相长，在艺术实践中有很多成功的案例。但拍摄人文传记影片，情形就大不相同。传记影片对纪实性的严格要求，给其形式美学的探索设置了"边界"，特别是"诗的三部曲"的主人公都是现实生活中真实的人物，他们不可能像演员一样按照规定的剧情去实现导演的设想，因此，在纪实与抒情之间如何寻找到恰当的媒介就成为考验导演的文化功力的关键所在。从《如雾起时》到《掬水月在手》，陈传兴研读诗人的作品，倾听诗人生命的足音，他成功地找到了诗人与诗化电影之间的内在衔接点，将诗人作品中的诗句和具有意象能指的画面、音乐有机结合，呼应着诗人一生的境遇和情感起伏，为观众提供了走近诗人内心世界的线索。

结　语

在艺术世界中游刃有余的陈传兴，对商业社会的文化现状持有异见，他将自己定位为一个时代中的"怪人"，坚持说："一直到现在，我的东西都不是写给这个时代的人看的。我跟过去几百年几千年的人对话，写给未来六十年或一百年的人看。我很骄傲，到现在我都维持这种骄傲。"[①] 在苍茫浩瀚的历史时空中，陈传兴以传承中华文脉为己任，用诗化手法呈现诗人的生命体验与文化情怀，推动"文化之链"的薪火相传。他并不介意自己的努力在"电影过剩"、泡沫抒情、娱乐化浪潮对文艺电影产生强烈冲击的文化场域中会有怎样的境遇，重要的是，有这样一个声音的存在，证明了这个时代的精神高度。

不过，不能不提及的问题是，对诗的执念使陈传兴致力于要把其"诗的三部曲"拍成人文传奇系列纪录片，这形成他鲜明的个人风格，也在传记叙事与诗性表达之间留下了一些有待讨论的问题，如影片过于强调了叶嘉莹在中华古典诗词文脉传承中的意义，而对其现实生活和精神世界的某种复杂处境挖掘不足，朋友、同事、后学关于叶先生的讲述固然构成了叶嘉莹生命中重要的层面，但来自亲人的陈述在影片中几乎是缺席的；对作为"诗词女神"的叶嘉莹用力甚多，而对作为学者，以及文学世界之外生活中的叶嘉莹的表现不多，难免

---

① 傅尔得：《肌理之下：一个人探寻台湾摄影》，浙江摄影出版社 2017 年版，第 126 页。

有"意图之外的'失焦'与'误差'"①，这不能不在影片之外留下许多的疑问和思考。叶嘉莹先生曾有诗云："平生几度有颜开，风雨逼人一世来"，她以"弱德之美"化解岁月的风刀霜剑，而淬炼这"弱德之美"的深长孤独与寂寞，也需要世人真切地体会。

（原载《当代电影》2021 年第 1 期）

---

① 高鹏宇：《欧陆暮色中的幽灵："萤与日——陈传兴摄影展"观察》，《中国摄影》2020 年第 1 期，第 147 页。

"唤醒"文本中的历史

——张松建的海外华文文学研究

在"70后"学者中，张松建无疑是勤奋并且成绩突出的代表者。他没有"影响的焦虑"，敢于在自己的知识谱系中梳理、发现问题，并运用严密的学术逻辑推导出具有新见的结论。他的研究具有历史感，又能切入现实的社会文化问题。他是那种真正热爱学术并把学术与个人兴趣结合得很好的人，从这个角度来说，他是一名幸运的研究者。同时，他也是善于传达自己的学术见解的思考者，他的文字常常体现出思想的力度和情感的深度，令阅读者感受到学术研究的魅力。

历史意识与文化认同：基于心灵对话的文化阐释

在张松建的海外华文文学研究中有一些时常使用的学术关键词，其中最为突出的概念是"历史意识"和"文化认同"。他阐述王润华的诗歌世界中呈现出来的南洋"地缘诗学"特征时，援引艾略特关于历史意识的观点作为佐证，其中写道：

> 对于任何一个超过 25 岁仍想继续写诗的人来说，我们可以说这种历史意识几乎是绝不可少的。这种历史意识包括一种感觉，即不仅感觉到过去的过去性，而且也感觉到它的现在性。……这种历史意识既意识到什么是超时间的，也意识到什么是有时间性的，而且还意识到超时间的和有时间性的东西是结合在一

起的。有了这种历史意识，一个作家便成为传统的了。这种历史意识同时也使一个作家最强烈地意识到他自己的历史地位和他自己的当代价值。①

应该说，艾略特对"历史意识"中所包含的"历史地位"与"当代价值"的期待，既契合了张松建对海外华文文学发展历程的感悟，又与他对自己开展学术研究的立场及情怀产生共鸣。在本质意义上看，所有的文学都是在历史和当代的立体交叉结构中存续的，都不可避免地要面对传统并在当下发声；但是正如研究者已经意识到的，所谓"历史"和"传统"并不是固化和一成不变的存在，在时间的洪流中，"历史"与"传统"都呈现出某种动态的流动状态，世界文学的版图则因历史境遇和文化思维模式的差异而呈现出复杂、丰富的面貌。对海外汉语文学而言，作为一种承载着久远的文化记忆而置身跨文化语境中的语种文学，其文本中记载、传播的文化基因信息，以及其在异质性文化环境中表现出的不适、调整和对现实遭遇的记述，都为我们了解"世界中的中华文化"提供了独特的样本，由历史观照当下，从当下反思历史，才能够帮助当代人清晰地看到如此现状中"其来有自"的历史根源。

在《重见家国：海外汉语文学新论》的"后记"中，张松建谈自己对学术研究的认识，其中提及因为任教于新加坡南洋理工大学人文学院，"新加坡、马来西亚、印尼等地的海外华文文学，更加密集地进入我的学术视野。除了接触大量的文学作品，我还关注后殖民批评、离散研究、性别研究、政治哲学、移民社会学、文化研究等理论概念。但是，如何把这些理论概念整合成一个合适的阐释框架，运用到具体的文学现象的分析当中，却是我的中心关怀。那么，面对众多

---

① 艾略特著，李赋宁译《艾略特文学论文集》，百花洲文艺出版社1994年版，第2～3页。转引自张松建著《重见家国：海外汉语文学新论》，北京大学出版社2019年版，第31页。

的文学文本，如何有效地进入文本，进而产生一些生产性的、批评性的观点？我认为，需要打开、照亮、唤醒、激活文本，否则，文本就是一堆僵死的数据，它们永远在黑暗中沉睡"①。他尝试把文本、历史与理论融为一体，采取跨学科的研究方法，以"历史记忆"与"文化认同"为核心问题，切入海外华文文学的内部世界中。他探讨王润华雨林诗学中的"南洋风物与文化认同""历史记忆与本土意识"，以其诗集《橡胶树》《热带雨林与殖民地》等为考察重点，通过对"地缘—空间诗学"的阐发，勾勒出新加坡诗人王润华在东西方文化空间中游学、沉思的心路历程，客观地指出："王润华诗中的南洋风景，就是多元文化和本土意识建构的产物，它的发现、再现和书写，既是作者本人的经验、知识和想象的折射，也源于海外华人族群的离散身世，更与帝国中心对殖民地边缘的征服、压迫和掠夺的历史记忆密切相关。"② 由此而将后殖民批评、离散经验与全球化境遇中的民族意识等问题进行了具有内在历史线索的梳理。他也讨论了马来西亚华人作家谢裕民的离散书写中的"家国寻根与文化认同"、鲁白野创作中关于四百年来"族群与国族的变奏"，以及吕育陶的创作中的"离散感性与'地方'之爱""家园、自我认同"与"文学地理学"之间的复杂关联等问题。对海外华人作家、特别是第一代华人移民作家而言，离散体验是他们生命记忆中最刻骨铭心的"事件"和"情结"，但在不同风格的作家笔下，由"离散"经验而引发的情感表达呈现出千姿百态的样貌。张松建尝试以感同身受的情怀去接近、聆听由汉字传达出的生命之思，又始终以知识者的理性思考使自己葆有独立思想的立场，在肯定马来西亚华文文学所蕴含的历史意识时，他敏锐地辨析个体化历史想象与本土化书写背后可能潜藏的隐忧，指出，随着亚洲经济的崛起、东亚儒学的复兴、旅游业的开发，

---

① 张松建著：《重见家国：海外汉语文学新论》，北京大学出版社2019年版，第256页。

　② 同上，第12页。

东南亚"变成一个很有潜力的文化符号，成为异国情调的灵感源泉。因此，如何避免热带雨林书写沦为与消费主义合谋的命运、避免德里克批评的'自我殖民化'的出现"，对于每个新加坡、马亚西亚作家（不管是定居本土的还是散居海外的）而言，应是"念兹在兹的大事"。①

在海外华文文学的区域构成中，东南亚华文文学与欧美、大洋洲以及东亚华文文学的历史生成和美学形态都有明显不同，正如鲁白野在《谈马来亚的历史》一文中指出的："在古时候，中国和马来亚的关系，非常密切。英国人要写马来各州的历史，首先要参考中国史书，像《汉书》《宋史》《梁书》等。……马来亚在今日的繁荣是最近二百年来的发展结果，依靠华侨的大量移植和勤垦开荒。这个决定因素，是马来人和英人都不得不承认的。所以，一部马来亚现代史就等于一部马来亚华侨史。"② 然而，数百年来历经侵略者的殖民统治，马来亚文化中也杂糅着不同民族文化的特质，这些由历史中沉积而来的问题，直接或间接地影响着马来亚现实社会的发展，因此，在很大程度上，对历史意识的重视，事实上也是对文化政治的一种诠释。我们发现，张松建对马来西亚华文文学的研究，常常由对文化记忆的梳理走向了对文化政治的反思。如对英培安的文学世界的考察，他切入的视角是"身体书写与性别政治"，发掘"身体塑造与自我认同"背后的权力关系；对梁文福小说的分析，他选择从"文化与怀旧的政治"角度入手，阐发作家创作中对童年的消逝、成长的烦恼的书写中所投射出来的对现代性的批评，对全球化浪潮中文化认同的迷失和危机的思考；对吕育陶诗中的地方想象的分析，侧重点也在挖掘其作品再现华人的创伤记忆，批判种族主义，憧憬"平等政治"和"普遍人权"等思想。对"文化政治"问题的关注，成为张松建剖析海

---

① 张松建著：《重见家国：海外汉语文学新论》，北京大学出版社2019年版，第22页。

② 同上，第165页。

外华文文学的历史与现实问题时的一个有效视角，在《后殖民时代的文化政治：新马文学六论》（2017 年）、《重见家国：海外华语文学新论》（2019 年）、《华语文学十五家：审美、政治与文化》（2020 年）等论著中，他从马来西亚华文文化研究扩展到北美地区的文学审视，多侧面地展示了海外华文文学的历史境遇与知识者的文化抗争意识。"离散是一个饶富批判意义的公共领域，在强势文化的支配下，离散诗学隐含抗争经验，成为反抗政治的基础。"① 从离散诗学、空间叙事、文化政治等范畴展开对海外华文文学的研究，张松建致力于"唤醒"文本中的历史记忆，并使其与当下的社会文化形成对话，他的研究成为学界相关领域中一个有分量的存在。

重建汉语文学版图：方法论与学术视野更新的学术意义

对海外华文文学研究者而言，如何讲好海外华文文学的"故事"，是一个被期待而又颇具难度的话题。概略地看，中国内地的海外华文文学研究起步于 20 世纪 80 年代初期，迄今为止历经 40 余年发展，作为一个学科方向已经不再年轻，但距离"成熟"似乎还有一定的距离。尽管研究者们在现有的历史环境中积极探索，取得了不少引人注目的成果，但有一些问题仍然是绕不开的结点所在，例如如何梳理、评判海外华文文学与中华文化的关系？如何呈现海外华文文学的区域性特质？作为"语种"的海外华文文学，其文化内涵与美学意蕴同中国文学之间有怎样的历史联系？

要很好地回答上述问题，对研究者的学理修养和文化格局有较高的要求。近些年来，当海外华文文学研究经历了初期的资料积累和理论探索之后，越来越多的研究者开始意识到跨越学科壁垒，在研究范畴和理论方法上融会贯通的重要性。黄万华在《世界华文文学对于

---

① 张松建著：《重见家国：海外汉语文学新论》，北京大学出版社 2019年版，第 178 页。

中国现当代文学学科建设的作用和价值——以战后中国文学转型为例》一文中明确地指出："世界华文文学和中国现当代文学关系密切，中国现当代文学的历史进程就是同时发生于中国内地、台湾、港澳地区和海外华人社会的某些历史空间（如留学生、新一代侨民等）。关注世界华文文学显然能在汉语新文学、中华民族新文学的整体背景上加强'世界华文文学'和'中国现当代文学'的对话，对这两个学科的建设都会起推动作用。"① 他对单纯关注中国内地现当代文学的文学史书写模式进行质疑，尝试在文学空间的越界和整合中进行"历史逻辑"的修正，建构新的文学典律；同时，以"写中国文学没有的，想中国文学应有的"研究思路为基点，"将不同地区的汉语文学'打通'，关注它们之间的流动，'互为参照'地考察历史，从而把握、梳理、整合整个中华民族的现当代文学的线索"② 饶芃子教授也论及海外华文文学与中国古代文学研究和比较文学研究的关系，强调对海外华文文学的认识，"间接地推动了中国古代文学学者对中外汉语文学关系史、世界汉语文学史以及域外汉学的研究。""海外华文文学的兴起，还为比较文学提供了一系列新的视域、新的对话模式、新的融合和超越的机缘"③。研究者的这种学术自觉，在方法论及学术视野上拓展、深化了海外华文文学研究，但无法回避的问题是，受时空环境和历史文化差异等因素的影响，能够将学术期待与研究实践很好地结合起来的成果并不多，"融通"与"突破"依然是考验海外华文文学研究者的学术功力与发展前景的重要指标。

张松建的求学经历比较丰富，他本科毕业以后在浙江大学攻读

① 黄万华：《世界华文文学对于中国现当代文学学科建设的作用和价值——以战后中国文学转型为例》，载《广东社会科学》2011年第3期，第160页。

② 黄一、黄万华：《越界与整合——黄万华教授访谈录》，载《世界华文文学论坛》2019年第1期，第57页。

③ 饶芃子：《导言》，饶芃子、杨匡汉主编《海外华文文学教程》，暨南大学出版社2009年版，第9~10页。

"世界文学与比较文学"专业硕士研究生，后来赴新加坡国立大学攻读现代文学专业博士学位；此外，还曾在美国哈佛大学、荷兰莱顿大学等国内外高校、研究中心访学，在清华大学人文学院做博士后。他的导师张德明评价说："松建十七年的求学历程，从空间上经历了一个从北到南，自东南而向南洋，再回归中心的过程；从学业上看，则经历了一个从西学入手，返回中学，再回归本土的过程。转益多师与博采众长的结果，使得松建既有了西方诗学的理论视野，又有了传统学术的博雅和邃密。"① 专业的跨界、空间的流动为张松建的学术研究奠定了良好的基础，他善于在对学术"他者"的学习和承传中确立自己的学术定位。在其论著《现代诗的再出发：中国四十年代现代主义诗潮新探》一书中，他深入地探讨了艾略特、奥登、里尔克、波德莱尔等西方现代主义代表诗人对20世纪40年代中国现代主义诗歌发展的影响；同时，也以对古典诗歌传统的熟稔为基础，精当地分析了吴兴华、沈宝基、罗大冈等人的"新古典主义实验"。他致力于重建现代主义的"历史叙事"，因为在20世纪40年代积极探索新诗现代性的诗人，"绝非只有'九叶诗派'一枝独秀，应该是多种可能性的众声喧哗"②。他渴望能够"穿梭于历史、政治、文化、意识形态等多重语境的交叉地带，完成中国现代主义诗歌的身份辨识，观察它与西方典范之间的'家族相似'以及中国经验和本土性格，辩驳发生于审美因素与文化政治之间的纠葛"③，王润华称赞他"把中国传统的考据学与西方汉学及中国学的治学方法与精神结合成一体，其跨国界的文化视野给中国现代主义诗学研究带来全新的诠释方式与世

---

① 张德明：《〈文心的异同：新马华文文学与中国现代文学论集〉序》，载张松建著《文心的异同：新马华文文学与中国现代文学论集》，中国社会科学出版社2013年版，第1页。

② 张松建：《现代诗的再出发：中国四十年代现代主义诗潮新探》，北京大学出版社2009年版，第336页。

③ 同上，第334页。

界性的意义"①。

对 20 世纪 40 年代中国现代主义诗潮的历史回溯，为张松建的学术研究打开了新的视野，他对"抒情主义的新变""中国 20 世纪 40 年代现代主义诗潮的兴起"等问题的梳理，为他在世界文学格局中重新审视中国现代主义文学的特征、道路以及传播转化提供了契机。他在后续的研究中开始侧重从中国现代主义诗潮的跨地域、跨文化考察入手，辨析了中国台湾地区 20 世纪五六十年代现代主义诗歌运动的历史渊源，以及现代主义诗学意识从中国大陆到中国台湾地区，再绵延至东南亚地区华语诗歌的现代性分析等问题。在《缪斯的踪迹——新加坡华文现代诗的半世纪回顾》一文中，他追溯新加坡华文诗坛"现实主义与现代主义之争"的历史面貌，阐发"离散华人与原乡追逐""华文教育与文化伤痕""诗学建设与艺术实验"等在新加坡华文诗歌发展中呈现出来的特征，既梳理了新加坡诗人林方以覃子豪的诗歌理念为自己的写作指南，南子、谢清对郑愁予、余光中、周梦蝶诗歌技巧的借鉴，英培安对痖弦、洛夫、杨牧诗艺的学习等问题，也揭示出艾略特、波德莱尔、里尔克、兰波等西方现代诗人对新加坡华文现代诗前卫实验的影响，及西方现代诗学传统在新加坡华文现代诗发展中的本土转化印记。在《华语文学十五家：审美、政治与文化》一书中，张松建以作家专论的方式剖析了"杨牧的历史诗学""张错的离散诗学""梁秉钧的食馔诗学"以及"中国台湾现代诗对新加坡的影响"等问题，对诗人们在中外文化的激荡中，以文学之笔叩问政治历史对个体命运的冲击，由现实遭际、家国认同和文化传承等的抒写所传达出来的诗学特质给予阐发，他的研究在汉语文学整体观的格局中，搭建了中国现代主义诗歌潮流从本土延展至海外，从借鉴、移植到确立自身主体性的研究框架，为研究者开展进一

① 王润华：《〈现代诗的再出发：中国四十年代现代主义诗潮新探〉序》，载张松建著《现代诗的再出发：中国四十年代现代主义诗潮新探》，北京大学出版社 2009 年版，第 3~4 页。

步讨论拓展了话语空间。

从诗歌研究出发，张松建也广泛涉猎小说、戏剧以及报刊编辑的文化活动等的审视，在《郭宝崑：从戏剧艺术家到公共知识分子》一文中，他系统地阐述了新加坡剧作家郭宝崑的思想与创作实践。这位被誉为"新加坡极少数能够跨越本身的文化与民族，把触角延伸到其他文化源流的戏剧家"①，早年深受鲁迅的文学与思想的影响，甚至在其因思想激进而身陷牢狱时仍"通读《鲁迅全集》，对鲁迅杂文《文艺与政治的歧途》颇有会心"②。张松建从"独异个人与社会体制的结构性冲突"角度挖掘郭宝崑与鲁迅的精神联系，认为"郭宝崑是一个具有强烈人文关怀和社会参与意识的人，不但是一个理想主义的艺术家和教育家，也是一个具有思想家气质的鲁迅式的知识分子"③。在摆脱了殖民统治寻求民族国家重建的历史境遇中，郭宝崑试图用"思想—文化解决社会问题"，他"密切关注新加坡的社会、经济和文化的状况，关注小人物的命运，坚持为庶民发声"④，同时，作为一位"关怀深远的世界主义者"，他对文化建设的思考也体现出鲁迅的"拿来主义"的立场，强调"开放文化所追求的……是认认真真地进入其他不同的文化，把它们吸收为自己的一部分，或者是使自己能跨越本身的文化框架，以发展一个更大、更多元的文化体"⑤。回望历史可以发现，东南亚华文文学的发展受到五四新文化运动的深远影响，其中，对鲁迅思想与创作的传承是一个非常典型的个案。张松建在这个方面的研究中有一些自己的特色，他揭示"鲁迅传统"在东南亚华文文学发展史中的衍生形态，关注鲁迅的精神气质、思想观念及其笔下文学形象在新加坡、马来西亚、印尼、越南、菲律宾、

---

① 张松建：《郭宝崑：从戏剧艺术家到公共知识分子》，载张松建著《华语文学十五家：审美、政治与文化》，台北秀威资讯科技股份有限公司2020年版，第210页。

②③ 同上，第243页。

④ 同上，第236页。

⑤ 同上，第247页。

泰国等东南亚国家的传播接受情况，特别是对鲁迅作品在东南亚的再生与重构现象进行了深入分析。除了以郭宝崑为典型的"鲁迅影响"研究，他也侧重在新马文学史的视野中发掘其他线索，指出"新马作家对鲁迅作品的改写是有年龄和代际上的差异的。像最早出现的对《阿Q正传》的仿写，是在20世纪50年代早期，新加坡当时还在殖民地时代。到了1986年，华人学校消失，影响了英培安改写鲁迅的《伤逝》，变成了他自己的《一个像我这样的男人》。2004年，梁文福写《猿，有此事》。在不同年代，关注的角度是不一样的"。"50年代的殖民地时代，很多来自福建、广东、海南等地的中国人，都跑到南洋地区打工，他们很多都是没有什么文化的，就像流氓无赖型的阿Q一样，横行法外……有强烈的时代痕迹。"① 新加坡独立后，随着经济发展和社会的进步，流氓无赖型的阿Q消失了，新的改写和诉求出现在作家笔下，如《一个像我这样的男人》将《伤逝》中对两性婚恋问题的思考，改写为对性别政治、男性阳刚气质的质询；《猿，有此事》讲"食母"，借此反思文化认同问题。"不同的时代，不同的作家，他们在重写鲁迅的经典时，都有自己的中心关怀，他们的重写活动，密切对应新加坡社会历史的变动。当我们阅读这些文本的时候，需要进行历史化和理论化的思考。"② 在具有历史感的阐述中，张松建将东南亚华文文学中的"鲁迅影响"进行了细致解读。

在《文心的异同：新马华文文学与中国现代文学论集》中，张松建以上编"新马华文文学初探"和下编"中国现代文学论衡"形成结构上的学术呼应和对话关系。尽管这种结构形式对更细致地揭示新马华文文学与中国现代文学的内在关联有一定的限制，但相关研究的必要性和价值是显而易见的。他立足于跨文化"对话"立场，考察汉语文学在不同时空中所呈现的"文心"之异同，尝试呈现在文化的跨时空流动中，中国内地、台港地区，以及东南亚、欧美等国家

①② 凌逾、张松建：《现代主义、跨国流动与南洋文学——张松建教授访谈录》，载《世界华文文学论坛》2018年第3期，第77页。

地区的现代汉语写作所具有的"华语文学共同体"特征，从问题意识、诠释方法等方面寻求对以往研究的突破，在历史寻踪中确认中华文化传统与海外华文文学的内在关联，其对一些问题的阐发在前辈学者研究的基础上进行了空间的拓展和文化谱系传承的揭示。

结　语

张松建对东南亚华文文学的研究，以扎实的史料挖掘和开阔的理论视野形成独具特色的个人风格。他重视对东南亚华文文学本土性特征的剖析，又以对东南亚华文文学与中国现当代文学关系的内在呈现，展示了文化交流的丰富性内涵。比较而言，后者更具有学术难度，既要求对海外华文文学的熟悉，又需要深入地了解中国现当代文学的历史脉络，要在历史的褶皱中发现内在的文化律动。他"不以原乡立场看待书中作家的抉择，与此同时，又多了新移民或外来者的客观取向。他发挥理论所长，以中西理论——历史哲学、后殖民研究、移民研究、人文地理学等——验证作家的经验和作品，并借此修订理论的适用性"①。

作为一个处在动态的学术历史之河中的"思考者"，张松建有机会看到前辈学者在历史语境的限制中没能发现的问题，并用自己的才思加以开掘诠释，将历史的丰富性抑或复杂面向揭示出来。这种研究在方法论意义和学术空间的拓展层面上，都为学界同人提供了有益的借鉴和经验。

---

① 王德威：《华语语系研究的新收获》，载张松建著《重见家国：海外汉语文学新论》，北京大学出版社 2019 年版，第 2 页。

白杨学术年表

1968 年 11 月 6 日，出生于吉林省长春市。

1993 年 9 月，考取吉林大学中文系中国现当代文学专业硕士研究生。毕业后留校任教，讲授中国现当代文学课程。

2000 年 9 月，师从刘中树教授攻读博士研究生学位。

2002 年 5 月，在广州参加于暨南大学召开的"中国世界华文文学学会"成立大会。广泛接触到海内外学者和作家，深远地影响了此后的学术研究方向。

2003 年 5 月，获批吉林省社科基金项目"香港文学与大陆现当代文学的关系"，此后发表系列论文，建构研究框架，2005 年顺利结项。

2003 年 9 月—2004 年 8 月，公派赴韩国三星公司汉语研修院教授汉语。

2004 年 12 月，评为副教授、硕士研究生导师。此后开始为研究生开设"台港文学研究"专业课，为本科生开设"台港文学专题选讲"课程。

2006 年 8 月，受"中国世界华文文学学会"委托，吉林大学承办了"第十四届世界华文文学国际学术研讨会"。作为主要负责人参与会议筹备、组织等工作，参编会议论文集《世界华文文学的新世纪——第十四届世界华文文学国际学术研讨会文集》，由吉林大学出版社于 2006 年出版。

2007 年 5 月，进入复旦大学中文系博士后流动站，师从陈思和教授做课题研究。在老师的建议下，开始进行台湾现代主义诗社研究，并将《创世纪》诗刊及其诗社活动作为主要研究对象。

2008 年 4—6 月，赴台湾师范大学中文系访学。在台湾期间，广泛收集了相关研究资料，并多次参与《创世纪》诗刊社的文化活动，拜访了张默、辛郁、碧果、商禽、管管、丁文智、古月、罗门、蓉子等诗人和吕正惠、许俊雅、陈义芝等研究者，为此后的研究奠定了重要基础。

同年，研究课题"跨文化的中国叙事——台港及海外华文文学的文化生态与写作范式考察"，分别获得吉林省社科基金项目立项、"中国博士后研究基金"项目立项。

2009 年 6 月，获得第一个国家社科基金项目"《创世纪》与台湾新诗的发展流变研究"（2013 年结项）。

2009 年 9 月，专著《台港文学：文化生态与写作范式考察》由吉林大学出版社出版。2011 年获"吉林省首届社科基金项目优秀成果奖"著作类三等奖。

2009 年 12 月，晋级为教授。

2010 年 1 月，获评吉林大学文学院中国现当代文学专业博士生导师，招收"台港及海外华文文学研究"方向博士研究生。讲授"台港及海外华文文学专题研究""台湾现代诗研究"等专业课。

2010 年 4 月—2011 年 2 月，赴日本神户市外国语大学访学。

2010 年 10 月，被推选为中国世界华文文学学会青年学术委员会副主任。

2010 年 12 月，被聘为吉林大学中国文化研究所研究员。

2012 年 9 月，论文《政治创伤中的"文化记忆"——台湾现代诗人笔下"中国形象"的历史建构》，获长春市第五届社会科学优秀成果奖三等奖。

2013 年 1 月，参编曹惠民教授主编的《台港澳文学教程新编》（复旦大学出版社出版）。

2013 年 5 月，应邀赴大连理工大学做学术讲座。

2013 年 6 月，专著《穿越时间之河——台湾"创世纪"诗社研究》由吉林大学出版社出版。2014 年获"吉林省第十届社会科学优秀成果奖"著作类一等奖。

2013 年 10 月，入选教育部"新世纪优秀人才支持计划"。

2014 年 6 月，获得第二个国家社科基金项目"20 世纪 70 年代台湾文学话语场域与文学叙事的转换研究"。

2014 年 10 月，应邀赴台北参加"《创世纪》60 年庆典暨国际学术研讨会"，做会议主题发言。

2014 年 11 月，作为在广州召开的"首届世界华文文学大会"中"华文文学与丝绸之路"分论坛的召集人和评议人。

2014 年 11 月，被推选为中国世界华文文学学会青年学术委员会主任。

2015 年 12 月，入选吉林省第五批拔尖创新人才。

2016 年 8 月，在吉林大学主持召开"文化传统与域外汉语文学国际学术研讨会"暨"第二届世界华文文学大会筹备会议"。

2016 年 11 月，作为召集人负责统筹在北京召开的"第二届世界华文文学"大会中"'一带一路'与华文文学"分论坛。

2016 年 11 月，论文《背离与回归："先锋"探索的一体两面——20 世纪 70 年代后〈创世纪〉的诗论建构及其思想意义》，获长春市第七届社会科学优秀成果奖论文类一等奖。

2017 年 6 月，论文《背离与回归："先锋"探索的一体两面——20 世纪 70 年代后〈创世纪〉的诗论建构及其思想意义》，获吉林省第十一届社会科学优秀成果奖三等奖。

2020 年 5 月，从吉林大学调入暨南大学文学院。

2020 年 10 月，担任中国世界华文文学学会副会长兼秘书长。